울타리가 없는 집

나호열 시선집

울타리가 없는 집

초판 1쇄 인쇄일 2023년 9월 1일 **초판 1쇄 발행일** 2023년 9월 8일

지은이 나호열

펴낸이 박재환 | **편집** 유은재 | **관리** 조영란

펴낸곳 에코리브르 | **주소** 서울시 마포구 동교로15길 34 3층(04003) | **전화** 702-2530 | **팩스** 702-2532

이메일 ecolivres@hanmail.net | **블로그** http://blog.naver.com/ecolivres

출판등록 2001년 5월 7일 제201-10-2147호

종이 세종페이퍼 | **인쇄·제본** 상지사 P&B

ISBN 978-89-6263-256-9 03810

책값은 뒤표지에 있습니다. 잘못된 책은 구입한 곳에서 바꿔드립니다.

나호열 시선집

울타리가 없는 집

에코리브르

차례

2부 저녁에 닿기 위하여 새벽에 길을 떠난다

3부 첫발을 내딛는 꽃잎의 발자국 소리를 사막에 담다

설니홍조(雪泥鴻爪)와 자지자기(自至自棄) 사이의 오십 년

문학, 특히 시와 인연을 맺게 된 것이 우연인 듯하나 지나고 보니 필연에 가까운 운명이라고 생각한다. 타고난 재능과는 거리가 멀었으나 종심(從心)을 넘은 이 시간까지 시의 끈을 놓지 않았음을 어찌 운명이 아니라고 할 수 있으랴.

1974년 문우 양경덕·이철민 군과 함께 엮은 《활(活)》을 기점으로, 1980년 박상훈·조일영·오창제·김상우·오만환과 결성한 울림시 동인의 무크지 《우리 함께 사는 사람들》(총 3권)은 시인의 결의를 다지는 디딤돌이었다.

그러나 나의 시업(詩業)은 세상 밖을 향한 것이 아니라 불투명한 나의 의식 속에 각인되는 비명에 가까운 울먹임이거나 불온한 고백에 불과했기에, 우리 문단의 조명을 받기에는 어려움이 많았음은 틀림없는 사실이다. 그저 평범한 생활인으로, 못다 이룬 공부를 더 하면서 살아야겠다는 마음에 1989년 《담쟁이덩굴은 무엇을 향하는가》를 상재했다. 그러나 문단의 어지러운 풍경에 좌절하고 학업에 집중하느라 시와 멀어질 즈음, 또 다른 인연으로 만난 김재홍 문학평론가의 격려에 힘입어 다시금 시업에 매진하게 되었음은 행(幸)인가 불운인가.

어찌 되었든 여전히 세상과 불화를 느끼는 성격은 변하지 않아 지금에 이르기까지 문단과의 교유가 멀어 고운야학(孤雲野鶴)의 즐거움에 만족하는 삶을 이끌어왔다.

세월은 기다려주지 않고 어느덧 고희에 이르러 20여 권의 시집이 어지러이 놓여 있음을 눈여겨본 에코리브르의 대표 박재환 학형이 이를 안타깝게 여기고 시선집 출간에 힘을 보태주셨으니 이 또한 감사한 일이다. 나의 삶은 이렇게 수많은 분들의 관심과 격려를 통해 이만큼 가꾸어져왔음을 잊지 않고 있다.

시선집은 크게 세 부분으로 나누었다. 1부에는 첫 시집 《담쟁이덩굴은 무엇을 향하는가》(1989)부터 《당신에게 말 걸기》(2007)까지의 시 중 총 109편을 간추렸고, 이를 정병근 시인께서 상세히 조감해주셨다. 2부는 《타인의 슬픔》(2008)부터 《안부》(2021)까지 총 104편의 시와 그에 따르는 변화의 과정을 황정산 문학평론가께서 요약해주셨다. 3부에는 첫 시집 《담쟁이덩굴은 무엇을 향하는가》(1989) 해설(〈존재와 인식의 먼 길〉 정한용: 시인, 문학평론가), 《칼과 집》(1993) 해설(〈사회적 존재의 탐색과 휴머니즘에의 길〉 박윤우: 문학평론가, 서울대 강사), 《우리는 서로에게 슬픔의 나무이다》(1999) 해설(〈존재의 내면 들여다보기〉 김재홍: 문학평론가, 경희대 교수), 《낙타에 관한 질문》(2004) 해설(〈달팽이처럼 낙타처럼 안개처럼〉 김삼주: 문학평론가, 경원대 교수), 《당신에게 말 걸기》(2007) 해설(〈혼자 묻고 혼자 대답하는 사람의 여정〉 한명희: 시인, 강원대 교수), 《타인의 슬픔》(2008) 해설(〈인고의 세월 속에 풍화된 기다림과 성찰의 시학〉 박영우: 시인, 경기대 문예창작학과 교수), 《눈물이 시킨 일》(2011) 해설(〈거꾸로 읽는 경전, 문장〉 조영미: 시인, 문학평론가), 《촉도》(2015) 해설(〈시의 빗자루를 들고 경계에 서 있는 시인〉 정유화: 시인, 서울시립대 강의전담교수), 《이 세상에서 가장 슬픈 노래를 알고 있다》(2017) 해설(〈불모의 세계를 가로지르는 몰락의 상상력〉 박진희: 문학평론가, 대전대 교수), 《안녕, 베이비 박스》(2019) 해설(〈시간에 대한 사유와 사이의 미학〉 황정산: 대전대 교수), 《안부》(2021) 해설(〈가벼워지기 위한 두 가지 방법〉 황정산: 시인, 문학평론가)의 글로 꾸몄다.

마지막으로 연보는 《스토리문학》 2022년 상반기호에 실린 인터뷰로 대신하고자 한다. 지난 수십 년간 틈틈이 쓴 시론이나 에세이는 좀 더 시간이 흐른 후 사유가 깊어지고 여물어질 때 출간할 수 있으리라 기대한다.

앞에서도 말했듯이 나의 삶은 동고동락한 가족들, 나의 시를 염려하고 힘을 북돋아준 동료와 선후배 그리고 독자들로 말미암아 작은 별이 되고 꽃이 되었다.

이 모든 분들께 감사의 말씀을 올린다.

계묘년 팔월 울타리가 없는 집에서

나호열

1부

달팽이처럼 낙타처럼 안개처럼

1부에 수록한 시들은 《담쟁이덩굴은 무엇을 향하는가》(1989)부터 《당신에게 말 걸기》(2007)까지 총 8권의 시집에서 가려 뽑았다. 시선집을 엮으면서 국립국어원 표준국어대사전에 따라 가능한 한 띄어쓰기 등 맞춤법을 통일했음을 밝혀둔다.

모기향을 피우며

음험한 공기가 방 안에 퍼진다
낮은 목소리의 모의가 무차별하게
짜증나는 여름밤의 배후를 친다
피리 소리처럼 가늘게
마약처럼 습관적으로
발견되는 인간성
향기로운 모기향은
파리, 모기, 나방들을 한꺼번에
죽이고
아우슈비츠의 가스실처럼 방 안에는
편안한 잠이 보장된다
유유히 쓰레기를 치우는 손으로
아무렇지도 않게 다시 모기향을 피우는
이 손
손 하나 까딱하지 않고 살의를 실행하는
이 손

젖소

젖소는 일하지 않는다
하루 종일 풀과 사료를 먹으면서
아무 생각 없이
젖을 만든다
새벽이면 어김없이
고무장갑의 큰 손이
우유를 가져가기 위해
방문한다
아무것도 주지 않는 그들에게
젖소는 반항하지 않고
화내지도 않는다
젖소는
제가 무엇을 만들고 있는지 모른다
결코 젖소는
제가 젖소인지 모른다
대를 물려가는 혈통은
검은 얼룩을 지우지도 못하면서
서정적인 목장 풍경 속에
우리의 뒷골 속에
되새김되는

초식동물

우리의 뒷모습을 오늘도 보지 못한다

오징어를 씹으며

어쩌자는 것인가
심심풀이로 씹고 있는
오징어의 은근한 짠맛이
죽어서도 완강히 남아 있는
오기와 같아
나는 더 억센 입질로
씹고 씹는다
바다를 물어뜯듯이

오징어는 알고 있는가
죽임을 당한 그의 죄를
단지 왕성한 식욕을 못 이겨
한 치 앞을 내다보지 못한
그의 죄를,
미치겠어, 휘황한 저 불빛을
온몸으로 입고 싶었던 허영의
날카로운 갈고리
지금
누가 부드러운 손길을 내밀고 있는가
나는 무엇에 홀려

낚시에 걸려들고 있는가

카나리아

—수인囚人을 위하여

—물을 주세요. 양식을 주세요. 푸른 하늘을 보여주세요
너는 지금 울고 있다
—좀 더 자연스러운 환경을, 외로움을 덜어주세요
너는 지금 울고 있다
—이 속박을, 자유롭게 죽을 수 있도록 풀어주세요
너는 지금 울고 있다 네가 울면 울수록 상쾌하다

십자로 엇갈린 주파수는 지금 어디에 닿고 있는가
카나리아는 지금 이 땅의 숲에 살지 않는다
카나리아는 약육강식의 현장에서는 살 수가 없다
카나리아는 철장으로 만든 새장 속에서 산다
남이 거둔, 조나 수수, 한 컵의 물로
남의 일주일을 산다
아무도 카나리아의 본성이 무엇인지 모른다
부화장에서 태어난 카나리아가 울음을 그치고
횃대에서 떨어져 죽었을 때
한 주먹도 되지 않는 그의 시신을
아무도 자연의 품으로 돌려주지 않는다
온갖 휴지와 함께 쓰레기통에 버려지면 그뿐
내일이면 또 다른 카나리아가

그의 큰 집에서 울 것이다

통조림

인생의 반쯤이 지나가고 있다
반환점이 없는 오르막길을
내처 달리기만 하고 있다고 생각했을 때
갑자기 통조림 빈 깡통처럼
나는 울고 있었어
그도 그랬을까
제 것을 아낌없이 다 주고
나보다 어린 나이에 인생을 마감하면서
눈을 감고
사방에서 날아오는 돌팔매를 맞고서도
아프지 않았을까
울지 않았을까
아직도 20년이 남은 주택부금과
새끼들이 빚으로 매달려
화해하라, 화해하라고
이명으로 울리는 하루가 지나갔을 때
끝내 용서하지 못하는 식충은
제 주검마저도 해치우고
빈 껍데기를 누가 발로 찬다
찌그러뜨린다

내용도, 상표도 보이지 않는 이 시대를

빈 깡통으로 증명해 보이는

거룩한 순교

오늘의 뉴스

새벽 한 시가 천천히 내 몸속으로 들어온다
잠들 시간이야 지하로 내려가는 문들을 잠그면서
새벽 한 시가 달콤하게 몸속에서 녹는다
미리 읽은 내일 아침 신문 활자들이
토사물처럼 뇌수에 얼룩지고
아무 일 없을까 정말 내일은 무사할까
집행관 같은 초침의 발자국 소리가
몸속의 어딘가를 허물고 있을 때
저기압골은 무거운 생각들을 떨구어내면서
새벽 두 시를 지난다
가뿐한 구름이 되어 나는 어딘가로 옮겨졌다가
되돌아오는 것일까 아니면 아주 낯선 곳으로 내동댕이쳐지는 것일까
단 한 번의 약속
죽음은 아직도 완강하게
이 밤에도 낯선 것을 향하여 짖는 공포를 몰고
세 시를 건너간다
이끼류같이 축축한 물기가 헐렁해진 잠을 채우고
그 속에서 벌레처럼 나의 몸은 꿈틀거린다
조였던 나사가 풀리고
못들이 떨어지고

성급한 조립이 시작되고

오늘만큼 썩어가는 무덤들이

거리로 나온다 인사를 나누면서 코를 틀어막은 채로

뜬구름

그는 도피 중이다
뜬구름이므로
아무에게도 잡히지 않은
그는 발자국 하나
남기지 않았다
완벽한 심증은
사교邪敎처럼 번졌으나
머리와 꼬리가 분간되지 않는
이 시대의 정신은
그를 잡아넣을 감옥이 없다는 이유로
그의 범죄를
기각하였다

담쟁이덩굴은 무엇을 향하는가

혼자 서지 못함을 알았을 때
그것은 치욕이었다
망원경으로 멀리
희망의 절벽을 내려가기엔
나의 몸은 너무 가늘고
지쳐 있었다
건너가야 할 하루는
건널 수 없는 강보다 더 넓었고
살아야 한다
손에 잡히는 것 아무것이나 잡았다
그래,
지금 이 높다란 붉은 담장 기어오르는 그것이
나의 전부가 아냐
흡혈귀처럼 붙어 있는 이것이
나의 사랑은 아냐
살아온 나날들이
식은땀 잎사귀로 매달려 있지만
저 담장을 넘어가야 한다
당당하게 내 힘으로 서게 될 때까지
사막까지라도 가야만 한다

—태어난 곳을 그리워하면서도 더 멀리 달아나는 생명의 원심력—

타클라마칸 2

그곳에 가고 싶다
죄도 사랑도
다시는 올 수 없다
감옥에 갇히는 거다
욕망도
그리움도 제멋대로
섞이고 또 섞여서는
크낙한
사막으로 남는 일이다
그곳에 가고 싶다는
꿈이 한 발 앞선다
바로 오늘이다

어떤 하루 1

한낮은 고단하였다
가도 가도 너른 풀밭은 보이지 않았고
멍에는 무거웠다
끝내 풀 수 없었던 밧줄은
사랑하는 사람들과 얽혀져 있었다
쇠방울을 울리며
외양간으로 돌아오는 발굽 아래로
저녁은 부끄러웠다

진통제가 풀리는 밤이 깊어갈수록
피로가 섞인 꿈은
더욱 병들어갔다
나는 무엇인가
무엇인가 알기 위하여
더 많은 꿈들이 필요하였고
더 많은 현실이 차용되었다

마지막에 꾼 꿈은
푸른 하늘 비스듬히 내려앉은 언덕에
더욱 비스듬히 앉은 나의 모습

누군가 그 풍경을 액자에 담아 갔는데

아직도 그 사람은

돌아오지 않고 있다

꽃

저것은
하나님이 떨구고 간
한 장의 그림자

흘러가는 시간의
한순간의
멈춤

슬픔과 기쁨
그 사이의
고요한 휴지부休止符

한려수도

신이 이따금 거니는
뒤뜨락
그 외투 자락에 휘감겨 떨어지는
우리는 꽃잎이랴
아름다운 소문으로 살다가
겹겹이 가슴을 맞대고 누운
우리는 바람이랴
다스리지 못해
아직도 타고 있는
저 불꽃의 내면은
투명한 거울
빗질처럼 세월이 지나가고
철 지난 동백이
아픔처럼 태어나고 있다

---

* 앞의 시들은 《담쟁이덩굴은 무엇을 향하는가》(1989, 청맥시선, 청맥)에서 가져왔다.

아무도 부르지 않는 노래 49

베틀 앞에 앉아 있는 여인
손바닥만 한 창으로 쏟아져 들어오는 햇빛에
여윈 등이 길게 그림자를 드리운다
말없이 하루 종일 베틀이 움직이는 숨소리
가득 차는 밤
조심스럽게 허공을 휘저으며 찾는 햇살
그녀의 손길이 베틀 위에 걸리고
철커덕거리며 베틀이 돌아가는 동안
그녀는 살아 있다
태양 옷을 지어 입으면 나는 이 방을 나갈 수 있을 거야
밤이 되면 베틀에는 한숨이 어리고
기도는 눈물로 가득 찼다
기억하지 못하는 자신의 얼굴을 들여다보는
눈먼 그녀만이 알고 있는 보이지 않는 세계
베틀은 자꾸 낡아져갔지만
아직도 태양 옷은 만들어지지 않았다
보이지 않는 세상보다 점점 더 어두워지는데
베틀은 무위無爲의 움직임으로
여인의 생애를 끌고 간다
베틀 앞에 앉아 있는 여인

불 꺼진 부화장의 무정란처럼

아무도 부르지 않는 노래 5

유채꽃밭에 서면 유채꽃이 되고
높은 산 고고한 눈을 보면 눈이 되고
불타오르는 노을을 보면 나도 노을이 되고
겨울 하늘 나는 기러기 보면
그 울음이 되고 싶은 사람아
어디서나 멀리 보이고
한시도 눈 돌리지 못하게 서 있어
눈물로 씻어내는 청청한 바람이려니
지나가는 구름이면 나는 비가 되고
나무를 보면 떨어지는 나뭇잎 되고
시냇물을 보면 맑은 물소리가 되는 사람아
하루하루를 거슬러 올라와
깨끗한 피돌기로 내 영혼에 은어 떼가 되리니
나는 깊어져가고
너는 넓어져가고
그렇게 내밀한 바다를 만들어가는
어디에 우리의 수평선을 걸어놓겠느냐
목숨아, 사람아

---

* 앞의 시들은 사진 시집 《아무도 부르지 않는 노래》(1991, 예진)에서 가져왔다.

길

먼 길을 돌아서 가는 중이다

따뜻한 가슴에 닿기 위하여

바늘 끝을 건너뛰고 있는 중이다

매화를 생각함

또 한 발 늦었다
일찍이 남들이 쓰다 버린
쪽박 같은 세상에
나는 이제야 도착했다
북서풍이 멀리서 다가오자
사람들이 낮게 낮게
자세를 바꾸는 것을
바라보면서
왠지 부끄러웠다
매를 맞은 자리가
자꾸 부풀어 올랐다
벌을 준 그 사람은
어디로 갔을까?

사람을 찾아서

이 세상에서
가장 편한 의자가
되고 싶었습니다
오랜 길을 걸어
지친 사람에게

먼저 나는
깊은 산중에
홀로 깨어나고
홀로 잠들면서
꼿꼿한 한 그루
나무가 되어야 했습니다

긴 시간이었습니다

마침내
한 사람이 내게 왔을 때
그가 원한 것은
따뜻한 잠, 포근히 누울
자리였습니다

돌아가기는 너무 늦어버린

이 생명,

나는 다시 무너지고 있습니다

비누

거품이 인다

적당한 향기와

백색의 거품 속에서

천천히 나는 마모되어간다

사랑하겠노라고

온몸으로 천만 번 약속해도

지켜지지 않는

사는 일

망각은 거품처럼

거품은 망각처럼

때를 지운다

늘 물의 이치를 생각하면서도

결코 화해할 수 없는

시간 앞에서

나는 무엇을 위한

속죄양인가

날마다 나는

천천히 마모되어가면서

나는

마지막 잎새

아름다운 추락을 생각하고 있었다

가장 우아한 자세로

우울의 깊이를 짚으며

마지막 한순간

강하고 단호한

바람과의 승부를 기다리고 있었다

완벽한 죽음을 위해

연습은 허용되지 않았다

---

* 앞의 시들은 《망각은 하얗다》(1991, 예진의 시 1, 예진)에서 가져왔다.

장사壯士의 꿈

샅바를 잔뜩 움켜쥐고
쓰러지거나
쓰러지지 않기 위하여
부딪치는 힘의.
하염없는 눈물을 본다
모래 바닥으로 떨어지는 땀방울
삶의 용트림 뒤로
흘낏 허공이 보였다
사라진다
허리춤을 잡아당기는
거한의 두툼한 손아귀
날마다 쓰러지고 또 일어서는
지화자 장단
편안하게 누워 승자를 올려다보며
북소리, 꽹과리 소리
펄럭이는 울음을 참으며
한 움큼 모래로 입을 막는다

투우 鬪牛

그랬었지, 붉은 천 펄럭이는 깃발을 향해
무조건 돌진하던 철모르던 시절도 있었지
누가 가르쳐주지 않아도
불끈 코 힘을 내뿜으며 오만과도 같은
뿔을 믿었지
그때는 화려했었어, 흙먼지가 일도록
터져 나오는 함성과 박수갈채만 있으면
두려운 것이라곤 없었지
신기루 같았어
온통 환각제뿐인 붉은 깃발은 사랑이 아니었어
사랑 뒤에 숨은 그림자, 그것은 분노였어
깨달을 새도 없이 사납게 길러진 우리,
풀 대신 피 냄새를 맡으며 자라난 우리
밭갈이나 달구지를 모는 대신
원형경기장에 길들여진 그것이
우리의 선택이 아니었음을 알게 되었을 때에
고슴도치처럼 소심하게
등에 꽂힌 무수한 창칼에도 아픔을 모르는 채
또 어딘가로 끌려가고 있는
늙은 소들

코뿔소

둥글둥글 살아가려면 적이 없어야 한다고 하시다가도
생존은 싸늘한 경쟁이라고 엄포도 놓으시던
어머님의 옳고도 지당하신 말씀
고루고루 새기다가
어느새 길 잃어 어른이 되었다
좌충우돌 그놈의 뿔 때문에
피해서 가도 눈물이 나고
피하지 못하여 피 터지는
삿대질은 허공에 스러진다
이 가슴에 얹힌 묵직한 것
성냥불을 그어대도 불붙지 않는 나의 피
채찍을 휘둘러도 꿈쩍을 않는
고집불통 코뿔소다
힘자랑하는 코뿔소들
쏟아지는 상처를 감싸 쥐고
늪지대인 서울에 서식한다
코뿔소들이 몰래 버리는,
이 냄새나는
누가 코뿔소의 눈물을 보았느냐

노새의 노래

그때가 그립다,
튼튼한 어깨 위에 그대를 싣고
가자면 가고 멈추라면 멈추며
사랑은 아름다운 노역이라고
믿었던 그때가,

생각은 무겁고
갈 곳이 막막한 노인처럼
캄캄한 과거에
뒷발질을 해본다

어디에도 우마牛馬가 갈 길은 없다

옷과의 대화

헌 옷들이여 안녕
때는 이제 더 이상 지워지지 않고
꽃이었고 빛나는 장식이었던 날들
얼룩이 졌다
감추고 싶을 때에도
드러내고 싶을 때에도
바깥세상을 향하여
눈 내민 새싹처럼
그저 눈부신 창이었더니
변신을 꿈꾸는 마모된 감정은
길들여진 상처를 벗는다
옷장 속의 저 수많은 허물들
유행은 뒤바뀌고
새롭게 태어나기 위하여
또 하나의 허물을 준비하는
늘 알몸일 뿐인 정신을 위해
헌 옷들이여 이제 안녕

오리털 이불

한결같이 입을 봉한 이불들
따스함에 깃드는 내력이
가볍게 잠 위에 얹힌다
흘러가는 청명한 물소리
풀 먹인 옥양목 같은
겨울 하늘을 저어가던
끼룩대는 울음소리
안락한 잠은 갈대 기슭에 닿고
꿈속에서 부화하는
몇 개의 알이 보인다
일렬종대로 이불 속으로 들어가는
눈 가린 오리들의 미래
가끔씩 봉합되지 않은 생애의 틈새 사이로
조금씩 빠져나오는 깃털을 보며
없는 날개를 몸서리로 친다

한계령寒溪嶺

곧은 생각으로 걸어왔다
가장 높은 깃발로
매달리기 위하여

내려다보면
구곡양장
사나운 채찍질뿐인
저 길

겨울 숲의 은유

살아남기 위하여

단 하나 남은

잎마저 떨구어내는

나무들이 무섭다

저 혼신의 몸짓을 감싸는 차디찬 허공

슬픔을 잊기 위해서

더 큰 슬픔을 안아 들이는

눈물 없이는

봄을 기다릴 수 없다

갈대

힘을 주면 부러지기 쉽고
너무 힘을 빼면
영영 쓰러져버린다
광막한 도회지의 한복판에서
다만 흔들리고 있을 뿐인
늪 속에 발목을 묻은
사람들이여!

몽고를 꿈꾸다

—상계동 25

그들은 우리와 다르다
그들은 집을 사고팔지 않는다
그들은 집을 가지고 이사를 다닌다
그들은 투기를 모르고
그들은 전세도 월세도 모른다
그들은 야크와, 양과 말들과 함께
초원에서 초원으로 이사를 한다
그들은 파오[•]라는 집을 접어서 힘센 나귀에 싣고
철새처럼 무리 지어 함께 이사를 한다
그들은 초원을 주신 하나님께 감사하고
그들의 양식이 되어주는 가축을 식구처럼 가까이한다
그들은 하늘과 가장 가까이 사는 사람들
그들도 우리와 같이 몽고족이다

• pao: 몽고의 이동식 집.

칼과 집

어머니는 가슴을 앓으셨다
말씀 대신 가슴에서 못을 뽑아
방랑을 꿈꾸는 나의 옷자락에
다칠세라 여리게 여리게 박아주셨다
(멀리는 가지 말아라)
말뚝이 되어 늘 그 자리에서
오오래 서 있던 어머니,

나는 이제 바람이 되었다
함부로 촛불도 꺼뜨리고
쉽게 마음을 조각내는
아무도 손 내밀지 않는
칼이 되었다
집으로 돌아가기에는
너무나 멀리 와서
길 잃은 바람이 되었다
어머니,

동행同行

아직 이 땅에는 옷 만드는 사람과
재봉틀이 살아 있다
아직 이 땅에는 넉넉하게 고를 수 있는
많은 옷들이 쌓여 있다
벗고, 입고
감추어지는 옷과 드러내야 하는 옷이 있다
날마다 입혀지는 옷과
스스로 가끔씩 입는 옷이 있다
별이 되는가 하면
지는 꽃과 같은 옷이 있다
선택의 자유 때문에 구속이 되는
선택의 박탈 때문에 평등이 되는
사람은 누구나 옷이,
때가 묻어도 버려지지 않는
거울 속의 사람이 되고 싶어 한다
지금은 기성복의 시대다

동상이몽
—상계동 1

낯선 사람들이 낯설게 살고 있다
날이 갈수록 낯선 사람들은
낯선 사람들 사이에서
편안하게 묻히는 법을 배우고
낯설어져야 잠이 잘 오는 병에 걸린다
앞집과 뒷집의, 일층과 이층의
벽들이
동아건설 창동공장에서
실려 나온다 끊임없이
나는 어디에든
따뜻한 알을 낳고 싶다
사람들 사이에
벽과 벽 사이에
무관심 사이에
생전 보지 못한 이상한 동물을
숨겨두고 싶다

집과 무덤

저녁에 닿기 위하여 새벽에 길을 떠난다

양수리에서

마음을 다친 사람들이 양수리에 온다
날갯죽지를 상한 물총새
뛰어들까 말까 망설이는 갈대숲이
귓가에 물소리를 가까이 적신다
신문지에 가득 담겼던 세상일이
푸른 리트머스 시험지에 녹아
깊이를 알 수 없는 흐름으로 덮여가고
가진 것 없으면서 가난해 보이지 않는 손으로
생명을 키운다
슬픔도 잘만 익으면
제 맛 나는 술이 되는가
흙탕이 덮여오는 세월도 스스로 걸러
함부로 노하지 않는다면
몸과 몸을 부딪쳐도 나무랄 일 없겠네
마음을 다친 사람들이 양수리에 와서
노을 지는 팔당댐을 바라보면서
마음속에 갈대숲과 물총새의 비상을 가득 담는다
물보라로 사라지는 시간의 저 너머로
낚싯대를 길게 길게 내던지면서

---

* 앞의 시들은 《칼과 집》(1993, 시와시학 젊은 시인선 2, 시와시학사)에서 가져왔다.

어느 날 오후의 눈보라

저, 까닭 없는

느닷없이 닥쳐오는 눈보라

저, 차가운 열정

뜨겁게 끓어올랐다가

차 한 잔이 식어갈 즈음

아무 일 없었다는 듯

다시 내리꽂히는 햇볕

절정의

나무들이 몸을 턴다

몸서리치는 내 젊은 날의

사랑처럼

눈

지조 높은 선비 하나가
휘적거리다 잘못 헛발 짚어
왁자지껄한 바퀴 소리와 발자국에
짓밟혀, 큰 소리 한 번 내지 못하여
그러나, 그러나 말이다
이 남루 더럽다고 말하지 말아라
짓밟은 놈은 누구고
더럽혀진 발 뭉개고 가는 너는 누구냐
높이 자란 소나무 가지에 걸려 있던 눈송이가
껄껄 웃으며 또 한 번 팍!
내리꽂힌다

흘러가는 것들을 위하여

용서해다오
흘러가는 강물에 함부로 발 담근 일
흘러가는 마음에 뿌리내리려 한 일
이슬 한 방울 두 손에 받쳐 드니
어디론가 스며 들어가는
아득한 바퀴 소리
힘없이 무너져내리는 것들을 위하여
은밀히 보석 상자를 마련한 일

용서해다오
연기처럼 몸 부딪쳐
힘들게 우주 하나를 밀어 올리는
무더기로 피어나는 개망초들
꽃이 아니라고
함부로 꺾어 짓밟은 일

빈 화병

자유를 향하려면 고개를 쳐들고 하늘을 바라보아야 한다
산소를 호흡하려 수면을 박차는 물고기들의 입
속은 투명하게 비워져 있어야 한다

누가 이렇게 힘든 자세를 견뎌낼 수 있겠는가

먹지도 말하지도 않는 입속으로
칼칼한 먼지가 내려 쌓이고
한 번도 주인공이 되어본 적이 없는 생
들꽃이 찾아오면 저 멀리 둔덕 너머 아련한 새벽안개
보이지 않고 들리지 않는 새들과
쓸쓸한 밤벌레의 울음이
함께 배경이 될 수 있을까
뿌리 잘린 채 잠시 머물다 가버린 사랑들아 안녕
누가 이 못난 가슴에 소주라도 가득 부어줬으면 해

벽壁

방법은 세 가지다
가고 없는 사람 앞에 서성이듯
스스로 그 벽이 무너져 내릴 때까지
기다리거나
아예 그 사람 잊어버리듯
벽을 잊어버리거나
아니면 벽을 뚫고 벽을 넘어서거나

그러나 오늘도 나는
내 앞에 버티고 선 우람한 벽을
밀어보려고 한다
사실은 꿈쩍도 하지 않는데
사실은 벽 때문에 조금씩 뒤로 밀리고 있을 뿐인데

태어나서 살다가 죽었다라고
한 줄이면 다 끝나버릴 텐데

사랑은

사랑은
꽃이 아니다
꽃 지고 난 후의 그 무엇
사랑은 열매가 아니다
열매 맺히고 난 후의 그 무엇

그 무엇이 무엇인지 모르기 때문에
우리는 사랑한다

이 지상에 처음으로 피어나는 꽃
이 지상에 마지막으로 맺히는 열매

그것이 무엇인지 모르기 때문에
우리는 사랑한다

울진 적송

이십 년 책 보시와 사십 년 사람 공부가 울울한 적송 한 그루만 못하다
수십 척 올곧은 자세를 일으키기 위해 뿌리째 휘어지는 굴복이 얼마나 많았겠나
저 허공에 막막한 길 있다고 뚝심 하나로 비탈에 서서
먼발치로 굽어보는 세상이 멀어
힘찬 팔뚝으로 부질없는 바람을 몸속에 잡아넣는다

넉넉히 백 년만 기다리거라
온몸을 부딪쳐 이 세상에서 가장 큰 울음을 들려주겠다

우리는 서로에게 슬픔의 나무이다 1

평생을 배워도 되지 않을 것 같다 슬픔
병도 깊으면 친구가 되는데 슬픔
아니다, 아니다 북풍한설로 못을 박아도 푸르게 고개를 내미는
젊은 날의 부스럼 꽃 토막토막 끊어질 듯 끊어지지 않는 강물에 피어
미워할 수 없는, 잊을 수 없는 슬픔은 문장이 되지 않는다

빈손을 내민다
나전에서 봉평 가는 길에 마주친 물길
하늘 끝자락을 잡아당기자 속살 깊이 그려낸 몇 필의 비단
그저 끝없이 풀려나가 풀려나가 그곳에 뜬금없이 무늬지고 싶어도
생살로 또렷이 파고드는 꽃말,
슬픔은 구절구절 꺾이고 젖혀지는 길밖에 없다

우리는 서로에게 슬픔의 나무이다

실크로드

누가 이렇게 이쁜 이름 걸어놓고
황홀하게 죽어갔는가
무지개
그 양쪽 끝에서
터벅거리는
사랑
사막
지옥

만해시인학교

탈옥한 죄수의 이름표를 매단 차를 풀밭에 버려두고 산길을 걷는다. 살아지는 하루를 벗고 사라지는 길, 참 아득하다 어느 사람은 한풀이로 삼 년을 보내고 어느 사람은 삼 년을 침묵을 배우고 내려간 길. 배반할 줄 모르는 나무들아, 새들아, 벌레들아 모두들 안녕하구나. 짧은 여름밤 사람 말고 별하고 사람 말고 물하고 이야기하고 싶어 산이 저하고 놀자고 마주 앉는다

물은 흘러가고
물소리가 남는다
어둠 속에 가득 차는
저 울음소리
누군가 물의 소맷자락,
발자락 안간힘 쓰며 붙잡아 매고 있는 것이다
물은 그때마다 제 몸
제 살을 뚝뚝 떼어주며
그럴수록 몸살 불리며
산을 넘는다

산막山幕

영양에서 봉화장 가는 군내버스 쉬엄쉬엄 일월산 고개턱에 그예 펄썩 주저앉는다. 무임승차한 해는 봉화 쪽으로 서둘러 기울고 주막 여주인은 방금 소주 한 병을 딴다. 에따 나도 한 잔 주쇼, 여기서 자고 내일 아침 내려갈란다. 서둘러 산국山菊이 화장을 지우고 31번 국도도 따라서 파장이다.

뒤죽박죽 제멋대로, 그래도 편안히 몸 내어주는 산막에 가을만 저 홀로 슬프다

노을

어둠끼리 살 부딪쳐 돋아나는

이 세상 불빛은 어디서 오나

쓰러질 듯

쓰러질 듯

서해 바다 가득한 노을을

끌고 돌아오는

줄포항 목선 그물 속

살아서 퍼득거리는

화약 냄새

곰소 염전

누가 뿌린 눈물이기에

이렇게 아리도록 흰 어여쁨이냐

발가벗은 온몸으로 승천하는 것이냐

언젠가 숙명으로 다가왔던 바다는 없고

세월에 절은

이 짠맛!

건봉사, 그 폐허

온몸으로 무너진 자에게 또 한 번 무너지라고
넓은 가슴 송두리째 내어주는 그 사람
봄이면 이름 모를 풀꽃들에게 넉넉하게 자리 내어주고
여름에는 우중첩첩 내리쏟는 장대비 꼿꼿이 세워주더니
가을에는 이 세상 슬픔은 이렇게 우는 것이라고 풀무치, 쓰르라미, 귀뚜라미
목청껏 울게 하더니
겨울에는 그 모든 것 쓸어 담아 흰 눈으로 태우는
건봉사, 그 폐허
나도 그에게로 가서
그대의 폐허가 되고 싶다
아무렇게 읽어도 사랑이 되는
사랑을 몰라도 눈물이 되는
바람의 집
그대의 종이 되고 싶다

여행길 1

그 가족은 에어컨, 자동 핸들, 자동 브레이크가 장치된 연분홍색 차를 타고 포장이 엉망이고 쓰레기, 남루한 건물, 벌써 오래전에 땅 밑에 설치했어야 할 전봇대 등에 의해 더러워진 도시를 통과하여 피크닉을 떠난다. 그들은 상업광고에 의해 대부분 풍경이 가려진 시골을 통과한다……

그들은 오염된 개천 옆에서 이동식 아이스박스에서 잘 포장된 음식을 꺼내어 먹고 공공 위생과 공공 도덕이 엉망인 공원에서 밤을 보내기 위해 길을 떠난다. 썩어가는 쓰레기의 악취에 둘러싸여 나일론 텐트 속의 공기 침대 위에서 잠을 청하면서 그들은 자신들의 풍요 속에 있는 이상한 불균형을 막연하게 느끼게 될 것이다.

—《사회정치철학: 개인과 정치적 질서》,
N. 보위, R. 사이몬 지음, 이인탁 옮김, 225쪽

그래, 나는 떠난다, 너를 버리러, 오래된 사랑을 버리려면 그렇게 떠나야 한다, 발길이 닿지 않은 음습한 오지에 뒤돌아보지 않고 먼 길을 돌아오기 위하여, 너와 함께 떠난다.

삐거덕거릴 때부터, 속으로 나사가 빠지기 시작한 원인 불명의 두통으로부터 진즉 빠져나왔어야만 했다. 동행이 고통이 된다. 불가피한 폐기 처분의 사랑, 서로를 떠날 때 우리는 서로의 폐차장이 된다. 92년도식 1500cc 십만오천 킬로 달려온 사랑의 끝.

여행길 2

> 가난은 대개 큰길에서 벗어나 있다. 가난은 항상 그래 왔다, 평범한 여행자는 간선도로를 벗어나는 경우가 없다, 오늘날 그는 각 주州로 연결된 고속도로를 달린다. 그는 30년대의 웨일즈 지방을 묘사한 영화의 한 장면 같은 마을들이 즐비한 펜실배니아 계곡에 들르지 않는다. 그는 열을 지어 있는 회사 사택, 바퀴 자국이 난 비포장도로…… 등을 보지 않는다. 비록 그가 우연히 그곳을 통과하게 될지라도 그 여행자는 선술집의 실업자나 노동 착취 공장에서 도망하여 고향으로 돌아온 처녀들을 만나지 못할 것이다.
>
> —《사회정치철학: 개인과 정치적 질서》,
> N. 보위, R. 사이몬 지음, 이인탁 옮김, 229쪽

고속도로와 같이 뻥 뚫린, 그리하여 초스피드로 도달하여야 할 풍요의 저 땅, 우리의 사랑은 뻥 뚫리고, 초스피드로 불탔다. 우리의 사랑은 조금 더 가난하여 조금 더 갈구하여야만 했다. 우리가 외면했던 진흙탕 황톳길, 뿌연 먼지 흩날리는 비포장 돌아가는 먼 길을 우리는 좀 더 참고 견뎌야만 했다. 우리는 지렁이처럼 온몸을 던져 느릿느릿 대나무 움트는 그 순간과 저녁답 연기 피워 올리는 군불 냄새를 좀 더 가까이 오래 바라보아야만 했다. 우리의 사랑은 빠르게 도착한 것이 아니라 너무 빨리 서로를 지나친 것이 아니었던가, 너의 뒷모습을 보니 눈물 난다. 정말 눈물 난다.

---

* 앞의 시들은《우리는 서로에게 슬픔의 나무이다》(1999, 시와시학 새시집, 시와시학사)에서 가져왔다.

달팽이의 꿈

오늘도 느릿느릿 걸었다
느릿느릿 뛰었다
집으로 돌아가는 사람들을 바라보며
느릿느릿 걸었다
성급하게 인생을 내걸었던 사랑은
온몸을 비벼댈 수밖에 없었던
세월 앞에 무릎을 꺾었고
나에게는 어차피
도달해야 할 집이 없다
나는 요가 수행자
잔뜩 몸을 웅크리고 잠을 구겨 넣는다
언제나 노숙인 채로
나는 꿈꾼다
내 집이 이인용 슬리핑백이었으면 좋겠다

바람으로 달려가

달리기를 해보면 안다
속력을 낼수록 정면으로 다가가서
더욱 거세지는 힘
그렇게 바람은 소멸을 향하여
줄기차게 뛰어간다는 사실을
그러므로 나의 배후는 바람으로
바람으로 그대에게 다가간다는 것을

달리기를 해보면 안다
소멸을 향하여 달려가는 바람과 멀어지면서
나 또한 잠시라도 멈추어 서서
물 한 모금 마시고 싶지만
앞으로 떠밀어내는 힘 때문에
더 멀리 달려갈 수밖에 없다는 사실을

언젠가는 풀썩 무릎 꺾고 주저앉기 위하여
거친 숨 몰아쉬며 그대 이름 부르기 위하여
세상에는 그렇게 어딘가를 떠나온
도착해야 할 집들을 잃은
꽃들이, 나무들이

바람으로

바램으로 가득하지 않은가

내 마음의 벽화 1

내 마음의 벽화는
말하자면
거실 한쪽 벽에
못 박혀 있는
동양화 액자와도 같은 것이다
있어도 없는 듯하다가
가끔 눈길이 가면
푸른 하늘
마을로 가는 오솔길
밭 가는 농부와 소
텅 빈 여백과
먹빛만으로
한 걸음씩 다가오듯이
내가 어디 있나
길 잃고 두리번거릴 때
여기 있어 하면서
내 마음에 못 박혀
당신이 손짓하는 것이다

아침에 전해준 새소리

죽지 않을 만큼만 잠을 잔다
죽지 않을 만큼만 먹고
죽지 않을 만큼만 꿈을 꾼다
죽지 않을 만큼만 말을 하고
죽지 않을 만큼만 걸어간다
그래야 될 것 같아서
누군가 외로울 때
웃는 것조차 죄가 되는 것 같아서
그래야 될 것 같아서
아, 그러나,
그러나
모든 경계를 허물지 않고
죽지 않을 만큼만 사랑할 수는 없다
누구나 말하지 않는가
죽을 때까지 사랑한다고
나는 그 끝마저도
뛰어넘고 싶다

그리움의 저수지엔 물길이 없다

출렁거리는
억만 톤의 그리움
푸른 하늘의 저수지엔
물길이 없다
혼자 차오르고
혼자 비워지고
물결 하나 일지 않는
그리움의 저수지
머리에 이고
물길을 찾아갈 때
먹장구름은 후두둑
길을 지워버린다
어디에서 오시는가
저 푸른 저수지
한 장의 편지지에
물총새 날아가고
노을이 지고
별이 뜨고
오늘은 조각달이 물 위에 떠서
노 저어 가보는데

그리움의 저수지엔

물길이 없다

주소가 없다

촛불을 켜다

밝고 맑은 날에는 제가 필요하지 않습니다
어둡고 길 잃어 힘들어질 때
저는 비로소 당신 곁으로 달려가
당신의 발밑에 엎드리는 작은 불빛입니다
당신이 보이지 않는 곳에서도
저는 예비합니다
밝고 맑은 날에도 저는 영혼의 심지를 올려
어둡고 비바람 치는 날이 오지 않기를
사랑의 촛대 위에 눈물을 올립니다

이메일

이메일에는 보관함이 있고 휴지통이 있다
휴지통은 쓸데없는 것, 별 볼일 없는 것
용도 폐기된 것들을 버리는 것이지만
때로는 소중하고, 기억에 남아 있어야 할 것도
버려야 할 때가 있다
휴지통은 뚜껑이 있거나 아예 뚜껑조차 없이
무조건 열려 있다
휴지통조차도 그것이 가득 차면 버려지기를 원한다
정말 삭제하시겠습니까? 예, 아니오
우리는 고통스럽게 예의 버튼을 눌러야 할 때가 있다
순식간에 비워지는 말들, 시간의 때들
그것들, 순식간에 사라지는 비밀의 통로 저편에서
늘어난 저장 용량만큼의 휴지통이
추억이 지워지기를 기다리고 있다

밤에 쓰는 편지

먹을 갈아 정갈해진 정적 몇 방울로 편지를 쓴다
어둠에 묻어나는 글자들이 문장을 이루어
한줄기 기러기 떼로 날아가고
그가 좋아하는 바이올렛 한 묶음으로 동여맨
그가 좋아하는 커피 향을 올려드리면
내 가슴에는 외출 중의 팻말이 말뚝으로 박힌다
내가 묻고 내가 대답하는 그의 먼 안부
동이 트기 전에 편지는 끝나야 한다
신데렐라가 벗어놓고 간 유리 구두처럼
발자국을 남겨서는 안 된다
밤에 쓰는 편지는 알코올 성분으로 가득 차고
휘발성이 강해야 한다는 사실을 나는 안다
그가 깨어나 창문을 열 때
새벽하늘은 아무 일 없었다는 듯이 푸르러야 한다
맑은 또 하나의 창이어야 한다
오늘도 나는 기다린다
어둠을 갈아 편지를 쓰기 위하여
적막한 그대를 호명하기 위하여

인터넷이 가르쳐준 그리움

메일이 없습니다
받은 편지함에는 편지가 없다
받을 편지는 이미 도착했는데
받은 편지함에는 편지가 없다
받을 편지는 이미 읽었는데
몽글몽글 하얀 수국 꽃잎 같은 글씨 보이지 않고
받은 편지함에는 편지가 없다
뚫어지게 쳐다보는 동구 밖으로
길은 가다가 되돌아오고
외진 산기슭 성황당 돌무더기처럼
켜켜이 쌓여가는 시그널
메일이 없습니다가
매일이 없습니다로 보이고
내일이 없습니다로 흐릿해지더니
제멋대로 하루는 로그아웃된다
메일이 없다는 것은
매일이 없다는 것이고
내일이 없다는 것이라고
나를 로그인시키려면
그대가 가르쳐준

비밀번호가 필요하다

* 앞의 시들은 《그리움의 저수지엔 물길이 없다》(2001, 포엠서정시선, 포엠토피아)에서 가져왔다.

수행修行

내가 오랫동안 해온 일은 무릎 꿇는 일이었다
수치도 괴로움도 없이
물 흐르는 소리를 오래 듣거나
달구어진 인두를 다루는 일이었다
오늘 벗어던진 허물에는
쉽게 지워지지 않는 때와 얼룩이
나의 손길을 기다리고 있다
자신을 함부로 팽개치지 않는 사람은
자동세탁기를 믿지 않는다
성급하게 때와 얼룩을 지우려고
자신의 허물을 빡빡하게 문지르지 않는다
마음으로 때를 지우고
마음으로 얼룩을 지운다
물은 그때 비로소 내 마음을 데리고
때와 얼룩을 데리고 어디론가 사라진다
빨랫줄에 걸려 있는 어제의 깃발들을 내리고
나는 다시 무릎을 꿇는다
때와 얼룩을 지웠다고 어제의 허물이
옷이 되는 것은 아니다
본의 아니게 구겨진 내 삶처럼

무늬들의 자리를 되찾기에는 또 한 번의

형벌이 남겨져 있다

쓸데없이 잡힌 시름처럼 주름은

뜨거운 다리미의 눌림 속에 펴진다

내 살갗이 데이는 것처럼 마음으로 펴지 않으면

어제의 허물은 몇 개의 새로운 주름을 만들어놓고 만다

비비고, 주무르고, 헹구고, 펴고, 누르고, 걸고

평생을 허물을 벗기 위해

오늘도 무릎 꿇는 일을 멈추지 않는다

탑과 벽

하찮은 돌멩이들도 쌓으면 탑이 된다
절 받기 위해서가 아니라
늘 그윽한 발걸음으로 서 있는
그대를 만나기 위해
하늘을 받치고자 함이었는데
아, 나는 탑이 되지 못하고
벽이 되었구나
얼굴에 가득한 낙서
급전 대출과 주점 안내문
가까운 것은 주검이고
그대의 하늘을 가리고만 있구나
벽 속에서
파도가 소리치며 운다
벽 속에서
가슴을 치는 종소리가 운다

조롱받는 새

슬퍼도 울고
기뻐도 울고
노래해도 운다고
조롱받는다

조롱 속에서 사람들이
조롱 밖의 새에게
한 움큼의 모이와
물을 준다

너에게도 자유가 있어야 할 텐데

싸움닭

벼슬 같지 않은 벼슬 세우고

깃털 치켜올리고

발톱도 벼려보고

아, 날지도 못하는 주제에

싸움을 건다

이기지 못할 것 알면서

세상에

저 무량한 허공에

싸움을 건다

다가오지 마라

나는 칼이다

나는 쇠꼬챙이다

뒷걸음질치면서

꼭이야 꼭! 꼭! 꼭!

종종걸음으로 통닭이 되어간다

김대균의 줄타기•

1

바람 센 날

한 손에 부채 쥐어 들고

줄에 오른다

이게 다 밥 먹고 사는 벱이여

얼쑤, 추임새 넣고

밑을 내려다본다

아차 줄 놓는 순간에

콘크리트 두꺼운 회색 바닥에

어떻게 될지

다섯 길이 안 되는

동아줄 위를

아슬아슬

앙반다리했다가

재재걸음 발름대다가

털썩 주저앉았다가

튕겨오를 때마다

구경꾼들은 박수를 친다

배운 게 이거밖에 없어

사타구니 속 쳐다보지 말아

아무것도 없다니까

다 보여주고

또 보여준다

이 짓거리 낸들 좋아서 하남

얼쑤

2

매트리스 한 장 깔지 않고

혼신의 힘

줄 위를 오간다

이 끝에서는 저쪽 춘향이가 보이고

저 끝에서는 이쪽 이도령이 보이나

오, 줄이며, 길이며, 밥줄이며, 밥길인

줄타기

절대로

줄 위에서 떨어지면 안 되는 광대

연습 없는 죽음을 향해

그가 광대의 탈을 벗고 사람이 되는 날

그날은

허공에 홀연히 몸을 날려

실수인 듯

맨바닥으로

아득히 추락하는 날이다

• 김대균은 우리나라 중요무형문화재 58호이다. 아홉 살, 어려서부터 줄을 타기 시작한 지 20년이 넘었다. 2001년 5월 경희대학교 축제 때 콘크리트 마당에서 15분간 줄을 탔다. 나는 일회용 커피를 마시면서 박수를 쳤고, 바람이 유난히 거센 날의 일이었다. http://www.jultagi.or.kr(김대균 홈페이지)

개 같은 날의 오후

물끄러미 서로를 쳐다본다
끈끈한 눈빛으로
서로를 핥아준다
개가 되고 싶은 나와
사람이 되고 싶은 그가
소파에 등을 기대고 있다
정해진 시간의 용변과
금욕을 강요받는 소량의 식사
공원에 갈 때는 천천히 걸어
적당히 꼬리 칠 줄 알고
두려움을 감추며
위엄 있게 짖는 법은 기본이지
야성을 잃은 그는 안락을 얻었고
어느 위대한 시인은 말했다
꿈이 없는 인간은 인간이 아니라고
꿈은 반드시 이루어진다고 했던가
백수의 꿈
나는 그에게 꿈을 가르친다
바닥에 꿈이라고 쓰여진 물그릇에
머리를 처박을 때마다 그는 문맹이면서

그는 꿈을 배운다

나는 개처럼 살고 싶다

혀를 끌끌 차면서

사람으로 살기가 너무 어렵다

천국에 관한 비망록

—42.195km

천국을 가기 위해서는 반드시 지옥을 통과해야만 한다
비록 이 길이 지옥에서 지옥으로 가는 길이라 하더라도
이 길이 천국에서 지옥으로 가는 길이라 하더라도
태어난 곳으로 거꾸로 거슬러 오르는 연어처럼
이 길이 죽음으로 완성되는 천국으로 가는 길이라고
너무 짧거나 아니면 너무 긴 이 삶을 이야기하고 싶어진다
동전 떨어지듯 상쾌한 햇빛을 밟으며
헤엄쳐 가거나 날아가거나
짙어지는 안개 속을 헤쳐 나가기 위해서는
차라리 눈감고 뛰어가리라
지옥은 아름답다 그리고 풍요롭다
고통의 신음과 환희의 웃음소리가
꿀물처럼 갈증을 일으킨다
아름다운 사람아, 이윽고 내가 너에게 닿을 때
풀린 다리와 가쁜 숨과 땀내 가득한 한마디 말로
굳게 닫힌 천국의 문이 열리리라
기다림으로 황폐해진 정원, 그 가슴팍에
한 톨의 검은 씨앗으로 너의 가슴에 깊이 파묻히련다
산도 넘다 보면 강이 되더라
흘러가다 보면 강도 산이 되더라

화병花甁

결국은 시들어버리는 꽃을 꽂기 위해
내공은 속을 텅 비워버리는 연습인 것이다
주둥이가 깨지고 몸이 금가고
그렇게 살다가 깨끗이 버려지는 것이다
결가부좌結跏趺座하고 장작불 고열 속에서
기꺼이 그대의 가슴속에서 열반한 내 사랑
청자도 아니고 백자도 아니고
때깔도 곱지 못한 이 삶은
오롯이 당신에게서 태어난 것이다
아직도 들끓는 피
아직도 너끈히 나무 한 그루 키워낼 수 있는
부푼 공기도
그대가 불어 넣어준 들숨이다
아! 바다를 넘고 산을 넘어서
그대의 가슴에 다시 돌아가기 위하여
풀씨보다 더 가볍게 모래로 부서지려는
한 남자의 내공

달팽이

한때는 달팽이를 비웃은 그런 날들이 있었지
세상은 핑글거리며 돌아가고 있는데
그렇게 느린 걸음으로 어디까지 갈 수 있겠나 하고
집 속에 틀어박혀 공상이나 일삼는 철학자처럼
머릿속 황무지를 개간하는 노동이 무슨 필요 있느냐고
그러나 어느 날 자급자족이 되지 않는 세상에 찬 바람 불어
밥 굶고 신문지 이불 삼아 노숙하는 사람이 나임을 알았을 때
발 부르트도록 걸어왔던 그 길이 신기루였음을 알게 되었을 때
비록 구부리고 토끼잠을 잘지언정 달팽이 네가 부러웠다
집은 갈수록 멀어지고 겨울은 끝내 떠나가지 않을 듯싶었다

그

슬프면 그는 웃는다
그는 기쁨을 배우지 못했다
그가 웃으면 슬프다
슬픔은 먼 데로 가서
혼자 꽃을 피운다
봄은 수많은 그로 가득 찬다

물을 끓이며

목마를수록 물은 천천히 마셔야 하는 법이다
생의 갈증인 절망도 천천히 가라앉혀야 하는 법이다
주전자에서 물이 끓는 소리
말이 우는 소리를 들으면
침묵이 왜 금보다 귀한지 알 것 같다
수증기로 사라져버리는 말의 독
눅신거리는 말의 뼈를 바르고 난 뒤
조금씩 식혀 마시는 물맛은
오랜 세월 죽은 듯 살아온 노인의 흰 웃음처럼
향기를 뒤로 남기는 법이다

산다는 것

집으로 돌아가는 촌로 부부를 태웠다. 직업이 뭐요? 학교에서 학생들 가르칩니다. 아! 그거 좋지, 난 배우는 사람이요, 땡감만 열려 매년 골탕 먹이는 감나무한테, 삽질, 쇠스랑질에 돌만 솟아오르는 땅한테, 제멋대로 비 뿌리고 제멋대로 비 거두어가는 하늘에……

옆에서 할머니가 거들었다. 소득 없는 일에 저렇게 매달리는 법만 평생 배워야 소용없소, 거두어들일 줄 알아야지.

논둑에 깨가 한창이었다. 아, 저 깨들 좀 봐. 정말 잘 영글었네, 내 새끼들 같다니까. 올해 깨 심었는데 내 눈에는 깨밖에 안 보여, 온통 깨밖에 없다니까, 말 못 하는 저것들도 사람 정성은 알지, 마음 좋게, 편하게 정성을 다하면 보답을 한다니까, 아! 저 영근 깨들 좀 봐요, 저 주인네 참 실한 사람이겠구먼.

산소 가는 길, 집도 보이지 않는 산길을 두 노인네 다시 터벅터벅 사라져 갔다.

한강 유람선 위에서

저기, 고행자가 지나간다. 고행자는 한결같이 일그러진 얼굴과 퀭한 눈과 헝클어진 머리칼과 약간은 썩은 냄새를 풍기는데, 고행자는 한결같이 굶주림의 미소와 약간의 빵 굽는 냄새의 평화를 보여준다. 저기, 고행자가 지나간다. 고행자는 사라지고 있는데, 한 번도 고행자는 사라지는 모습을 보여준 적이 없다. 이상하다. 우리는 그의 몸을 보면서 그의 정신을 훔치려고 한다. 이상하다. 우리가 그의 정신을 훔칠 때 우리는 지독한 구역질에 시달린다. 저기 고행자가 지나간다. 걷다가 넘어지다가 이윽고 온몸으로 기어간다. 고행자는 제 몸을 눕히면서, 제 몸을 오체투지하면서 앞으로 앞으로 나아간다. 우리는 엎드린 그를 숭상하고 엎드린 그를 경멸한다. 그물을 치고, 둑을 쌓고, 댐을 만들고 그를 먹으면서 그를 배설한다. 그가 길이다. 그의 몸이 길이다. 아니, 우리는 그를 길이라고 부르지 않는다

지금 우리는 어디에 있는가? 깔아뭉개지는 그는 뭉개질수록 우리의 가슴께로 차올라 우리의 욕망을 엿보고 있다. 우리는 어디에 있는가? 저 뱃전에 출렁거리는 그의 힘살에 떠밀리지 않으려고 발버둥 칠 뿐, 저 먼 뻘밭에 처박히고 저 먼 바다에 출렁거리려고 하지 않는다.

지금 우리는 그를 노래하려고 하는데, 그는 침묵을 우리에게 가르치고 있다.

내 배 위에서 죽어라!

부력과 가라앉음의 아슬한 줄 위에서

한줄기 바람도 위태롭다

통화 중通話中

열 걸음만 나오면 속세다. 누구의 손바닥 안에서 싫증이 나면 늙은 스님은 길가 자판기 커피를 마신다. 자판기 옆의 공중전화통, 통화 중인 세상에서 뚝뚝 나뭇잎이 떨어진다

자네 출세했구만, 몇 장의 흰 구름, 바쁘게 개울물로 흘러간 것이 엊그제 같은데, 세상 밖으로 나왔다는 말인가, 세상 속으로 들어갔다는 말인가

가슴이 온통 빈 북 같다

밤바다

그를 만나러 감포에서 울진으로 간다
얼마나 먼 곳에서 숨차게 달려와 쓰러지는 것인지
너울대는 포말이 순간 흰 꽃으로 핀다
피었다가 지면서 파도를 움켜쥐며 날아오르는 갈매기
망막을 할퀼 때마다 길은 급하게 왼쪽으로 꺾인다
그를 만난 지 오래되었다. 사랑을 잃고 타향에 몸 붙인 그를
이제야 만나러 간다
그는 말하지 않을 것이다. 왜 밤길을 달려 방파제 끝에서 서성였는지를
왜 막막한 바다에 줄을 던져놓고 마시지 못하는 소주를 두 병씩 마셨는지를
밤바다의 울음이 두통을 일으킨다
흐드러지게 핀 흰 꽃들은 일제히 고개를 꺾어 길을 막는다
그가 말하지 않을 것이므로 나는 서둘러 이야기한다
외로운 사람이 바다로 간다
사시사철 피었다 지고 피었다 지는 흰 꽃을 보러 바다로 간다
외로운 사람보다 더 외로운 것이
바다라는 것을 아는 사람이 바다로 간다
그는 울진 방파제에서 실종되었다

안개

언제부터인가 안개를 사랑하게 되었어
그 자리에 놓여진 것들 탐내지 않고
손끝 하나 다치지 않게 하고
부드럽게 감싸 안을 줄 아는 안개를 사랑하게 되었어
처음에는 더듬거리고 막막해하다가
한 걸음씩 고개 숙여 걸어가다 보면
엷은 슬픔의 축축한 옷 안개의 속마음을 알게 되지
껴안을수록 나의 두 손은 허허로운 가슴께로 모두어지고
헤쳐 나가면 나갈수록 무겁게 다가서는 생을 사랑하게 되었어
한 걸음 벗어난 아득한 벼랑 너머에도
하늘과 땅 밑에도 길이 있음을 눈감고 알게 되었어

저녁 부석사

무량수전 지붕부터 어둠이 내려앉아
안양루 아랫도리까지 적셔질 때까지만 생각하자
참고 참았다가 끝내 웅얼거리며 돌아서버린
첫사랑 고백 같은 저 종소리가
도솔천으로 올라갈 때까지만 생각하자
어지러이 휘어 돌던 길들 불러 모아
노을 비단 한 필로 감아올리는 그때까지만 생각하자
아, 이제 어디로 가지?

병산屛山•을 지나며

어디서 오는지 묻는 이 없고
어디로 가는지 묻는 이 없는
인생은 저 푸른 물과 같은 것이다
높은 곳을 향해 발걸음을 옮기는 어리석음이
결국은 먼 길을 돌고 돌아
제자리로 돌아오는 것임을
짧은 인생이 뉘우친다
쌓아 올린 그 키만큼
탑은 속절없이 스러지고
낮게 기어가는 강의 등줄기에
세월은 잔물결 몇 개를 그리다 만다
옛사람 그러하듯이 나도
그 강을 건널 생각 버리고
저편 병산의 바위를 물끄러미 쳐다보려니
몇 점 구름은 수줍은 듯 흩어지고
돌아갈 길을 줍는 황급한 마음이
강물에 텀벙거린다
병산에 와서 나는 병산을 잊어버리고
병산이 어디에 있느냐고 손사래를 치고 있다

• 경북 안동시 풍산면 하회 낙동강변의 산. 산허리에 병풍처럼 바위가 띠로 둘러져 있어 병산이라 일컫는다. 서애 유성룡의 위패를 모신 사액서원 병산서원이 있다.

어느 날 종소리를 듣다

한 대 맞으면 속으로 불알 흔들어대며 요란 떠는 높은 망루가 아니라
묵직하게 어깨를 내리깔고 안으로 아픔을 감아올리는 우리나라 종소리는
이 말 저 말 다 버리고 그저 우물거리는 단 한마디 말씀뿐이어서
세음世音, 발자국 소리 멀리 물리친 뒤 적막 한 장 깔아놓고 받아 적어야 하네
바람이라도 불라치면 작은 산새처럼 날아가버리고
때로는 나뭇잎 몇 장 떨구어지기도 하여
한 번도 제대로 받아 적어보지 못하였지만
우우우 우웅 우웅 우우우 그 소리가 내 목덜미를 죄어와
네 세 치 혀를 내놓아라 으름장 놓는 것은 분명히 알겠네

43번 국도

사랑을 해본 사람은 알지
이 길이 어디에서 시작해서 어디에서 끝나는 길인지
물어보지 않지
이정표를 놓치고 길 잘못 들어 헤매일 때
바람보다 슬픈 노래는 없다는 것을 깨닫게 되지
부딪치고 깨지지 않으면 들리지 않는 노래
머무를 수 없는 바람의 길
이제는 눈감고도 훤히 끝이 보이는 길

어느 봄날에 일어난 일

이파리 하나 달리지 않은
나뭇가지가
툭 하고 부러졌다
무엇인가가 나뭇가지에
목을 매달아
그 무게를 견디지 못해
내 목 부러진다 하면서
그 무엇인가를 땅바닥에
내동댕이쳤던 것이다
피 한 방울 흘리지 않고
아프다는 말 한마디 하지 않고

그 자리

자북하게 민들레가 앉아 있던 자리
올해엔 개망초가 어깨동무하고 있다
저 평화,
제 몸을 두드리는 이
그 누구 마다않고 아픔을 되물어
치맛단 스치는 푸른 종소리
그 가슴 같다
편지를 읽다가 우렁우렁 날아들던 나비
울지 말아야지
흰 구름 오래 머무른 자리
이제는 토끼풀이 돋아날 차례이다

벚꽃 축제

나

생화야

생화야

살아 있어

잘 봐

떨어지고 있잖아

산화하면서

더 눈부신

더 빛이 나는

벚꽃나무 아래서

나는 불임의 꿈을 꾼다

밤나무 이야기

여름에서 겨울로 가는 길목에 서 있다

가부좌를 틀거나

반가사유半跏思惟의 모습으로

때로는 망부석처럼 우두커니

잘나가는 봄철 그렇게 보내고

진득하게 온몸을 뒤트는 욕정의 냄새

코 막고 얼굴을 찡그리며 지나가는

우리의 젊음도 저러했으리라

죄 짓고 바라보는 밤하늘의 별처럼

가시 돋쳐 떨어지는 눈물을 가슴으로 받으니

앞산도 쿵쿵 뒷산도 쿵쿵

밤송이 하나가 적막을 울리는구나

가시 돋친 채 늙어가는 세월

스스로 몸을 열어 보여주는 침묵의 돌멩이

풀섶에 제멋대로 해탈하고 있구나

화무백일홍花無百日紅

아, 꽃이 좋다
기쁨으로도 슬픔으로도
성냥불 하나 긋듯이
환해지는 이 순간을 위하여
완성을 향한 더딘 걸음이
세월을 용케 참고 견디었겠느냐
완성되자마자 소멸을 시작하는
내 삶의 절정은
꽃이 피었느냐
꽃이 졌느냐

홍도화紅桃花

풍경 소리가 곱기로는
파계사 원통전이 으뜸이지
염불하다 인기척에 살짝
문 열어보다 눈빛 마주친
비구니 고무신 끄는 소리가
어디에 숨어 있는지
나는 알겠다

국화에게

가을이 오면 꽃 피우는 줄 알았다
여린 팔 끝에 움켜쥔 손
펼치면 아무것도 아닌
속없는 꽃
바람 부는 길섶에선 볼 수가 없다
어디선가 무더기로 무더기로 팔려와
추모의 댓돌 위에
눈물 대신 꺾인 꽃
국화야
네가 피어야 가을이 온다
네가 웃어야 바람이 한결 낮아지고
네가 울어야 무서리가 진다
너는 지금 어디에 있느냐

눈길

녹고 다시 얼어붙은 빙판길을
오늘은 내가 간다
네가 넘어지지 않으려고 잡았던
나뭇가지를 오늘은 내가 잡고
네가 뒤우뚱거리며 엉덩방아를 찧었던 그 자리
나도 덩달아 미끄러지며
네가 힘들어하며 혼자 걸어갔던 눈길을
오늘은 내가 혼자 걸어간다
언제 우리가 손 한번 따스이 잡아보았던가

눈 몇 송이 눈물로 떨어지고
눈 몇 송이 꽃으로 피어나고

길 없는 길

하늘에는 하늘이 없고
산에는 산이 없다

오천 미터가 넘으면 거기부터는 신의 영역입니다
내려가라 하면 공손히 내려가야 하고
허락하지 않으면 결코 오를 수가 없습니다
그는 에베레스트 팔천 미터 고봉 14개를 정복했다
신의 나라를 열네 번이나 다녀왔으면서도
그는 신을 만난 이야기를 하지 않는다
풀도, 나무도, 새도 산 채로 거주할 수 없는 그 너머로
나는 나를 죽이며 간다
기어서 혹은 허공을 붙잡으면서
나를 뚫고 솟아오른 너를 향하여

밀렵 시대

단지 다른 사람들이 다니지 않은 길을 택했을 뿐이다
목숨을 부지할 수 있을 만큼만 먹기를 원했을 뿐이다
내 목을 노리는, 내 뒷다리를 옭아매려는 덫들은
눈 속에, 이윽고 썩어가는 낙엽의 밑바닥에 열쇠처럼
숨겨져 있다. 한 발 잘못 내딛었을 뿐이다. 눈 뜨고도
찾지 못하는 맹목의 열쇠, 몸부림치며 물어뜯으며 나는
두려워하지 않는다. 온몸에 매달린 덫들 철컥거리며
바람에 나부낀다
아! 땅에 묶여버린 나무들 아름답다. 가을이면 바람을 불러
몸의 덫들을 해탈하는 나무
하늘을 여는 저 직립의 열쇠

물을 노래함

따로 집이 없으니 가출家出인가 출가出家인가 피한다고 피해지지 않는 바위를 만나면 산산이 부서져주고 그 울음을 들었으되 피 흘림 어디에도 보이지 않아 맹목인가 맹물인가 폭포, 개울, 내, 소, 강 그 숱한 이름이 얼마나 부질없느냐 하수를 만나면 하수가 되어 몸 섞고 들병이처럼 들병이처럼 옷고름에 손이 자주 가는구나 안개가 되어주마 흰 구름이 되어주마 결국은 바다에 모여 소금으로 해탈하느니 오늘도 너를 향해 간다 몸 낮추면서 넘어지면서

---

* 앞의 시들은 《낙타에 관한 질문》(2004, 리토피아시인선, 리토피아)에서 가져왔다.

얼굴

—봉감모전오층석탑•

아무도 호명하지 않았다. 까마득하게 오래전부터 어디로 흘러가는지 모를 맑은 물가에 나아가 홀로 얼굴을 비춰보거나, 발목을 담가보다가 그길마저 부끄러워 얼른 바람에 지워버리는 나는 기댈 곳이 없다. 그림자를 길게 뻗어 강 건너 숲의 가슴에 닿아보아도 나무들의 노래를 배울 수가 없다

나에게로 가는 길이 점점 멀어진다. 떨어질 낙엽 대신 굳은 마음의 균열이 노을을 받아들인다. 늘 그대 곁에 서 있는 것이라고 나는 생각한다. 어깨에 기댄 그대 때문에 잠깐 현기증이 일고 시간의 열매인 얼굴은 나그네만이 알아본다. 흙바람을 맞으며 길을 버린 그대가 하염없이 작다

• 봉감모전오층석탑: 경북 영양군 입암면 산해리 봉감마을 밭 가운데 서 있는 모전탑(模塼塔)이다. 모전탑이란 벽돌처럼 돌을 쌓아올린 탑인데 목조탑의 형식에서 석탑으로 이행되어가는 중간 과정으로, 신라 말이나 고려 초에 건립된 것으로 추정된다. 밭으로 둘러싸여 있는 이곳은 다른 흔적은 찾아볼 수 없다. 높이 약 11미터, 산해리로 가는 2번 국도에서 약 1킬로미터를 승용차나 도보로 걸어가야 한다.

꽃

꽃이 늙다니!

그런 일이

조화 속에 말없이

숨죽이고 있다니!

발자국

마현에서 분원리로 건너오는 불빛이
흩날리는 꽃잎처럼 서러울 때
걸음을 멈추어 선 강물
얼어붙은 가슴 위로
흩뿌리는 눈은 쌓이고 또 쌓였다
살얼음이었을까
가만가만 다가가지 못하는 저 너머로
이번에는 분원리에서 마현으로 넘어가는 불빛이
그예 눈물을 참지 못하고
발자국 몇 개 서성거리며 되돌아왔다
말뚝을 박아도
넓게 넓게 그물을 던져놓아도
뒤돌아보지 않고 흘러가버릴 것들은
그만하구나
오늘은 깊은 울음 내려앉는 듯
순결했던 그 눈도
작은 발자국들도 함께 몸을 섞어
풀린 강물에
갈대들만 무성하게 투신하고 있구나
갈대답구나

의자

의자를 보면 슬프다
애써 고통을 참아내는
저 자세
생 마리 성당
돌바닥에 무릎 꿇고
고개 숙인 채
오래 기도하던,
초승달 아니면 그믐달처럼
휘인
오랜 시간 혼자 있어 외롭고
또 하나의 외로움으로 내가 얹히면
그 무게로 더욱 외로운 의자
나도 기도를 배우고 싶다
그 전에 나는 얼마나 많은
하루살이 꽃들의 이름을 외워야 하나
아무도 앉지 않아도 의자는 무너져가고
바람이 지나가도 의자는 무너진다
숲으로 건너가는 네발짐승의 꼬리처럼
여름 해는 얼마나 긴 그림자를
채찍으로 휘두르나

의자는 딱딱하다

딱딱할수록 나는 경건해진다

그 신호등은 나를 서게 한다

산으로 들어서는 그 길목에 신호등이 생겼다
파란 불이 들어와도 건너가는 이 없고
붉은 불이 들어와도 멈춰 서는 이 없는
신호등은 저 혼자 붉어졌다, 노래졌다, 파래진다
언제부터인지
나는 파란 신호등이 들어와도 서고
붉은 신호등이 와도 멈추어 선다
어느 날은 울컥 쏟아지는 눈물 같은
바람이 저 혼자 달려가고
요즈음은 산에서 날려 보낸 낙엽들이
횡단보도를 건너가다
제풀에 주저앉기도 한다
내 앞을 지나가는 저 무상한 것들
손길 한 번 주지 않고 휘적거리는 저것들
정작 내가 힘주어 브레이크를 밟는 것은
멈추어 서야만
흘러가는 강물을 바라볼 수 있기 때문이다
멀리 돌아와
내 가슴에 호수로 고이는
그대를 만날 수 있기 때문이다

인디고Indigo 책방

요크데일, 인디고 책방 2층 창가에 앉아 있다
저 멀리 윌슨 역에 서성거리는 그림자들 조합되지 않은 기호들 같다
401 익스프레스웨이와 다운타운으로 들어가는 길
나는 고개를 돌려 길을 되짚어야 한다
길을 되짚으려면 시선은 가지런한 서가에 아프게 가닿는다
저 미지의, 뚜껑을 열기 전에는 내용을 알 수 없는 책들
제목이 먼저 와닿거나
표지가 예뻐 손이 먼저 가거나
선택되기 위해서 직립한 책들을 보면 공연히 가슴이 시리다
너무 쉽게 읽어버린 책들
너무 어려워 팽개쳐버린 책들
그 책들을 바라보면서 그를 생각한다
얼마나 두꺼운 내용을 읽어내고
우리는 이승을 마감하는 것일까
나는 사랑이란 이미 씌어진 책이 아니라는 생각이 든다
표지만 있을 뿐 목차도 서문도 스스로 써내려가야 할
속이 빈 책이 어디엔가 있을 거라는 생각이 든다
나는 물끄러미 서가를 바라본다
내가 찾는 책은 제목도 저자도 없는 책이다
책을 바라보면 그가 바라보인다

그는 커피를 마신다, 크림을 많이 넣고

설탕을 거의 넣지 않는 나는 그가 마시는 설탕 두 개에

크림을 넣지 않은 그의 커피 맛을 생각한다

이윽고 나는 이층 계단을 걸어 내려온다

나는 그의 책이다 그의 책이 되기 위하여 나는 좌회전 깜빡이를 켠다

그는 401 웨스트를 타고 떠났고

가는 비가 그의 목소리를 재생시키고 있다

인디고의 붉은 불빛이 동백꽃 같다고 그는 생각할 것이다

제비꽃이 보고 싶다

듣지 말아야 할 것을 너무 많이 들었다

보지 말아야 할 것을 너무 많이 보았다

말하지 말아야 할 것을 너무 많이 떠들었다

듣지 않는 귀

보지 않는 눈

말하지 않는 혀

그래도 봄바람은 분다

그래도 제비꽃은 돋아 오른다

뜯어내도 송두리째

뿌리까지 들어내도

가슴에는 제비꽃이 한창이다

길은 저 혼자 깊어간다

직선으로 달리는 길이 뚫리고
길눈 어두운 사람만이 그 길을 간다
어깨가 좁고
급하게 꺾어들다가
숨차게 기어 올라가야 하는 그 길은
추억 같다
쉴 사람이 없어 폐쇄된 휴게소
입구의 나무 의자는 스스로 다리를 꺾고
무성하게 자라는 잡초들이 길을 메운다
천천히 아주 조금씩
참을성 있게 그 길은 저 혼자 깊어져간다
저 혼자 적막을 채우고
그 길은 이윽고 강이 된다
그 길을 가보고 싶다
사랑이란 어깨를 부딪치며 피어나는
이름 모를 풀꽃
굴곡진 길을 돌고 돌아야 얼굴 보여주는
수틀에 얹혀진 안개
멀리 멀리 돌아서 보면
직선으로 달려갔던 그 길도

알맞게 휘어 도는 것을

아무도 가려 하지 않는 그 길을

오래 터벅거리며

걸어가고 싶다

노래 부르고 싶다

Guest Room GS3

누군가 머물다 간 흔적은 어디에도 없다
열쇠를 비틀면 딱딱한 빵 같은 풍경 속에
나그네는 잠겨버린다
그 누군가의 흔적은
새로운 나그네가 도착하기 전에
완벽하게 닦여져나갔을 것이다
이 방은 많은 상처를 안고 있다
걸레질에 밀려나간 사람의 냄새
소독 알코올처럼 빛나는 조명등이 서늘하다
이 방은 완벽한 여행자를 원했다
수건 하나조차 걸려 있지 않은 옷걸이
검은 비닐로 싸인 휴지통은 하품하듯 비어 있다
이 방은 미련 없이 떠나는 사람들에게
상처를 받는다
여행자들은 15개 항목의
Guest Suite Policies를 읽는다
떠날 때 보증금을 깎이지 않기 위해서
모든 손길이 조심스럽다
나는 이 밤
이 방의 손을 찾고 있다

그래도 따뜻한 손은 있을 것 같아서

손잡고 잠들고 싶어서

북

북은 소리친다
속을 가득 비우고서
가슴을 친다
한마디 말밖에 배우지 않았다
한마디 말로도 가슴이
벅차다
그 한마디 말을 배우려고
북채를 드는 사람이 있다
북은 오직 그 사람에게
말을 건다
한마디 말로
평생을 노래한다

그 밤나무

마음을 두고
몸만 떠나오는 것인데
나는 마음과 몸을
그곳에 두고 왔다
낮에는 속절없이 솟아오르다
밤이면 몸 움츠려
지하의 불빛을 바라보는 그 나무
한 계절을 영글어도 떫은 밤송이
말먹이로밖에 못 쓴다는 밤송이
공연히 내 얼굴이 붉어진다
행여 찔릴까 가시 끝을 분지르고
그대 가슴에 흔적 남길까
내 눈물은 뭉툭하고 떫다
지금도 떨어지고 있냐고 묻는 내게
툭툭
툭툭툭 떨어지고 있다는
그 말
그 눈물

매화

천지에 꽃이 가득하다
젊어서 보이지 않던 꽃들이
이제야 폭죽처럼 눈에 보인다
향기가 짙어야 꽃이고
자태가 고와야 꽃이었던
그 시절 지나고
꽃이 아니어도
꽃으로 보이는 이 조화는
바람 스치는 인연에도
눈물 고이는 세월이 흘러갔음인가
피는 꽃만 꽃인 줄 알았더니
지는 꽃도 꽃이었으니
두 손 공손히 받쳐 들어
당신의 얼굴인 듯
혼자 마음 붉히는
천지에 꽃이 가득하다

어느 여배우의 죽음

그녀는 이혼녀였다
그녀는 파출부였다
그녀는 바람난 여자였다
그녀는 우아하게 와인을 마시고
강이 내려다보이는 하우스에서 잠을 잤다
그녀는 버림받았고
그녀는 배반했다
그녀는 재즈를 불렀다

그녀 안에 있는 모든 그녀들이
그녀를 죽이려고 달려들었다
우울증에 걸린 이혼녀가
우울증에 걸린 파출부를 죽이려고 하고
우울증에 걸린 바람난 여자가
우아하게 와인을 마시는 그녀를 죽이려고 덤벼들었다
우울증에 걸린 배반이
우울증에 걸린 복수를 죽이려 하고
우울증에 걸린 재즈가
우울증에 걸린 그녀의 잠을
그녀의 집을 죽이려고 찾아들었다

그녀는 죽지 않기 위해
모든 그녀들을
우울증을 죽여버렸다

스물다섯의 젊은 여배우는
우울증에 걸린 이 세상을
목에 매달았다
우울증이 소문처럼 이 세상을 맴돌았다

7번 국도

북행,

밀려 내려오는 바람을 피할 수는 없다

우리에게 밀려오는 외로움도 저와 같아서

저절로 눈시울 뜨거워지고 살이 에인다

남하하는 새 떼들 묵묵히 하늘가를 스치고 난 후

한마디 울음소리가 가슴에 서늘할 때

오른쪽 팔목을 잡는 바다

끝끝내 따라온다

줄 것도 없고 받을 것도 없는 공의 바다

옆구리 쪽으로 통증이 기운다

관동팔경의 몇 경을 지나왔나

절벽에서 꽃을 따던 신라 할배

백 보 바다로 나아가 보니

흩뿌리는 눈보라가 저 홀로 마을을 지나고 있다

백지

백지에는 아무것도 없는 것이 아니다
백지에는 아무것도 보이지 않을 뿐이다
네가 외로워서 술을 마실 때
나는 외로움에 취한다
백지에 떨어지는 눈물
한 장의 백지에는 백지의 전생이 숨어 있다
숲과 짐승들의 발자국
눈 내리던 하늘과 건너지 못하는
강이 흐른다
네가 외로워하는 것은 그 곁에 아무도 없기 때문이지만
네 옆에 내가 갈 수 없음이 외로움이다
그러므로 나는 숲에다 편지를 쓴다
길에다 하염없는 발자국에다 편지를 쓴다
백지에는 아무것도 없다
눈만 내려 쌓인다

눈부신 햇살

아침에 눈부신 햇살을 바라보는 일이 행복이다
눈뜨면 가장 먼저 달려오는
해맑은 얼굴을 바라보는 일이 행복이다
아무도 오지 않은
아무도 가지 않은
새벽길을 걸어가며
꽃송이로 떨어지는
햇살을 가슴에 담는 일이 행복이다

가슴에 담긴 것들 모두 주고도
더 주지 못해 마음 아팠던
사랑을 기억하는 일이 행복이다

공에 대한 질문

하나 나가고

둘 나가고

셋 나가고

나하고 같이 늙어

맞먹는 개하고

둘이 남아

햇볕 쪼이고 있다

식탁의 빈 밥그릇

뭐 떨어지는 게 없나

쪼그리고 앉은 개

방금 어느 분이 공을

말씀하셨단다

하니

그 말을 알아듣고

바람 빠진 공을 입에 물고

돌아온다

아이고, 이 귀여운 개야 하고

말을 하니

그 사람이 들여다보라고 한

내 마음 사막 저편에서

푸른 멍 대신 멍멍멍 소리가

멈추지 않는 기침으로

나를 일으켜 세운다

당신에게 말 걸기

이 세상에 못난 꽃은 없다
화난 꽃도 없다
향기는 향기대로
모양새는 모양새대로
다, 이쁜
허리 굽히고
무릎도 꿇고
흙 속에 마음을 묻은
다, 이쁜 꽃
그걸 모르는 것 같아서
네게로 다가간다
당신은 참, 예쁜 꽃

산이 사람을 가르친다

세상이 싫어 산에 든 사람에게 산이 가르친다
떠들고 싶으면 떠들어라
힘쓰고 싶으면 힘을 써라
길을 내고 싶으면 길을 내고
무덤을 짓고 싶으면 무덤을 지어라
산에 들면
아무도 내 이야기에 귀 기울이지 않는다
제풀에 겨워 넘어진 나무는
썩어도 악취를 풍기지 않는다
서로 먹고 먹히면서
섣부른 한숨이나 비명은 들리지 않는다
산이 사람을 가르친다
바람의 문법
물은 솟구치지 않고 내려가면서
세상을 배우지 않느냐
산의 경전을 다 읽으려면
눈이 먼다
천만 근이 넘는 침묵은
새털보다 가볍다
산이 사람을 가르친다

죽어서 내게로 오라

* 앞의 시들은 《당신에게 말 걸기》(2007, 예총출판 시선집 1, 예총출판부)에서 가져왔다.

해설: **염결한 고독자의 시**

—정병근(시인)

죽지 않을 만큼만 잠을 잔다
죽지 않을 만큼만 먹고
죽지 않을 만큼만 꿈을 꾼다
죽지 않을 만큼만 말을 하고
죽지 않을 만큼만 걸어간다
그래야 될 것 같아서
누군가 외로울 때
웃는 것조차 죄가 되는 것 같아서
그래야 될 것 같아서
아, 그러나,
그러나
모든 경계를 허물지 않고
죽지 않을 만큼만 사랑할 수는 없다
누구나 말하지 않는가

---

* 정병근: 경북 경주 출생. 동국대학교 국문과 졸업. 1988년 《불교문학》으로 등단하고, 2001년 《현대시학》에 〈옻나무〉 외 9편을 발표하면서 활동을 시작했다. 시집으로 《오래전에 죽은 적이 있다》, 《번개를 치다》, 《태양의 족보》, 《눈과 도끼》, 《중얼거리는 사람》이 있다. 제1회 지리산문학상을 받았다.

죽을 때까지 사랑한다고
나는 그 끝마저도
뛰어넘고 싶다

—〈**아침이 전해준 새소리**〉 전문, 시집 《그리움의 저수지엔 물길이 없다》

나호열 시인은 살아온 이력만큼 다채로운 경험을 지닌 시인이다. 시라는 화두를 한순간도 놓치지 않고 걸어온 긍지가 시와 인품에 배어 있다. 이 글은 나호열 시인이 37세부터 55세까지 상재한 8권의 시집에서 뽑은 109편의 시를 읽고 느낀 바를 쓴 것이다. 30~50대는 인생의 황금기이고 시인으로서도 가장 왕성하게 활동할 시기라서 애착이 많이 가는 시편들일 것이다. 귀한 시선집에 내 글이 누를 끼치지나 않을까 염려하는 마음도 든다.

나호열 시인의 시를 한마디로 가벼이 말하기는 어렵다. 한 편 한 편의 시를 넘어서 40년 시 인생을 담지하고 반영해야 하기 때문이다. 세월에 따라 인심과 말법이 바뀌듯이 시도 끊임없이 자기 변화를 모색한다. 그의 시 또한 그런 맥락에서 이해해야 할 것이다. 그럼에도 시의 흐름 속에 공통적으로 발견되는 키워드를 찾으려고 노력했다.

나호열 시인의 시에 흐르는 주요 정서는 고독과 슬픔이다. 시인의 시적 자아는 이 두 가지 정서를 축으로 삼아 앞으로 나아간다. 고독과 슬픔을 품은 시적 자아상은 인생을 되짚고 성찰하는 서정시에서 많이 목격된다. 이는 시뿐만 아니라 소설과 수필을 포함한 문학 일반에서 '지켜보는 자'로서의 사명을 짊어진 서술자의 태도라고 할 수 있다. 슬픔을 품고 방황하는 자아는 세상으로부터 스스로를 소외시키고 격리하는 태도에서 비롯된다. 불행한 현실에 던져진 '피투자(被投者)'로서의 상실감과 염세적인 정서 안에서 세속과 거리를 두고 자신만의 세계를 꿋꿋하게 지키며 저 너머를 향해 가려는 초월 의지를 보인다.

나호열의 시는 차이성과 분열성을 옹호하는 모더니즘보다는 과거를 성찰하고 융합하는 동일성의 세계관이 더 가깝게 작동하며, 사회적인 기여보다 개별자의 삶을 옹호하는 태도를 보인다. 그의 시에서 보이는 고독과 슬픔의 정서는 특별한 이유가 있어서라기보다 생득적인 존재의 쓸쓸함에서 기인하는 것으로 생각된다.

이 글은 각 시집의 표제작을 중심으로 감상해보려고 한다. 시인은 시와 인생을 함께 사는 사람이고, 시에 인생을 실을 때 시인이라는 호칭이 완성된다고 믿는다.

《담쟁이덩굴은 무엇을 향하는가》(1989)

나호열의 이 시집은 자본주의하에서 소비되고 유통되는 인간의 무분별한 편의 욕구와 몰각된 매너리즘에 대해 비판적인 시각을 보인다. 모기향이 타는 것을 보고 아우슈비츠를 생각하고 "살의를 실행하는 이 손"(〈모기향을 피우며〉)이라는 표현대로 자신도 동참자임을 자백한다. 사육당하는 젖소는(〈젖소〉) 무반성적으로 살아가는 인간의 안일한 태도와 닮아 있고, 오징어의 비극을 자신의 비극으로 동일화하면서(〈오징어를 씹으며〉) 불편한 심경을 드러낸다. 시인은 '담쟁이덩굴'을 통해서 자신의 존재를 발견하고 '던져진 존재'로서의 실존적 지향과 초월 의지를 보인다.

혼자 서지 못함을 알았을 때
그것은 치욕이었다
망원경으로 멀리
희망의 절벽을 내려가기엔
나의 몸은 너무 가늘고
지쳐 있었다
건너가야 할 하루는
건널 수 없는 강보다 더 넓었고
살아야 한다
손에 잡히는 것 아무것이나 잡았다

그래,
지금 이 높다란 붉은 담장 기어오르는 그것이
나의 전부가 아냐
흡혈귀처럼 붙어 있는 이것이
나의 사랑은 아냐
살아온 나날들이
식은땀 잎사귀로 매달려 있지만
저 담장을 넘어가야 한다
당당하게 내 힘으로 서게 될 때까지
사막까지라도 가야만 한다

—태어난 곳을 그리워하면서도 더 멀리 달아나는 생명의 원심력—

—〈담쟁이덩굴은 무엇을 향하는가〉 전문

시인은 '담쟁이덩굴'을 자신의 분신으로 여긴다. 스스로 혼자 서지 못하는 나약한 자신의 처지를 비관하면서도 필사적으로 담장 너머를 향해 뻗어가는 담쟁이덩굴의 생명력을 발견하고 그것에서 자신의 지향점을 찾는다. "지금 이 높다란 붉은 담장 기어오르는 그것이/나의 전부가 아냐/흡혈귀처럼 붙어 있는 이것이/나의 사랑은 아냐/살아온 나날들이/식은땀 잎사귀로 매달려 있지만/저 담장을 넘어가야 한다/당당하게 내 힘으로 서게 될 때까지/사막까지라도 가야만 한다"는 표현은 삶에 임하는 시인의 각오이며 시적 자아의 필연성과 정체성을 선언하는 계기로 작용한다. 시의 마지막에 붙인 추가 구절 "태어난 곳을 그리워하면서도 더 멀리 달아나는 생명의 원심력"은 양면 모순을 동반하는 우주 만물의 생명 원리를 통찰한 표현이라고 생각한다.

시인은 꿈속의 장면을 통해 '일하는 소'의 하루를 자신의 삶과 동일시하면서 고단한 생활을 한탄한다. 그 꿈의 연장선에서 '언덕에 비스듬히 앉은 나의 모습'을 발견한다.

마지막에 꾼 꿈은
푸른 하늘 비스듬히 내려앉은 언덕에
더욱 비스듬히 앉은 나의 모습
누군가 그 풍경을 액자에 담아 갔는데
아직도 그 사람은
돌아오지 않고 있다

—〈어떤 하루 1〉 부분

"언덕에 더욱 비스듬히 앉은 나의 모습"은 앞으로 전개해나갈 시의 시적 화자, 즉 시인의 자화상이라고 할 수 있다. 그리고 "그 사람"은 끝내 돌아오지 않을 것이다.

사진 시집 《아무도 부르지 않는 노래》(1991)

연작시의 형식을 띤 사진 시집 《아무도 부르지 않는 노래》는 사진과 시를 함께 편집한 시집인데, 요즘의 '디카시집' 정도로 이해하면 될 듯하다. 풍경을 찍은 사진에다 시를 붙인 개념이다. 이미지 사진과 시적 문장을 조합한 '디카시'는 휴대폰 카메라가 일반화되고 있는 요즘 추세에 맞춰 이미 시의 한 장르로 발전하고 있다. 시인은 이런 형식적 모색을 통해 '아무도 부르지 않는 노래'를 부르는 심정으로 낯선 풍경에 시의 혼을 불어넣는다. 아무도 보지 않는 풍경은 곧 버려지고 잊힐 테니 지나가는 시인이 아니면 누가 노래를 불러줄 것인가.

베틀 앞에 앉아 있는 여인
손바닥만 한 창으로 쏟아져 들어오는 햇빛에
여윈 등이 길게 그림자를 드리운다
말없이 하루 종일 베틀이 움직이는 숨소리

가득 차는 밤
조심스럽게 허공을 휘저으며 찾는 햇살
그녀의 손길이 베틀 위에 걸리고
철커덕거리며 베틀이 돌아가는 동안
그녀는 살아 있다
태양 옷을 지어 입으면 나는 이 방을 나갈 수 있을 거야
밤이 되면 베틀에는 한숨이 어리고
기도는 눈물로 가득 찼다
기억하지 못하는 자신의 얼굴을 들여다보는
눈먼 그녀만이 알고 있는 보이지 않는 세계
베틀은 자꾸 낡아져갔지만
아직도 태양 옷은 만들어지지 않았다
보이지 않는 세상보다 점점 더 어두워지는데
베틀은 무위(無爲)의 움직임으로
여인의 생애를 끌고 간다
베틀 앞에 앉아 있는 여인
불 꺼진 부화장의 무정란처럼

—〈아무도 부르지 않는 노래 49〉 전문

불과 한 세대 전만 해도 할머니나 어머니가 베틀에 앉아서 베는 짜는 모습을 볼 수 있었다. 필자도 그런 기억을 가지고 있다. 서양으로부터 직물과 직조 기술이 들어오고 의복이 대량 생산되면서 지금은 볼 수 없는 풍경이 되고 말았다. 시인은 어떤 장소에 보존되어 있는 베틀을 사진에 담으며 베를 짜던 여인의 모습을 살려낸다. "말없이 하루 종일 베틀이 움직이는 숨소리/가득 차는 밤"을 밝히는 여인은 시인의 어머니라 해도 좋을 것이다. "베틀은 자꾸 낡아져갔지만/아직도 태양 옷은 만들어지지 않았다"고 말하며 아직도 미완성인 옷 한 벌을 기다리고 있는 심정이 된다. 이제 "베틀 앞에 앉아 있는 여인"은 "불 꺼진 부화장의 무정란처럼" 가버린 시대의 부재를 되새기는 유물

이 되었다.

《망각은 하얗다》(1991)

이 시집은 생활 속에서 깨달음을 추구하는 시편들로 구성되어 있다.

먼 길을 돌아서 가는 중이다

따뜻한 가슴에 닿기 위하여

바늘 끝을 건너뛰고 있는 중이다

—〈길〉 전문

걸음은 공간에 길을 만들고 삶은 시간에 길을 닦는다. 인생은 시공이 걸어가는 길이다. 그대의 "따뜻한 가슴에 닿기 위하여" 시인은 일부러 먼 길을 택해 돌아간다. 가까운 길은 가시밭처럼 험난하기 때문이다. "바늘 끝을 건너뛰"는 이유는 날선 말들을 피해간다는 의미일 것이다. '가까운 길일수록 돌아서 간다'는 말이 생각난다. 그래야 안전하게 그대 앞에 도착할 수 있기 때문일 것이다.

매를 맞은 자리가
자꾸 부풀어 올랐다
벌을 준 그 사람은
어디로 갔을까?

—〈매화를 생각함〉 부분

매화가 피는 지점을 "매를 맞은 자리"로 표현한 점이 절묘하다. 봄의 초입에 가장 먼저 피는 매화는 절개의 상징을 품고 있다. '매화'를 발음하면서 때리는 '매'가 생각났을 테고, 매로 "벌을 준 그 사람"의 행방이 궁금해진다. 그러니까 매화는 여자이고 매를 든 사람은 남자일 듯. 그렇다면 이 시는 절개를 지키며 살다가 봄이 오자 제일 먼저 꽃을 피웠으나 이미 그 사람은 가고 없는 현실을 한탄하는 시로 읽힌다. 매우 낭만적인 애절함이 배어 있다. '매화'는 '때리는 매로 핀 꽃 → 매화'라는 중의적 언어유희를 기반으로 한 시로 읽힌다.

거품이 인다
적당한 향기와
백색의 거품 속에서
천천히 나는 마모되어간다
사랑하겠노라고
온몸으로 천만 번 약속해도
지켜지지 않는
사는 일
망각은 거품처럼
거품은 망각처럼
때를 지운다
늘 물의 이치를 생각하면서도
결코 화해할 수 없는
시간 앞에서
나는 무엇을 위한
속죄양인가
날마다 나는
천천히 마모되어가면서
나는

―〈비누〉 전문

위의 시는 시인 자신을 비누에 비유하고 있다. 누군가의 몸을 씻어주는 용도를 가진 비누는 쓰면 쓸수록 마모되어 없어진다. 이때 거품은 시인의 욕망이고 언어이다. 비누는 미끈대는 속성과 거품으로 인해 대상의 몸에 완전하게 접촉할 수 없다. 이 지점에서 '대상을 향한 모든 언어는 미끄러진다'는 라캉의 말이 생각난다. 기표와 기의 사이에서 방황하는 존재의 언어는 미완의 결핍(불만)을 쌓게 되고 결국 균열 끝에 붕괴한다. 욕망을 품은 모든 언어는 실패하게 되어 있다. "결코 화해할 수 없는/시간 앞에서/나는 무엇을 위한/속죄양인가/날마다 나는/천천히 마모되어가면서/나는", 우리는 그런 상황을 견디며 살 수밖에 없다.

《칼과 집》(1993)

시집 《칼과 집》은 40대 초반에 접어든 시인의 묵직한 문제의식을 보여준다. 집과 밖을 오가며 부지런히 살아온 내공이 중후함을 더해가는 시편들이다. 방랑자로서의 이력이 쌓이고 개별적인 삶과 사회적인 삶 사이에서 갈등하고 성찰하는 내면을 보여준다. '칼과 집'에서 칼은 치열한 생활 전선에 나가 싸우는 무사의 칼을 은유하고, 집은 개별적인 삶의 비애가 서린 공간일 테다.

> 샅바를 잔뜩 움켜쥐고
> 쓰러지거나
> 쓰러지지 않기 위하여
> 부딪치는 힘의.
> 하염없는 눈물을 본다
>
> —〈장사의 꿈〉 부분

위의 시는 바깥의 험난한 삶을 씨름 경기에 비유하고 있다. 그것을 지켜보는 시적 자아는 승자와 패자 모두에게서 "하염없는 눈물을" 목도하고 모든 생활인의 삶에 연민을 보낸다. '눈물'은 나호열의 시에서 자주 나오는 단어여서 특별한 정서를 형성한다.

바깥을 떠도는 시인의 시적 자아는 가축들에게 관심을 보인다. 인간에게 이용당하는 소모품에 불과한 가축의 삶을 확장하면 결국 개인도 사회라는 거대한 질서 속에 소비되는 소모품일 뿐이라는 인식에 닿는다. 그런 까닭에 그의 시적 정서는 패배자나 약자의 삶과 쉽게 동일시된다. "등에 꽂힌 무수한 창칼에도 아픔을 모르는 채/또 어디론가 끌려가고 있는/늙은 소들"(〈투우〉), "생각은 무겁고/갈 곳이 막막한 노인처럼/캄캄한 과거에/뒷발질을 해본다"(〈노새의 노래〉), "눈 가린 오리들의 미래/가끔씩 봉합되지 않은 생애의 틈새 사이로/조금씩 빠져나오는 깃털을 보며/없는 날개를 몸서리로 친다"(〈오리털 이불〉).

어머니는 가슴을 앓으셨다
말씀 대신 가슴에서 못을 뽑아
방랑을 꿈꾸는 나의 옷자락에
다칠세라 여리게 여리게 박아주셨다
(멀리는 가지 말아라)
말뚝이 되어 늘 그 자리에서
오오래 서 있던 어머니,

나는 이제 바람이 되었다
함부로 촛불도 꺼뜨리고
쉽게 마음을 조각내는
아무도 손 내밀지 않는
칼이 되었다
집으로 돌아가기에는
너무나 멀리 와서
길 잃은 바람이 되었다
어머니,

—〈칼과 집〉 전문

바깥을 떠돌던 시인은 문득 어머니를 생각하며 회한에 젖는다. 어머니는 집을 지키는 사람이고 시인을 기다리는 사람이고 시인이 돌아가야 할 고향 같은 품속을 가진 존재이다. "어머니는 가슴을 앓으셨다". 한 자루 칼을 품고 바람처럼 떠도는 시인을 걱정하며 가슴앓이를 하는 어머니가 집을 지키고 있다. 시인은 바람과 칼이 되었으나 "(멀리는 가지 말아라)/말뚝이 되어 늘 그 자리에서/오오래 서 있던 어머니"는 생사를 넘은 지점에서 시인의 가슴에 포원을 만들며 영원히 존재할 것이다. 바깥세상에서 먹이를 구하는 시인을 포함한 모든 사람은 "저녁에 닿기 위하여 새벽에 길을 떠"(〈집과 무덤〉)나는 존재이다.

《우리는 서로에게 슬픔의 나무이다》(1997)

앞서도 말했지만 고독과 슬픔은 나호열 시인의 시적 정서를 관통하는 주요 단어이다. 고독은 배제와 소외에서 비롯된 실존적 감정이고, 슬픔 혹은 쓸쓸함은 모든 시의 바탕을 이루는 배경음과도 같다. 시를 쓸 때 시인은 고행을 마다않는 고독한 구도자와 같은 역할을 스스로 떠맡음으로써 시의 숭고한 가치를 실현하고자 한다. 유한한 세계에서, 고독과 슬픔은 사회적인 연대에서 얻는 기쁨보다 더 근원적이며 세상의 아픔을 서슴없이 껴안고 그 껴안음에 기꺼이 깃들게 하는 힘을 발휘한다. 시는 혼자 쓸쓸하게 가는 것이다. 나호열 시인은 그런 시론을 체화하고 있는 듯하다.

누가 이렇게 힘든 자세를 견뎌낼 수 있겠는가

(중략)

누가 이 못난 가슴에 소주라도 가득 부어줬으면 해

—〈빈 화병〉 부분

넉넉히 백 년만 기다리거라
온몸을 부딪쳐 이 세상에서 가장 큰 울음을 들려주겠다

—〈울진 적송〉 부분

시인은 고독한 상태에서 '빈 화병'이 되고 '적송'이 되어 누군가를 기다린다. 누구일까? 타자의 호응과 상호 작용에 메말라 있는 시인의 처지와 심경이 드러나고 있다. 그것은 시인 스스로 택한 숙명에 가깝다.

평생을 배워도 되지 않을 것 같다 슬픔
병도 깊으면 친구가 되는데 슬픔
아니다, 아니다 북풍한설로 못을 박아도 푸르게 고개를 내미는
젊은 날의 부스럼 꽃 토막토막 끊어질 듯 끊어지지 않는 강물에 피어
미워할 수 없는, 잊을 수 없는 슬픔은 문장이 되지 않는다

빈손을 내민다
나전에서 봉평 가는 길에 마주친 물길
하늘 끝자락을 잡아당기자 속살 깊이 그려낸 몇 필의 비단
그저 끝없이 풀려나가 풀려나가 그곳에 뜬금없이 무너지고 싶어도
생살로 또렷이 파고드는 꽃말,
슬픔은 구절구절 꺾이고 젖혀지는 길밖에 없다

우리는 서로에게 슬픔의 나무이다

—〈우리는 서로에게 슬픔의 나무이다 1〉 전문

시인은 "평생을 배워도" 슬픔에서 벗어날 수 없음을 회한한다. 슬픔은 "북풍한설로 못을 박아도 푸르게 고개를 내미는 젊은 날의 부스럼 꽃"처럼 힘이 세서 미워한다고 해결되지 않으며 "잊을 수 없는 슬픔은 문장이 되지" 못하고 "구절구절 꺾이고 젖혀지는 길밖에 없다"고 토로한다. 시 속에서 슬픔의 원인

을 밝히지는 않고 있지만 큰 슬픔을 당한 기억이 시인의 뇌리에 강하게 각인되어 있음을 짐작한다. 시인의 개별적인 슬픔은 모든 타자와의 관계로 번지며 존재론적 '슬픔론(論)'을 완성한다. "우리는 서로에게 슬픔의 나무이다".

《그리움의 저수지엔 물길이 없다》(2001)

이 시집은 개별자의 삶을 연민하고 옹호하는 시편들이다. 개별자의 삶은 결국 시인 자신의 삶인 셈이다. 언제 어디서나 존재하는 전지적 자아의 관점으로 자타의 경계마저 무화함으로써 안정감을 찾고 밀도 높은 시적 성취를 보인다.

> 오늘도 느릿느릿 걸었다
> 느릿느릿 뛰었다
> 집으로 돌아가는 사람들을 바라보며
> 느릿느릿 걸었다
> 성급하게 인생을 내걸었던 사랑은
> 온몸을 비벼댈 수밖에 없었던
> 세월 앞에 무릎을 꺾었고
> 나에게는 어차피
> 도달해야 할 집이 없다
> 나는 요가 수행자
> 잔뜩 몸을 웅크리고 잠을 구겨 넣는다
> 언제나 노숙인 채로
> 나는 꿈꾼다
> 내 집이 이인용 슬리핑백이었으면 좋겠다

—〈달팽이의 꿈〉 전문

자신을 달팽이에 비유하고 있다. 시인 스스로 '성급했던 사랑'과 '안달했던 세월'을 인정하고 나자 인생은 어차피 도달해야 할 집이 없음을 깨닫게 된다. 자신은 "요가 수행자"임을 공표하며 '노숙자'로서의 숙명을 받아들인다. 신독/자겸/자족하는 태도를 다잡지만 그렇다고 해서 시까지 체념하는 것은 아니다. 마지막 구절이 인상 깊게 다가온다. "나는 꿈꾼다/내 집이 이인용 슬리핑백이었으면 좋겠다". 시인의 옆자리는 여전히 비어 있고 비워둠으로써 희망 가능한 미래를 열어놓는다. 그런 희망이 없으면 시가 너무 재미없지 않은가 말이다. 〈달팽이의 꿈〉은 가장 '나호열다운 시'라고 생각한다.

내 마음의 벽화는
말하자면
거실 한쪽 벽에
못 박혀 있는
동양화 액자와도 같은 것이다
(중략)
내가 어디 있나
길 잃고 두리번거릴 때
여기 있어 하면서
내 마음에 못 박혀
당신이 손짓하는 것이다

—〈내 마음의 벽화 1〉 부분

방랑자인 시인은 끊임없이 자신의 정처를 찾는다. "내 마음의 벽화는/말하자면/거실 한쪽 벽에/못 박혀 있는/동양화 액자와도 같은 것이다". 시인은 시적 자아를 통해 대자적 실존을 구현한다. 시인은 시적 자아가 있는 곳을 바라보는 시선의 주인이다. 시인의 시적 자아는 푸른 하늘과 마을로 가는 오솔길과 밭 가는 농부와 소와 텅 빈 여백을 품고 있는 벽화 속에 각인되어 있다.

출렁거리는
억만 톤의 그리움
푸른 하늘의 저수지엔
물길이 없다
혼자 차오르고
혼자 비워지고
물결 하나 일지 않는
그리움의 저수지
머리에 이고
물길을 찾아갈 때
먹장구름은 후두둑
길을 지워버린다
어디에서 오시는가
저 푸른 저수지
한 장의 편지지에
물총새 날아가고
노을이 지고
별이 뜨고
오늘은 조각달이 물 위에 떠서
노 저어 가보는데
그리움의 저수지엔
물길이 없다
주소가 없다

—〈그리움의 저수지엔 물길이 없다〉 전문

"저수지엔 물길이 없다"는 깨달음의 명제를 달고 있는 이 시는 저수지 자체를 하나의 유동체로 보고 있다. 저수지를 그리움을 일으키는 전 규모의 덩어리로 인식한 발상이 이채롭다. 저수지는 외부의 영향을 받지 않고 그리움에 전적으로 몰입하는 공간이다. 물결, 먹장구름, 물총새, 노을, 별, 조각달 등등이 저수지에 관여하지만 그것은 저수지라는 편지지에 쓰이는 작은 사연들에 불과할 뿐 그리움이라는 저수지 전체의 존재에는 크게 영향을 미치지 못한다. 저수지를 건너는 것조차 물길의 흔적이 없고, 그리움이라는 저수지의 심연에 닿을 수 없다. 그리움은 지울 수도 없앨 수도 없는 '슬픔의 원덩어리'라는 점을 깨우쳐준다.

《낙타에 관한 질문》(2004)

이 시집은 풍경과 사물에 대한 사유가 담긴 시편들이다. 〈화병〉은 《우리는 서로에게 슬픔의 나무이다》에 나오는 〈빈 화병〉, 〈달팽이〉는 《그리움의 저수지엔 물길이 없다》에 나오는 〈달팽이의 꿈〉의 연장선에서 더욱 심화한 내용인데, 그만큼 시인의 관심이 집중되는 주제라는 의미로 읽힌다. 여러 상황에 처한 자신의 삶을 돌아보고 성찰하는 시편들에서 지천명에 접어든 시인의 초월 의지를 느낄 수 있다.

> 내가 오랫동안 해온 일은 무릎 꿇는 일이었다
> 수치도 괴로움도 없이
> 물 흐르는 소리를 오래 듣거나
> 달구어진 인두를 다루는 일이었다
>
> —〈수행〉 부분

> 아, 나는 탑이 되지 못하고
> 벽이 되었구나
> 얼굴에 가득한 낙서
> 급전 대출과 주점 안내문
> 가까운 것은 주검이고

그대의 하늘을 가리고만 있구나
벽 속에서
파도가 소리치며 운다
벽 속에서
가슴을 치는 종소리가 운다

—〈탑과 벽〉 부분

나는 개처럼 살고 싶다
혀를 끌끌 차면서
사람으로 살기가 너무 어렵다

—〈개 같은 날의 오후〉 부분

어디서 오는지 묻는 이 없고
어디로 가는지 묻는 이 없는
인생은 저 푸른 물과 같은 것이다
높은 곳을 향해 발걸음을 옮기는 어리석음이
결국은 먼 길을 돌고 돌아
제자리로 돌아오는 것임을
짧은 인생이 뉘우친다

—〈병산을 지나며〉 부분

살아온 인생이 "무릎 꿇는 일"이었고, "달구어진 인두를" 견디는 일이었다는 시인의 뼈아픈 고백에 깊이 공감한다. 존경받는 '탑'이 되지 못하고 누군가의 앞을 가로막는 '벽'이 되었음을 한탄하며 차라리 "개처럼 살고 싶다"고 토로하는 시인의 심정은 오죽할까……. 인생은 "결국은 먼 길을 돌고 돌아 제자리로 돌아오는 것"이라는 깨달음에 이른다.

목마를수록 물은 천천히 마셔야 하는 법이다

생의 갈증은 절망도 천천히 가라앉혀야 하는 법이다
주전자에서 물이 끓는 소리
말이 우는 소리를 들으며
침묵이 왜 금보다 귀한지 알 것 같다
수증기로 사라져버리는 말의 독
누신거리는 말의 뼈를 바르고 난 뒤
조금씩 식혀 마시는 물맛은
오랜 세월 죽은 듯 살아온 노인의 흰 웃음처럼
향기를 뒤로 남기는 법이다

—〈물을 끓이며〉 전문

물과 말의 속성을 등치시킨 발상이다. "목마를수록 천천히 마셔야 하는" 물과 같이 말도 한꺼번에 쏟으려고 하면 목이 막힌다. 뜨거운 물은 입으로 불어서 식히면서 마시듯이 끓어오르는 말도 식혀가면서 뱉어야 조리 있게 설득할 수 있다. 말을 잘 갈무리하는 사람은 내공이 높은 사람이다. 조금씩 식혀가면서 하는 말은 "오랜 세월 죽은 듯 살아온 노인의 흰 웃음처럼/향기를 뒤로 남기는 법이다". 시인의 이런 생각은 〈안개〉라는 시에서도 잘 나타난다. 선명한 것보다 때로는 모호한 것이 더 좋을 때가 있다.

언제부터인가 안개를 사랑하게 되었어
그 자리에 놓인 것들 탐내지 않고
손끝 하나 다치지 않게 하고
부드럽게 감싸 안을 줄 아는 안개를 사랑하게 되었어
처음에는 더듬거리고 막막해하다가
한 걸음씩 고개 숙여 걸어가다 보면
엷은 슬픔의 축축한 옷 안개의 속마음을 알게 되지
껴안을수록 나의 두 손은 허허로운 가슴께로 모두어지고
헤쳐 나가면 나갈수록 무겁게 다가서는 생을 사랑하게 되었어

한 걸음 벗어난 아득한 벼랑 너머에도
하늘과 땅 밑에도 길이 있음을 눈감고 알게 되었어

—〈안개〉 전문

안개는 낭만적인 소재로 잘 쓰인다. 우리는 가요를 통해 '안개 자욱한 밤'과 같은 상용구를 접한다. 그런가 하면 기형도의 시 〈안개〉에서처럼 안개는 억압된 사회를 상징하기도 한다. 한 치 앞을 예측할 수 없는 정치적 상황을 '안개 정국'으로 빗대기도 한다. 일반적으로 안개는 가시거리를 뿌옇게 흐려서 희미하게 만드는 날씨 현상으로 장애의 의미를 띤다. 이 시는 안개의 장애를 매력으로 치환하는 역발상이 담겨 있다. 놓인 것을 탐내지 않고 다치지 않게 하고 부드럽게 감싸주는 "안개를 사랑하게 되었어"라고 고백한다. 노화를 겪으면서 점점 흐려지는 시야와 기억력이 오히려 좋은 역할을 한다는 것이다. 이러한 생각의 이면에는 밝고 선명한 것만을 좇는 요즘 세태에 대한 비판적 시각이 담겨 있다. 불편을 적극적으로 받아들이고 스스로 자족하는 시인의 태도가 드러나는 시이다.

풍경 소리가 곱기로는
파계사 원통전이 으뜸이지
염불하다 인기척에 살짝
문 열어보다 눈빛 마주친
비구니 고무신 끄는 소리가
어디에 숨어 있는지
나는 알겠다

—〈홍도화〉 전문

이 시는 '파계사(把溪寺)'의 '파계'라는 한자를 순간적으로 '파계(破戒)'로 오독하면서 홍도화의 고혹적인 자태를 도발한다. 한 호흡에 읽히는 짧은 시이지만 시적 탄력을 내장한 좋은 시로 읽힌다.

《당신에게 말 걸기》(2007)

이 시집은 주로 여행지에서 발상한 시편들로 화해와 희망을 모색한다. 자타 사이의 불신과 불화를 딛고 "당신에게 말 걸기"로 화해하려는 의지를 보인다. 시인이 등단 후 30여 년에 걸쳐 찾아 헤맨 사람은 누굴까……. 시인은 '봉감모전오층석탑'에서 자신의 얼굴을 발견한다. 거기에 고독을 견디며 균열된 자화상이 있다. '탑'은 시인이 그토록 찾던 '그대'라는 타자이면서도 곧 자신임을 깨닫는다.

> 아무도 호명하지 않았다. 까마득하게 오래전부터 어디로 흘러가는지 모를 맑은 물가에 나아가 홀로 얼굴을 비춰보거나, 발목을 담가보다가 그 길마저 부끄러워 얼른 바람에 지워버리는 나는 기댈 곳이 없다. 그림자를 길게 뻗어 강 건너 숲의 가슴에 닿아보아도 나무들의 노래를 배울 수가 없다
>
> 나에게로 가는 길이 점점 멀어진다. 떨어질 낙엽 대신 굳은 마음의 균열이 노을을 받아들인다. 늘 그대 곁에 서 있는 것이라고 나는 생각한다. 어깨에 기댄 그대 때문에 잠깐 현기증이 일고 시간의 열매인 얼굴은 나그네만이 알아본다. 흙바람을 맞으며 길을 버린 그대가 하염없이 작다
>
> (각주 생략)
>
> —〈얼굴—봉감모전오층석탑〉 전문

이 시는 우물 속에 비친 자신의 얼굴을 보며 회한하는 윤동주의 〈자화상〉을 떠올리게 한다. 시인은 아무도 불러주는 이 없고, 어디로 흘러가는지도 모르고, 기댈 곳조차 없이 떠도는 신세를 한탄하며 상실감에 시달린다. '나는 누구이고 어디로 가는가?' 동일성에 뿌리를 둔 자아 찾기는 대부분의 시인들이 고뇌하는 철학적 화두이며 무의식의 근원에 자리한 '자기(Self)'를 찾아가는 초월 에너지로 작동한다. 시인은 시적 자아를 통해 자신을 끊임없이 타자화한다. "나에게로 가는 길이 점점 멀어진다. (중략) 늘 그대 곁에 서 있는 것

이라고 나는 생각한다. 어깨에 기댄 그대 때문에 잠깐 현기증이 일고"에서 '그대'는 '나'의 다른 형상이다. 시인은 어느 순간 '그대'가 '나'임을 어렴풋이 깨닫는다. "흙바람을 맞으며 길을 버린 그대가 하염없이 작다". 이 지점에서 시인의 자아는 무아로 바뀌면서 나와 그대의 경계가 무너지고 만물이 회통하여 하나가 되는 어떤 지점을 본다.

시편들 곳곳에서 사물을 대하는 시인의 겸손하고 경건한 태도를 읽을 수 있다. 초기 시의 자기부정과 현실 비판적인 경향이 내부적인 모색을 거듭하며 변화한 결과로 보인다.

> 아무도 앉지 않아도 의자는 무너져가고
> 바람이 지나가도 의자는 무너진다
> 숲으로 건너가는 네발짐승의 꼬리처럼
> 여름 해는 얼마나 긴 그림자를
> 채찍으로 휘두르나
> 의자는 딱딱하다
> 딱딱할수록 나는 경건해진다
>
> —〈의자〉 부분

의자를 보고 "딱딱할수록 나는 경건해진다"는 표현을 얻어내는 시인의 염결한 시적 내공을 느낄 수 있다.

> 누군가 머물다 간 흔적은 어디에도 없다
> 열쇠를 비틀면 딱딱한 빵 같은 풍경 속에
> 나그네는 잠겨버린다
> 그 누군가의 흔적은
> 새로운 나그네가 도착하기 전에
> 완벽하게 닦여져나갔을 것이다
> 이 방은 많은 상처를 안고 있다

걸레질에 밀려나간 사람의 냄새
소독 알코올처럼 빛나는 조명등이 서늘하다
이 방은 완벽한 여행자를 원했다
수건 하나조차 걸려 있지 않은 옷걸이
검은 비닐로 싸인 휴지통은 하품하듯 비어 있다
이 방은 미련 없이 떠나는 사람들에게
상처를 받는다
여행자들은 15개 항목의
Guest Suite Policies를 읽는다
떠날 때 보증금을 깎이지 않기 위해서
모든 손길이 조심스럽다
나는 이 밤
이 방의 손을 찾고 있다
그래도 따뜻한 손은 있을 것 같아서
손잡고 잠들고 싶어서

—〈Guest Room GS3〉 전문

위의 시는 여행자인 시인이 낯선 게스트 룸에 들어가서 느끼는 고독감을 표현하고 있다. 혼자 여행하는 사람은 위축되고 소심해지기 쉽다. "열쇠를 비틀면 딱딱한 빵 같은 풍경 속에/나그네는 잠겨버린다". 자동으로 딸깍 잠기는 문소리를 들으며 시인은 매정한 인심을 느끼고 혼자라는 사실을 뼈저리게 자각한다. 시인은 차라리 이전 투숙자의 흔적이라도 보고 싶지만 모두 치워지고 닦여져서 마치 새 방처럼 말끔하다. 시인은 오히려 "이 방은 많은 상처를 안고 있다 (중략) 이 방은 미련 없이 떠나는 사람들에게/상처를 받는다"고 방을 위로하며 자신의 고독감을 다독인다. "나는 이 밤/이 방의 손을 찾고 있다/그래도 따뜻한 손은 있을 것 같아서/손잡고 잠들고 싶어서". 시인은 자신의 옆에 누군가가 같이 있어주기를 간절히 바란다. 시인이 그리워하는 "따뜻한 손"을 가진 이는 끝내 나타나지 않는다.

북은 소리친다
속을 가득 비우고서
가슴을 친다
한마디 말밖에 배우지 않았다
한마디 말로도 가슴이
벅차다
그 한마디 말을 배우려고
북채를 드는 사람이 있다
북은 오직 그 사람에게
말을 건다
한마디 말로
평생을 노래한다

—〈북〉 진문

위의 시는 나호열 시인의 대표작이라고 해도 손색이 없을 듯하다. 북은 '둥~' 하는 하나의 음을 가지고 있다. 이것을 연속으로 '둥 둥 둥' 치는 것이다. 북은 하나의 음으로 우리의 가슴을 울리고 일어서게 하고 어울리게 하는 힘을 발휘한다. 시인은 "한마디 말로 평생을 노래"하는 북을 경외하며 북의 말을 닮고 싶은 마음을 내비친다. 온갖 말들이 난무하는 현 세태에 경종을 울리는 시이다.

백지에는 아무것도 없는 것이 아니다
백지에는 아무것도 보이지 않을 뿐이다
(중략)
네가 외로워하는 것은 그 곁에 아무도 없기 때문이지만
네 옆에 내가 갈 수 없음이 외로움이다
그러므로 나는 숲에다 편지를 쓴다
길에다 하염없는 발자국에다 편지를 쓴다

백지에는 아무것도 없다
눈만 내려 쌓인다

—〈백지〉 부분

위의 시는 '외로움'의 원인과 속성을 백지라는 상징물을 빌려서 역설적인 화법으로 표현하고 있다. '너'의 외로움을 통해 '나'의 외로움을 부각하는 화법이 신선하게 다가온다. "네가 외로워하는 것은 그 곁에 아무도 없기 때문이지만/네 옆에 내가 갈 수 없음이 외로움이다". 내가 외로운 이유는 너의 곁에 내가 없기 때문이라는 역발상은 깊이 생각하지 않으면 나올 수 없는 생각이다. "그러므로 나는 숲에다 편지를" 쓰거나 "길에다 하염없는 발자국에다 편지를" 쓰면서 기다릴 수밖에 없는 것이다. 나는 너에게 다가가기 위해 많은 노력을 기울였지만 모두 실패했으니까 이젠 네가 나에게 다가오라는 수동적인 입장을 취한다. 그러나 너는 여전히 대답이 없고 나의 백지에는 "눈만 내려 쌓인다". 너는 끝까지 나타나지 않을 것이고, 나타나는 순간 시가 사라질 것이므로 살아 있는 동안 그럴 일은 없을 것이라는 점을 시인도 알고 있다.

이 세상에 못난 꽃은 없다
화난 꽃도 없다
향기는 향기대로
모양새는 모양새대로
다, 이쁜 꽃
허리 굽히고
무릎도 꿇고
흙 속에 마음을 묻은
다, 이쁜 꽃
그걸 모르는 것 같아서
네게로 다가간다

당신은 참, 예쁜 꽃

—〈당신에게 말 걸기〉 전문

못난 꽃이 어디 있겠는가. 꽃은 가장 아름다운 환대의 형색으로 우리의 눈을 붙잡는다. 빛을 타고 나타나는 모든 만물이 꽃이라는 시각으로 보면 이 세상은 저마다 꽃을 피우고 살아가는 대동 세상인 것이다. 이 시를 보면 한쪽에 외따로 떨어져서 피어 있는 작은 꽃에 시인의 시선이 머무는 듯하다. 꽃은 자기가 예쁜 줄도 모르고 있는 것 같다. 시인은 그런 꽃에게 말을 걸며 "당신은 참, 예쁜 꽃"이라고 일깨우고 용기를 북돋아준다. 여기에서 '당신'은 늙은 사람이거나 소외된 이웃 또는 배우자일 수도 있을 것이다. 시인은 세상의 모든 사물들을 빠짐없이 보살피는 천수천안의 그것과도 같은 사랑을 보인다. 이것이 시의 사명이고 시인의 숭고함이다.

나호열 시인의 시는 스스로 고독자의 길을 걸으며 염결한 슬픔으로 세상의 아픈 부분을 짚어내고 그곳에서 초월의 희망을 길어 올리는 힘을 가지고 있다.

2부

저녁에 닿기 위하여 새벽에 길을 떠난다

2부에 수록한 시들은 《타인의 슬픔》(2008)부터 《안부》(2021)까지 총 6권의 시집에서 가려 뽑았다. 시선집을 엮으면서 국립국어원 표준국어대사전에 따라 가능한 한 띄어쓰기 등 맞춤법을 통일했음을 밝혀둔다.

타인의 슬픔 1

문득 의자가 제자리에 주저앉았다
그 의자에 아무도 앉아 있지 않았으므로
제풀에 주저앉았음이 틀림이 없다
견고했던 그 의자는 거듭된 눌림에도
고통의 내색을 보인 적이 없으나
스스로 몸과 마음을 결합했던 못을
뱉어내버린 것이다
이미 구부러지고 끝이 뭉툭해진 생각은
쓸모가 없다
다시 의자는 제힘으로 일어날 수가 없다
태어날 때도 그랬던 것처럼
타인의 슬픔을 너무 오래 배웠던 탓이다

폭포

수만 마리의 푸른 말들이 가속도를 줄이지 못하고
떨어질 때 그때 그 말들은 천마가 된다
천마가 되면서 순간, 산화하는 꽃잎들을
젊은 날 우리들은 얼마나 눈부시게 바라보았던가
아무에게도 배운 적 없는 사랑의 꿈틀거림이
천 길 아래로 우리를 떠밀어내었던가
그 푸른 말들이 하염없이 흘러서
한가슴을 적시기라도 했단 말인가

추락이 두려워서 아니 이미 밑바닥까지 추락해버린
한 사내가 폭포를 더듬어 올라가고 있다
물방울들이 수만 마리의 연어들처럼 꿈틀대면서
하늘을 오르는 계단을 헛딛고 있다
얼굴에 엉겨 붙는 물보라 그 소리가 하늘에 박혀 있는
새들의 날개처럼 펄럭거린다

이미 황혼인 것이다

강물에 대한 예의

아무도 저 문장을 바꾸거나 되돌릴 수는 없다
어디에서 시작해서 어디에서 끝나는 이야기인지
옮겨 적을 수도 없는 비의를 굳이 알아서 무엇 하리
한 어둠이 다른 어둠에 손을 얹듯이
어느 쪽을 열어도 깊이 묻혀버리는
이 미끌거리는 영혼을 위하여 다만 신발을 벗을 뿐
추억을 버릴 때도
그리움을 씻어낼 때도 여기 서 있었으나
한 번도 그 목소리를 들은 적이 없구나
팽팽하게 잡아당긴 물살이 잠시 풀릴 때
언뜻언뜻 비치는 눈물이 고요하다

강물에 돌을 던지지 말 것
그 속의 어느 영혼이 아파할지 모르므로
성급하게 건너가려고 발을 담그지 말 것
우리는 이미 흘러가기 위하여 태어난 것이 아니었던가

완성되는 순간 허물어져버리는
완벽한 죽음이 강물로 현현되고 있지 않은가

안아주기

어디 쉬운 일인가
나무를, 책상을, 모르는 사람을
안아준다는 것이
물컹하게 가슴과 가슴이 맞닿는 것이
어디 쉬운 일인가
그대, 어둠을 안아보았는가
무량한 허공을 안아보았는가
슬픔도 안으면 따뜻하다
미움도 안으면 따뜻하다
가슴이 없다면
우주는 우주가 아니다

아다지오 칸타빌레

돌부리가 있는 것도 아니었는데
자주 넘어졌다
너무 멀리 내다보고 걸으면 안 돼
그리고 너무 빨리 내달려서도 안 돼
나는 속으로 다짐을 하면서
멀리 내다보지도 않으면서
너무 빨리 달리지도 않았다
어느 날 나의 발이 내려앉고
나의 발이 평발임을 알게 되었을 때
오래 걸을 수 없기에
빨리 달려야 한다고 생각했다
그러나 세월 앞에서 오래 걸을 수도
빨리 달릴 수도 없는 나는 느리게
느리게 이곳에 당도했던 것이다
이미 꽃이 떨어져버린 나무 아래서
누군가 열매를 거두어간 텅 빈 들판 앞에서
이제 나는 내 앞을 빨리 지나가는 음악을 듣는다
느리기 때문에 아름다운 것인가
아름다운 것들은 느린 걸음을 가진 것인가
느리게 걸어온 까닭에

나는 빨리 지나가는 음악을 만날 수 있었던 것
긴 손과 긴 머리카락을 가진 음악의 눈망울은
왜 또 그렇게 그렁그렁한가
아다지오와 칸타빌레가 만나는 두물머리에서
강물의 악보가 얼마나 단순한가를 생각한다
강물의 음표들을 들어 올리는 새들의 비상과
건반 위로 내려앉는 노을의 화음이
모두 다 평발임을 깊이 생각한다

정선 장날

이제는 늙어 헤어지는 일도 섭섭하지 않은 나이
사고 싶은 것도 없고 팔아야 할 것도 없는 장터 이쯤에서
산이 높아 일찍 노을 떨구는
잊어버린 옛사랑을 문득 마주친다면
한 번 놓치고 오래 기다려야 하는 버스를 기다리며
낯익은 얼굴들 묵묵부답인 저 표정을 배울 수 있을까
알아도 소용없고 이름 몰라도 뻔히 속 보이는
강물을 닮은 얼굴들이 휘영청 보름달로 떠서
풀어도 풀어도 끝이 없는 아라리로
누구의 가슴을 동여매려 하는가
함부로 약속을 하지 말 일이다
다음 장날에 산나물이라도 팔 것이 있으면 오고
살 물건이 없으면 오지 않을 것이다
문득 피어 아름다운 꽃이 아니라
질 때 더욱 보고 싶어지는 그런 꽃처럼

춤

절은 사라지고
홀로 남은 강가의 탑처럼
조금씩 허물어지는 육신의 틈이라고
나는 배웠다

직립을 꿈꾸면서도
햇살에 휘이고
바람에 길들여지는 나무들의
허공을 부여잡은 한순간
정지의 날숨이
춤의 꿈이라고 나는 배웠다

그러나 또한
동천 언 하늘에 길을 내는
새들의 날갯짓과
제 할 일을 마치고 땅으로 귀환하는
낙엽들의 가벼운 몸놀림이
아름다운 춤이라고 나는 배웠다

천만 근의 고요 속에서

스스로 칼금을 긋고 내미는
새순과 꽃들의 아픔을 보았는가
바위에 온몸을 부딪고
천만 개의 꽃잎으로 산화하는
파도의 가슴을 보았는가
벅차올라 더 이상 참을 수 없는
용암처럼
끝내 바위가 되기 위하여
기꺼이 온몸을 내던지는

멈춤
그 찰나의 틈을 보여주기 위하여
바람을 불러 모으는
혼신의 집중
보이면서 사라지는
사라지기 위하여 허공에 돋을새김을 하는
묵언의 정 소리
들판에 내려앉는
노을이 뜨겁다

김옥희 씨

열둘 더하기 열둘은? 이십사 팔 곱하기 팔은? 육십사 이백오십육 곱하기 이백오십육은? 아…… 외웠는데 까먹었네, 생일이 언제? 구월 이십팔일 오늘은 며칠? 그건 알아서 뭐 해 그날이 그날이지 자목련 꽃 진 지 이미 오래인데 왜 꽃이 안 피냐? 저 나무는…… 아홉 시 반에 타야 하는 차를 아홉 시에 나와서 기다리는 여든여섯 살 김옥희 씨 가끔은 자기 이름도 잊어버리지만 저기 저기 주간치매보호센터 차가 오네…… 불쌍한 노인네들 너무 많아 끌끌 혀를 차며 나를 잊어버리지만

오늘도 독야청청한 나의 어머니 김옥희 씨!
감사합니다. 세수도 잘 하시고 이도 잘 닦으시고 화장실도 거뜬하시니
오늘도 감사합니다

풍경

깊은 산중 홀로 숨어 들어와 가슴으로 우는 사람들처럼 지천에 깔린 꽃들은 한결같이 바람을 가득 담고 있다 휘적휘적 앞에 가는 김남표 씨 배추 농사를 짓다가 작파한 땅에 온갖 씨앗을 흩뿌렸다지 힘들게 고개 들어 보니 고산준령, 숨 헐떡이는 하늘이 가까워서 좋은데 여름은 짧고 겨울은 길다 한동안 이것저것 이름 물어보는 일 생명을 뿌리기는 하되 돌보지는 않는 신에게 던지는 질문 같다 질편하게 피어 올린 무리 진 울음을 보다 보면 세상을 건너가는 말들이 부질없다 해바라기들은 일제히 고개를 들어 바다 쪽을 향하는데 성큼 고압 송전탑들이 말없이 태백을 넘어가고 있다 물신物神의 피 검고 차가운 어리석음이 뻐근하게 뒷목을 친다 갑자기 고원에 목숨을 내건 꽃들의 피를 오래 단전된 영혼의 마루에 뿌리고 싶어졌다

긴 편지

풍경風磬을 걸었습니다 눈물이 깨어지는 소리를 듣고 싶었거든요 너무 높이 매달아도 너무 낮게 내려놓아도 소리가 나지 않습니다 바람이 지나가는 길목에 우두커니 오래 있다가 이윽고 아주 오랜 해후처럼 부둥켜안지 않으면 안 되는 것이지요 와르르 눈물이 깨질 때 그 안에 숨어 있던 씨앗들이 쏟아져 나옵니다 날마다 어디론가 향하는 손금 속으로 사라지는 짧은 그림자 말이지요 너무 서두르고 싶지는 않습니다 조금씩 솟아올라 고이는 샘물처럼 풍경도 슬픔을 제 안에 채워두어야겠지요 바람을 알아버린 탓이겠지요

음지식물

태어날 때 어머니가 일러주신 길은
좁고 어두운 길이었다
기억할 수 없지만, 내가 송곳이 아니었다면
어머니의 울음은 그렇게 푸르지 않았을 것이다
몸에 남아 있는 푸른 얼룩은 고통의 살점
알 수 없는 적의는 죄와 길이 통하고
먼저 내 살점을 뚫고 나서야
허공을 겨눈다
이른 봄 벌써 목련이 지기 시작하는 때
저만큼 새가 날아가고 난 뒤에
그림자는 하얀 발자국으로 남는다
그 발자국 따라
좁고 어두운 길을 따라 나는 여기까지 왔다
세상의 발밑이지만 허리를 꺾지 않는 까닭은
굽지 않고 나를 적중하는 햇화살을 기다리기 때문이다
어머니의 푸른 울음 끝에
나의 몸은 아주 작게 균열되었다
알을 슬기 위하여 수천 리를 날아가는 노랑나비
한 마리가 수만 마리로 깨어지는 꿈을
긴 편지를 쓰기에는 봄이 너무 짧다

법고 치는 사내

저녁이었다
배롱나무 미동도 하지 않고 서 있지만
어느새 기지개를 켜고 주먹을 내지를 것이다
가지를 단단히 움켜쥔 새가 호르륵 호르륵
앞산 뒷산을 넘고 넘기는 기억의 씨는 더 깊게
무덤으로 파고들 것이다
그가 굽이치며 걸어 올라왔을 길이
이제는 혼자 휘적이며 내려가는 시간
북 앞에 선 그의 뒷모습
가죽을 남기고 간 짐승의 혼 같다
지금은 일주문 같은 나무들이 모여들어
안팎을 알 수 없는 내력을 더듬을 때
피 묻은 소리들은 고요히 어둠 속에 몸을 섞었다
꽃이 피고 나비들이 찾아올 것이다
나그네에게 어디로 가는 길이냐고 묻지 않는 법이다

---

* 앞의 시들은 《타인의 슬픔》(2008, 미네르바시선 09, 연인M&B)에서 가져왔다.

나무

단 하나의 기둥 위에

단 하나의 깊고 단단한

하늘을 얹기 위해

나무는

수많은 주석을

눈물 대신 달아놓았다

모란꽃 무늬 화병花甁

한겨울

낟알 하나 보이지 않는

들판 한가운데

외다리로 서서 잠든 두루미처럼

하얗고 목이 긴

화병이 내게 있네

영혼이 맑으면 이 생에서

저 생까지 훤히 들여다보이나

온갖 꽃들 들여다 놓아도

화병만큼 빛나지 않네

빛의 향기

온몸에서 뿜어져 나오는

구 문文 반의 발자국 소리

바라보다 바라보다 눈을 감네

헛된 눈길에 금이 갈까 봐

잠에서 깨어 하늘로 멀리 날아갈까 봐

저만큼 있네

옛사랑도 그러했었네

예감

앞마당 목련은
목젖까지 환히 들여다보이게 웃다
떨어지고
뒤뜰 목련은 이제야
가슴을 부풀리고 있는 중이다
피고 지는 선후가 무슨 문제이랴
우주와 몸 섞는 오르가슴 한 번이면
미련은 없다

태어나서 죽을 때까지
사람은 꽃인데
그걸 모른다
오르가슴을 모른다

지도책

땅거미 지는데
어머니, 지도책 달라신다
길눈이 어두워져
집으로 오는 길 죄다 잊어버리는데
개미 꼬리만 한 지명들을
밝게도 짚으신다

어디 가시게요 묻는 내가 어리석어
멋쩍게 고개 돌리면
어머니는 저만큼 세월 속에 묻혀버린
마을을 향해 등 굽은 뒷모습을
팽팽해진 활시위에 얹고 있다

아직 태어나지 않은 길을
마음으로 열어 나가시는지
자주 눈시울을 닦아내면서
재미있는 이야기책을 읽어나가듯
지도책을 한 장씩 넘겨갈 때마다

이 나이에

고아가 된다는 것이 문득문득
무서워진다

폐사지에서

이제는 고사리밭이 되어버린 곳

두렁을 지나
곧 무너져버릴 것 같은 삼층 석탑
서 있다

머리에는 화관도 쓰고
가슴께에는 풍경도 멋지게 달았던
어디서나 빛나고
경배하며 주위를 맴돌았던
마음 한 채

지는 해를 바라보며 서 있는 사람들 사이에서
가난보다 넓지 않은
몇 평의 폐허를 보았다
귀가를 서두르며 다시 오던 길 되짚을 때
긴 그림자는
석탑과 함께 그 자리에 남겨두었다

종점의 추억

가끔은 종점을 막장으로 읽기도 하지만
나에게 종점은 밖으로 미는 문이었다

자정 가까이
쿨럭거리며 기침 토하듯 취객을 내려놓을 때
끝내 아버지는 돌아오지 않았지만
귀잠 들지 못하고 웅크려 서서
질긴 어둠을 씹으며 새벽을 기다리는 버스는
늘 즐거운 꿈을 선사해주었다

어디론가 떠나는 것이 얼마나 큰 설렘인가
서강행西江行 이름표를 단 버스는
발자국을 남기지 않고 유년을 떠나갔지만
서강은 출렁거리며 내 숨결을 돋우었다

그곳에 가면 아버지를 만날까
이윽고 내가 서강에 닿았을 때
그곳 또한 종점이었음을 알게 되었을 때
내 몸에 잠들어 있던 아버지가
새살처럼 돋아 올랐다

아버지의 이름으로 내가 말한다

이 세상에 종점은 없다

눈물이 시킨 일

한 구절씩 읽어가는 경전은 어디에서 끝날까
경전이 끝날 때쯤이면 무엇을 얻을까
하루가 지나면 하루가 지워지고
꿈을 세우면 또 하루를 못 견디게
허물어버리는,
그러나
저 산을 억만 년 끄떡없이 세우는 힘
바다를 하염없이 살아 요동치게 하는 힘
경전은 완성이 아니라
생의 시작을 알리는 새벽의 푸르름처럼
언제나 내 머리맡에 놓여 있다
나는 다시 경전을 거꾸로 읽기 시작한다
사랑이 내게 시킨 일이다

---

* 앞의 시들은 《눈물이 시킨 일》(2011, 시학시인선 040, 시학)에서 가져왔다.

틀니

어제는 교회에 갔고 오늘은 법당에 들었습니다
그곳에 가면 하루치의 까닭 모를 분노가 잡초처럼 돋아 오르고
욕지거리가 목구멍까지 치밀어 오릅니다
고요히 앉아 지난 신문을 거꾸로 들어 읽으시는 그분의 마음을
헤아리지 못하여 난폭해지기도 합니다
먹어도 먹어도 배고픈 병
일 년 열두 달 눈 내리는 나라
앞으로 나아가기만 할 뿐 되돌아오는 길이 지워져버려
그분의 얼굴은 평화 그 자체입니다
이곳이 지옥이었다가 극락이 되기도 하는 것처럼
그분은 경극의 주인공이십니다
입 벌리세요
호랑이는 굶어서 죽지 잡아먹히지는 않겠는지요
틀니를 뽑아 물에 헹굴 때 그분은 순하디순한 얼굴로
웃고 계십니다 아니 웃음과 울음의 경계가 무너집니다
나의 교회와 나의 법당
어머니를 벗어날 때 어쩔 수 없이 나는 어리석은 양
길 잃은 양이 되어 눈물 납니다

생각하는 사람

생각하는 사람은 불편하다
국보 78호 반가사유 부처님이나
국보 83호 반가사유 부처님도 불편하다
어디로 튈지 모르는 공처럼 휜 저 불온한 몸에
문신을 새기는 일만큼 사람의 생각은 불편하다

한쪽 무릎을 구부린 채
구름 같은 머리를 팔로 받친 채 각을 세워보라
아무래도 생각하기 위해서 턱을 고이고 다리를 구부렸던 것은 아닌 것 같다
아니면 고통 없이는 생각이 일어나지 않으므로
반가사유가 그러하듯 저 자세는
먼저 고통이 찾아오기를 기다리는 반드시 거쳐야 할 의식인지도 모른다
고통을 생각하는 나날이 지나야
고통의 물집이 터지고 굳은살이 박여야 생각은 맑아질지 모른다
그러므로 생각은 생각을 먹고 자란다

생각이 사라져야 찾아오는 안락은 없다
평화만이 가득한 세상에서는 평화라는 단어가 없다
전쟁을 겪어야만 의붓자식처럼 평화가 태어나고

전쟁이 뭔지도 모르고 전쟁을 치르고서야 전쟁 아닌 시간에 대해서 뉘우친다

생각하는 사람 앞에 서면
오래 잊고 있었던 마룻바닥의 못처럼
불쑥 튀어나온 생각이 또 불편하다

공하고 놀다

상상 임신 끝에 알을 낳았다
무정란의 공
부화되지 못한 채 주렁주렁 망태기에 담겨 있다가
태생의 탱탱함으로 이리저리 차이다가
별이 될 듯 하늘로 솟구치다가
울타리를 넘어 차에 치여 사정없이 찌그러진다

제힘으로 일어서지 못하는 공
끝내 가죽만 남아 쓰레기통 속으로 들어간다
누군가는 평생을 걸고 이 공에 대해 화두를 던졌다

이 공의 주인은 누구인가!

담쟁이의 꿈

눈을 떠도 눈앞이 캄캄한 사람들은 알지
허공에 손을 내민다는 것이
얼마나 두려운 일인지
꼿꼿이 서는 나무의 꿈이 사라지고
그리하여 한 뼘이라도 더,
해의 피를 따스하게 꿈꿀 수 있는 심장에
가닿고 싶은 것이 죄가 된다는 것이

허공에 손들이 허우적거린다
나는 새가 되고 싶지 않아
날고 싶지 않아
그러나 어디든 끈질긴 희망의 몸에
날개가 되어주고 싶어
저 벽의 날개
너와 나를 가르는 저 벽의 날개
견고한 모든 슬픔이
새가 되어 날아갈 그날까지
나는 푸르게 푸르게
날개를 키울 거야

눈을 떠도 눈앞이 캄캄한 사람들의 손이
허공에 핏줄을 새긴다
깃발처럼 펄럭인다

이사

강남 이 편한 세상에 그가 왔다
검은 제복 젊은 경비원이
수상한 출입자를 감시하는 정문을 지나
대리석 깔린 안마당에 좌정했다

몸이 반쪽으로 쪼개져도
죽지 않고 용케
당진 어느 마을 송두리째 뭉그러져 사라져도
용케 살아남았다

마을을 오가는 사람들의
머리 쓰다듬어주고
비바람 막아주며 죽은 듯
삼백 년 벼락 맞고도 살아 있더니
이 편한 세상에
한 그루 정원수로 팔려왔다

푸르기는 하나 완강한 철책에 둘러싸여
손길 닿지 않는 그만큼의 거리
저 불편한 세상과

이 편한 세상 사이에서
눈이 멀고
귀가 막힌 침묵의 우두커니

새 한 마리 깃들지 않은 이곳
집과 무덤 사이의 어디쯤이다

지렁이

천형은 아니었다
머리 함부로 내밀지 마라
지조 없이 꼬리 흔들지 마라
내가 내게 내린 약속을 지키려 했을 뿐이다
뿔 달린 머리도
쏜살같이 달려가는 시간의 채찍 같은 꼬리도
바늘구멍 같은 몸속으로 아프게 밀어 넣었을 뿐

지상을 오가는 더러운 발자국에
밟혀도 꿈틀거리지 않으려고 지하 생활자가 된 것은 아니다
주변인이라고 불러도 좋겠다
외톨이라고 불러도 좋겠다
햇볕을 좇아 하늘을 향해 뻗어가는 향일성의 빈손보다
악착같이 흙을 물고 늘어지는 뿌리의 사유 옆에서
거추장스러운 몇 겹의 옷을 부끄러워했을 뿐

제자리를 맴도는 세상에서
빠르거나 느리거나 오십 보 백 보
허물을 벗을 일도
탈을 뒤집어쓰다 황급히 벗다 얼굴을 잃어버리는 일도 내게는 없으나

온몸을 밀어내며 나는 달려가고 있다

이 밝은 세상에서 어두운 세상으로

온몸을 꿈틀거리며 긴 일획을 남기며 가고 있다

어떤 안부

소식은 멀리서 들어야 향기가 난다

세상 떠난 지 오래인 어떤 이의 부고가

산다화 필 무렵 눈에 짚이고

야반도주한 모 씨가 부자가 되었다는 누더기 같은 이야기를

흘러가는 강물이 귀를 씻어주듯이

그리운 소식은 길이 멀어야 가슴에 메인다

쉰하고 여덟

잘 삭아가고 있는 바다의 마음과
곁사람의 그림자로 입안에 녹아드는 젓갈의 맛

부사副詞로 족하다!

Sky life

늘 배고픈 저 아가리

복음은 눈으로 볼 수 없고

관음은 귀로 들을 수 없어

허공을 밟고 오시는 어떤 사람

오늘도 수신 불량이다

불타는 시詩

맹목으로 달려가던 청춘의 화살이
동천 눈물주머니를 꿰뚫었는지
눈발 쏟아지는 어느 날 저녁
시인들은 역으로 나가 시를 읊었다

오고 가는 사람들 사이에
장미가 피고 촛불이 너울거리는 밤
누가 묻지 않았는데 시인들의 약력은
길고 길었다

노숙자에게 전생을 묻는 것은 실례다
채권 다발 같은 시집 몇 권이
딱딱한 베개가 될지도 모르겠다
어둠한 역사 계단 밑에서 언 손을 녹이는
불쏘시개가 될지도 모르겠다

하늘이 내리시는 무언의 시가
발밑에 짓이겨지는 동안
가벼운 재로 승천하는 불타는 시가
매운 눈물이 된다

아, 불타는 시

스물두 살

—전태일

너도 걸었고 나도 걸었다

함께 스물두 살을 지나가면서

너는 맨발이었고 나는 평발이었을 뿐

티눈이 박이는 세월을 막지 못하였다

어쩌랴 너는 스물두 살에 멈추어 섰고

나는 쉰하고도 여덟 해를 더 걸었으나

내가 얻은 것은 평발이 된 맨발이다

나는 아직도 스물두 살을 맴돌고 있고

너는 아직도 더 먼 거리를 걷고 있을 터

느닷없이 타오르던 한 송이 불꽃

하늘로 걸어 올라가 겨울밤을 비추는 별이 된 너와

그 별을 추운 눈으로 바라보는 중늙은이

걸어 걸어 스물두 살을 지나가면서

너는 맨발이었고 나는 평발이었을 뿐

같은 길을 걸었으나 한 번도 뜨겁게 마주치지는 못하였다

촉도蜀道

경비원 한 씨가 사직서를 내고 떠났다
십 년 동안 변함없는 맛을 보여주던 낙짓집 사장이
장사를 접고 떠났다
이십 년 넘게 건강을 살펴주던
창동피부비뇨기과 원장이 폐업하고 떠났다

내 눈길이 눈물에 가닿는 곳
내 손이 넝쿨손처럼 뻗다 만 그곳부터
시작되는 촉도

손때 묻은 지도책을 펼쳐놓고
낯선 지명을 소리 내어 불러보는 이 적막한 날에
정신 놓은 할머니가 한 걸음씩 밀고 가는 저 빈 유모차처럼
절벽을 미는 하루가
아득하고 어질한 하늘을 향해 내걸었던
밥줄이며 밧줄인 거미줄을 닮았다

꼬리를 자른다는 것이 퇴로를 끊어버린 촉도
거미에게 묻는다

봉선사 종소리에 답함

봄밤 아득하게 피어나 홀로 얼굴 붉히는 꽃처럼
여름 한낮 울컥 울음 쏟아내고 가는 소나기처럼
가을이 와서 가을이 깊어서
제 몸을 스스로 벗는 나뭇잎처럼
잊지 않으려고 되뇌다 하얗게 삭아버린 이름
한겨울의 눈처럼

쿵과 두우웅 사이

나는 빈 찻잔에
소리의 그림자를 담는다
눈으로
적막의 눈으로 소리를 마신다

장항선

장항선은 나를 달린다
이 가슴에서 출발하여 이 가슴에서 멈춘다
덜컹거리는 스물두 살은 아직도 스물두 살
멀리 튕겨져 나간 줄 알았으나
아직도 질긴 고무줄처럼 탱글거리는 탯줄은
되돌아와 뺨을 세차게 때린다
세월보다 조금 느리게 달려갔으나
앞은 먹먹한 강이 있었고
추격자처럼 다가온 어둠은 퇴로를 막았다
잔뜩 웅크린 채 어미는 이미 늙어
타향보다 더 낯선 고향은
막차를 타고 가는 마지막 역
내려야 할 곳을 알고 서둘러 행장을 챙기는 사람들 사이에서
기적이 울린다
어디에 내려도 고향은 멀고
멀어서 사투리가 긴 장항선 아직도 구불거린다
저녁답 연기처럼 가물거린다

어슬렁, 거기

—거진에서

빨간 심장을 닮은 우체통엔 방파제를 넘어온 파도가 팔딱거리고

그 옆 딸깍 목젖을 젖히며 그리운 이름을 부르는 공중전화는 수평선에 가닿는다

신호등은 있으나마나

건너가고 싶으면 건너고 멈추고 싶으면 그만인

언제나 토요일 오후 그 시간에 느리게 서 있는

십 분만 걸어 나가도 한세상의 끝이 보이는 곳

어슬렁, 거기

집에서 무덤까지 그 사이

어느 유목민의 시계

하늘이 어둠의 이불을 걷어내면 아침이고
멍에가 없는 소와 야크가 마른기침을 토해내면
겨울의 발자국 소리가 들려
식솔만큼의 밥그릇과 천막 한 채를 거둬들이면
그때가 저녁이다

인생을 모르는 사람들은 유목민이라 부르지만
그들은 멀리 떠나본 적이 없다
소와 야크의 양식인 풀이 있는 곳
그곳이 그들의 집이고 무덤일 뿐

그들에게 그리움이란 단어는 없다
언제 다시 만날까 그들에게 묻지 마라
앞서 떠난 가족들 설산 위에 별로 빛날 때까지
바람의 숨소리를 듣고
해의 기울기에 온몸을 맡기는
그들에게 시계는
물음표를 닮은 커다란 귀와
하늘에 가닿은 눈이다

구석기舊石器의 사내

하루 동안 이만 년을 다녀왔다

선사先史로 넘어가는 차령車嶺에서 잠시 주춤거렸지만
돌로 도끼를 만드는 둔탁한 깨짐의 소리가
오수를 깨우는 강변에서
말이 통하지 않는 한 사내를 만났다
어디로 흘러가는지 모르는 강을 따라
목책으로 둘러싸인 움집 속
몇 겹의 옷을 걸쳐 입은 그의 손엔
날카로운 청동 칼이 번득이고
여전히 말이 통하지 않은 채
삼천 년이 지나갔다
내가 노을 앞에서 도시의 불빛을 되뇔 때
그 사내는 고인돌 속으로 들어가
뼈 하나 남기지 않고 사라져갔다
천오백 년 전 망한 나라의 나들목을 지나
하루의 풍진을 씻어내는 거울 앞에
수척해진 채 돌도끼를 만들 줄 모르는
구석기의 사내가
우두커니 서 있었다

---

* 앞의 시들은 《촉도》(2015, 한국의 서정시 087, 시학)에서 가져왔다.

아무개

머리도 뎅강 쳐주고 꼬리도 사정없이 잘라주세요 몸통 속의 오장육부도 뼈도 아끼지 말고 발라주세요 자, 뭐가 남았나요 이제 아무개라고 불러주세요 아무개야 근본도 모르고 씨도 모르는 것이 치욕이 뭔지 몰라도 거세한 수컷의 해방감이 뭔지는 알 것 같아요

지화자!

말의 행방

소문이 한바탕 지나간 뒤에
벙어리의 입과
귀머거리의 귀를 버리고서
잘못 들으면 한 마리로 들리는
무한 증식의 말을 갖고 싶었다
검고 긴 머리카락과
길들여지지 않은 그리움으로
오래 달려온 튼실한 허벅지를 가진
잘못 들으면 한마디로 들리는
꽃을 가득 품은 시한폭탄이 되고 싶었다
길이 없어도
기어코 길이 아니어도
바람이 끝내 어떻게 한 문장을 남기는지
한마디면 어떻고
한 마리면 또 어떨까

천 리 밖에서 나를 바라보는
야생의 그 말

심장은 오늘도 걷는다

꽃이면 어떻고

잎이면 또 어떤가!

붉은 마음 한 장이면

온 우주가 사랑이다

씨름 한 판

쓰러지면 지는 것이라고
사나운 발길에 밟히고 밟혀
흙탕물이 되는 눈처럼 스러진다고
쓰러지지 않으려고
상대방의 샅바를 질끈 쥐었으나
장난치듯 슬쩍 힘을 줄 때마다
나는 벼랑에서 떨어지지 않으려는
나뭇잎처럼 가볍게 흔들거렸다
눈물이 아니라 땀이라고 우겨보아도
몸이 우는 것을 막지는 못하는 법
나를 들어 올리는 상대가 누구인지
지금껏 알지 못하였던 어리석음을 탓하지는 못하리라
으라찻차 힘을 모아 상대를 쓰러뜨리려는 찰나
나는 보았다
내가 쥐고 있던 샅바의 몸이
내가 늘어뜨린 그림자였던 것을
내가 쓰러져야 그도 쓰러뜨릴 수 있다는 것을
허공은 억세게 잡을수록
더 억세진다는 것을
씨름판에 억새가 하늘거린다

비가悲歌

이 세상에서 가장 슬픈 노래를 알고 있다
그러나 아직 한 번도 불러지지 않은 그 노래는
슬픔이 불길처럼 흘러간 후에
강물보다 더 우렁우렁 눈물 쏟아낸 다음에
끝내 불러보지 못한 이름이
발자국 하나 남기지 않고
길을 지우고 난 후에
사막 같은 악보를 드러낼 것이다
슬픈 사람은 노래하지 않는다
외로워서 슬픈가
슬퍼서 외로운가
뉘엿뉘엿 저물어가는 어디쯤에서
날갯짓 소리가 들리는 듯
슬픈 사람을 기억하는 사람이
부르는 그 노래는
아직 태어나지 않았다

석류나무가 있는 풍경

심장을 닮은 석류가 그예 울음을 터뜨렸을 때

기적을 울리며 떠나가는 마지막 기차가 남긴 발자국을 생각한다

붉어서 슬픈 심장의 고동 소리가 남긴

폐역의 녹슬어가는 철로와

인적 끊긴 대합실 안으로 몸을 비틀어 꽃을 피운 칡넝쿨과 함께

무너져내리는 고요가 저리할까

스스로 뛰어내려 흙에 눈물을 묻는 석류처럼

오늘 또 한 사람

가슴이 붉다

수평선에 대한 생각

그리워서 멀다
외로워서 멀다
눈길이 먼저 달려가도 닿을 수 없는 너를 향하여
나는 생각한다

목을 매달까
저 아슬한 줄 위에 서서 한바탕 뛰어볼까
이도저도 말고 훌쩍 넘어가버릴까

매일이라는 절벽을 힘겹게 끌어당기며
나는 다시 생각한다

아직도 내게는 수평선이 있다!

모시 한 필

모시 한 필 속에는
서해바다 들고 나는 바람이
금강을 타고 오르는 여름이 있다

키만큼 자란 모시풀을 베고
삼 개월을 지나는 동안
아홉 번의 끈질긴 손길을 주고받는
아낙네들의 거친 숨소리가
베틀에 얽히는 것을
슬그머니 두레의 따스한 마음도
따라 얹힌다

모시 한 필 속에는
서천의 나지막한
순한 하늘이 숨어 있고
우리네 어머니의 감춰진 눈물과 땀방울이
하얗게 물들어 있다

구름 한 조각보다 가볍고
바람 한 줄보다 팽팽한

세모시 한 필

어머니가 내게 남겨준

묵언의 편지

곱디고와

아직도 펼쳐보지 못했다

별똥별이 내게 한 말

사랑은

한 번이면 족한 것

사랑은 순간을

영원으로 되돌리는 것

사랑은

모든 길을 버리고서야

찾아오는 것

오래된 밥 1

아무리 먹어도 배부르지 않은 밥이 있다
한 숟갈만 먹어도 배부른 밥이 있다
잊으려고 해도 잊히지 않는 그 옛날부터
그러나 한 걸음 내딛으면 아득해지는 길의 시작으로부터
나를 키워온 눈물 같은 것
기울어진 식탁에 혼자 앉아 물끄러미 바라보면
딱딱하게 풀이 죽은 채
식을 대로 식어버린 추억 같은 밥
한밤중에 일어나 흘러가는 강물에 슬그머니 놓아주고 싶은 손
같은 밥
아, 빈 그릇에 가득한
안녕이라는 오래된 밥

돌아오지 않는 것들

—옛 구둔역•에서

마냥 서 있을 뿐인데
누구를 기다리느냐고 묻는다
상행은 어제로 뻗어 있고
하행은 내일로 열려져 있는데
소실점 밖에서 열차 시간표를 읽고 있을 뿐인데
이제 이 길에는 잡초가
망각의 이름을 대신할 것이다

누가 떠나고
누가 기다리는가
혼자 경전을 세워가는 탑 같은
느티나무 아래
무너지지 않겠다는 듯
플라스틱 의자는 두 개
세월이 비껴가듯
우리는 나란히 저 의자에
마주하지 못하리

굳은을 구둔으로 읽는
정지해버린 추억을 읽는

영혼이 잠시 머물다 가는 곳
어떤 약속도 이루어질 수 없어
아름다움을 배우는 곳

• 경기도 양평군 지제면에 소재한 중앙선의 폐역이다. 1940년 개설되었으나 중앙선의 선로 변경으로 폐역이 되었다. 2006년 등록문화재로 지정되었다.

서 있는 사내 1

고령에서 가야 넘어가는 고갯길에 그가 서 있다. 절벽 같은 뒷모습을 남긴 채 저 아래 아득한 세상으로 투신이라도 할 듯이 잠시 망설이는 순간이 얼마나 길었는지 모른다. 이름을 부르면 고개를 돌릴 듯도 한데 간신히 지탱해온 몸이 와르르 무너질지도 모를 일 그러나 아직도 저 차가운 돌의 미소 속에는 용암이 들끓고 있음을 아는 사람은 안다. 날개가 떨어져나가고 비록 남루 한 벌로 세상을 지나왔지만 이 쑥굴헝이 되어버린 맹지에 버리고 떠난 사람을 그리워하는 마음을 버리지는 않았다.

무너져내릴지언정 굴신하지 못하는 탑이라는 이름의 사내

어머니를 걸어 은행나무에 닿다

구백 걸음 걸어 멈추는 곳
은행나무 줄지어 푸른 잎 틔어내고
한여름 폭포처럼 매미 울음 쏟아내고
가을 깊어가자 냄새나는 눈물방울들과
쓸어도 쓸어도 살아온 날보다 더 많은
편지를 가슴에서 뜯어내더니
한차례 눈 내리고 고요해진 뼈를 드러낸
은행나무 길 구백 걸음
오가는 사람 띄엄띄엄 밤길을 걸어
오늘은 찹쌀떡 두 개 주머니에 넣고
저 혼자 껌벅거리는 신호등 앞에 선다

배워도 모자라는 공부 때문에
지은 죄가 많아
때로는 무량하게 기대고 싶어
구백 걸음 걸어 가닿는 곳

떡 하나는 내가 먹고
너 배고프지 하며 먹다 만 떡 내밀 때
그예 목이 메어 냉수 한 사발 들이켜고 마는

나에게는 학교이며

고해소이며 절간인 나의 어머니

뿔

초식의 질긴 기억이 스멀스멀 몸으로 스며들 때가 있다
날카로운 발톱도 치명의 송곳니도 갖지 못한
쫓기는 자의 슬픔
그 슬픔을 용서하지 못할 때
불끈 뿔은 솟구쳐 오른다
그 누구도 거들떠보지 않는 한숨과
눈물로 범벅이 된 분노는
높은 굴뚝을 타고 오르는 연기가 되거나
못으로 온몸에 박히는 뿔이 된다

나도 뿔났다

봄비

알몸으로 오는 이여

맨발로 달려오는 이여

굳게 닫힌 문고리를 가만 만져보고 돌아가는 이여

돌아가기 아쉬워

영영 돌아가지 않는 이여

발자국 소리 따라

하염없이 걸어가면

문득

뒤돌아 초록 웃음을 보여주는 이여

새벽 강

새벽이 오면
강은 스스로 나무가 된다
빛깔도 향기도 없는
수만 송이의 꽃을 피우는 나무
어둠을 딛고 아스라이 바라보는
수묵의 너른 품
정갈한 백자를 닮은 얼굴은 기쁨과 슬픔을 곱게 풀어놓은 듯하다

밤을 오래 걸어와
새벽을 응시하는 사람에게만
문을 열어주는 강의
천불천탑 나무들의
수만 송이 꽃들의
책갈피 속으로
한 걸음 한 걸음 들어가면
온몸에 물의 전생을 담은
너를 만난다

가보지 않은 고향을 그리워하듯
홀연히 사라지는 나무 속으로

나 또한 깊이 젖는다

새벽이 진다

땅에게 바침

당신은 나의 바닥이었습니다
내가 이카루스의 꿈을 꾸고 있던
평생 동안
당신은 내가 쓰러지지 않도록
온몸을 굳게 누이고 있었습니다
이제야 고개를 숙이니
당신이 보입니다
바닥이 보입니다
보잘것없는 내 눈물이 바닥에 떨어질 때에도
당신은 안개꽃처럼 웃음 지었던 것을
없던 날개를 버리고 나니
당신이 보입니다
바닥의 힘으로 당신은
나를 살게 하였던 것을
쓰러지고 나서야
알게 되었습니다

거문고의 노래 1

백 년 후면 넉넉하게 닿을 수 있겠다
망각보다 늦게 당도한 세월이
수축과 팽창을 거듭한 끝에
빅뱅 이전으로 돌아간 심장을 애도하는 동안
수화로 들어야 하는 노래가 있다
떨쳐내지 못하는 전생의 피
증발되지 않는 살의 향기로
꽃핀 악보
사막이란 말은 그렇게 태어났던 것이다

오동나무 한 그루가 사막을 키우고 있다 사막을 건너가는 꿈이 넉 잠을 자는 동안 바람은 고치에서 풀려나오며 오동나무에 날개를 뉘였다

짧은 생은 촘촘한 기억의 나이테로 현을 묶고 백 년쯤 지난 발자국으로 술대를 젓는 늦가을을 기다리는가

아, 거문고의 긴 날숨이 텅 빈 오동나무의 가슴을 베고
아, 거문고의 깊은 들숨이 나비가 되지 못한 음을 짚어낼 때
나는 다만 첫발을 딛는 꽃잎의 발자국 소리를
사막에 담을 뿐

수화로 그 노래를 들을 수 있을 뿐

모텔 아도니스

영원히 늙지 않을 것 같은
소년도 아니고 청년도 아닌
다가서면 누구나 붉음으로 물들어버릴 것 같은
길가의 저 사내 때문에
신호등이 없어도 멈칫 서게 되는
비밀 하나를 감추고 가을을 지나간다

비밀은 나눌 수 없는
혼자만의 것
잘 익은 와인이 되거나
마지막 잎새가 되는 것

사랑이란 이름의 바람 한 줄
누군가의 영혼에 잠시 닿았다
사라지는 물결 몇 마디

진흙탕 속에서 연꽃이 피어나고
연꽃이 져 가는
그와 같은 비밀을
나누어주고 있는 저 사내

못난

—신성리 갈대밭에서

아들 아버지 형 아우 오라버니 지아비 할아버지 학생 스승…… 이 빛나는 이름 앞에 못난을 붙여 호명하면 일제히 고개 숙이며 앞으로 나아간다

수많은 내가 흰머리 휘날리며 바람의 매를 맞고 있다

후일담後日譚

어떤 사람은 나를 쇼핑카트라고 불렀고
어떤 사람은 짐수레라고 나를 불렀다
무엇이라 불리든
그들의 손길이 닿을 때마다 나는 기꺼이 몸을 열었다
내 몸에 부려지는 저 욕망들은
또 어디서 해체되는 것일까
지금 나는 더 이상 열매 맺지 못하는
살구나무 아래 버려져 있다
탈출이 곧 유배가 되는
한 장의 꿈을 완성하기 위하여
나는 너무 멀리 왔다
누가 나를 호명할까 봐 멀리 왔다
뼛속에서
한낮에는 매미가 울었고
밤에는 귀뚜라미가 우는
풀섶 어디쯤

---

* 앞의 시들은《이 세상에서 가장 슬픈 노래를 알고 있다》(2017, 시인동네 시인선 077, 시인동네)에서 가져왔다.

의자 4

사람은 의자가 되기 위하여 태어났는지 모른다 사람이 사람이라 불려지는 순간이 있다면 그 순간은 아무것도 소유하지 않으면서 기꺼이 제 몸을 내어줄 때일 것이다 의자는 오랜 시간 홀로의 시간을 견디고 자신에게 아무런 고마움을 느끼지 않고 잠시 고단한 발걸음을 멈춘 이들이나 다른 일을 하기 위하여 하인쯤으로 여기는 이들이 미련 없이 떠나는 그때까지 묵묵하게 무게를 견딜 뿐이다 세월이 흐르면 의자는 스스로 자신의 몸을 허물어 쓰레기가 되어 산화의 길을 걸어갈 것이다 그러나 사람은 마땅히 의자가 되어야 한다 나를 닮은 어떤 일들에 필요한 노역을 기꺼이 받아들일 때 사람으로 태어나는 것이다

인생

서산 너머가 궁금하던 때가 있었다
허옇게 눈 부릅뜨고
서산을 넘어가던 달이
이울고 차는 이유가
궁금하던 때가 있었다
서산 너머에도 마을이 있고
서산 너머에 또 서산이 있다는 것을
알게 된 것은

또 한참 뒤의 일이었다

목발 1

자유는 스스로 그러한 것이라고 배웠다
속박으로부터 벗어나는 것이라고 가르치고
갈구하는 것을 향해 나아가는 것이라고
깨우쳤다
그러나 나는 스스로 말없이 행하는 사물들을 업신여기고 값어치를 치르지 않았다
그러나 나는 이 세상의 속박과 결탁하면서
수인에게 던져주는 메마른 빵을 굶주림과 바꿨다

발목이 부러지고 나서
내게 온 새로운 친구는 내게 이렇게 말한다
너는 나 없이는 한 걸음도 나아갈 수 없어
그런데 친구야
네가 나를 의지한다는 것은
오로지 나에게 너의 온 힘을 전해준다는 것이지
언젠가 너에게 버려질 날이 오겠지만
그날이 기쁜 날이지
그날까지 날 믿어야 한다는 것이지

아, 절뚝거리는 속박과 함께

비틀거리는 목발

숲으로 가는 길

오래전 떠나온 초원을
그리워하는 낙타처럼
먼 숲을 향하여 편지를 쓴다
하늘을 향해 무작정 기도를 올리는
나무들과
그 나무에 깃들여 사는 새들의
순정한 목소리를 알아듣게 될 때가
너무 늦지 않았으면 좋겠다
그날이 오면 나는 숲으로 숨어 들어가
그저 먹이에 충실한 채
내일을 걱정하지 않는 짐승이 되거나
아니면 마음의 때를 씻고자 하는
수행자가 될 것이다
매일이라는 절벽 앞에서
마른 울음을 삼키는 그림자를 던지고 있지만
곧 나는 숲으로 갈 것이다
짐승이 되거나
아니면 수행자가 되거나
나는 매일 숲에게 편지를 쓴다

잊다와 잃다 사이

마땅히 있어야 하는 그곳에서 사라진 시계와 지갑 같은 것 청춘도 그리하여서 빈자리에 남은 흠집과 얼룩에 서투른 덧칠은 잊어야 한다는 것 잃어버린 것이 아니라 손에서 놓아버린 아쉬움이라고 하여도 새순으로 돋아 오르는 잊어야지 그 말

문득 열일곱에서 스물두 살 그 사이의 내가 잃어버린 것인지 놓아버린 것인지 아슬했던 그 이름을 며칠째 떠올려보아도 가물거리는 것인데 왜 나는 쓸데없이 손때 묻은 눈물에 미안해하는가

낮달처럼 하염없이

수화手話의 밤

인적 끊긴 거리에 신호등이 저 혼자 껌뻑거린다 먼 바다에서 돌아오는 지친 배처럼 등댓불을 바라보는 마음이 길을 건너지 못한다 저 눈빛이 내게 사랑한다 끝내 말 건네지 못하고 가버린 어머니 같아서 초록 빨강 몇 번이 바뀌어도 성하지 않은 발목에 투덜대면서 이 세상에서 가장 아름다운 말을 매운 바람에 날려버린다

엄마

바람 센 날

자꾸만 "살아지는"을 "사라지는"으로 듣는 어두워지는 귀를 숲에 몸을 버리고 나온 바람에 고이 씻었다

뾰족하다

'뾰족하다' 이 말이 데리고 오는 '못'과 '가시'. 못은 스스로 몸을 일으킬 수 없으니 세차게 머리를 맞으면서 살 속을 파고들어 집착을 만들고 가시는 제 살을 깎아 다가옴을 두려워하며 순간의 아픔을 기억하려 한다.

내 생이 뾰족하다 하니 나는 그 무엇에 박혀 있으며 어디에 돋아난 가시인가 뭉게구름은 쓰윽 다른 구름을 안고 모르는 척 둥글어지는데 내 손이 닿을 때마다 들려오는 눈물은 못인가 가시인가.

고슴도치에게 묻는다.

바람과 놀다

산 사람보다 죽은 사람들이 더 많이 살고 있는
고향으로 갑니다
어느 사람은 서쪽으로 흘러가는 강이냐 묻고
어느 사람은 죽어서 날아가는 먼 서쪽 하늘을 그리워합디다만
서천은 에둘러 굽이굽이 마음 적시고
꿈을 입힌 비단 강이
어머니의 품속 같은 바다로 잦아드는 곳
느리게 닿던 역은 멀리 사라지고
역 앞 허름한 여인숙 어린 종씨는
어디서 늙고 있는지
누구에게 닿아도 내력을 묻지 않는 바람이 되어
혼자 울다가 옵니다

구둔역에서

어느 사람은 떠나고
어느 사람은 돌아오고
어느 사람은 영영 돌아오지 않고
어느 사람은 끝끝내 잊혀지지 않고
저 홀로 기다림의 키를 세우고
저 홀로 그리움을 아로새기는
저 느티나무와 향나무
구둔역에 오는 사람들은 모두
그 무엇이 된다
눈길 닿는 곳
허물어지고 낡아가는 그 무엇의 주인공이 되어
쿵쿵 가슴을 울리며 지나가던 청춘의 기차를
속절없이 기다리는 것이다
그러다가 나는 누구의 구둔역인가 속말을 되뇌어보기도 하는 것이다

등

겨울이 되어야 가난을 뉘우친다
일 년 내내 보이지 않던 틈새로
황소바람이 칼춤을 추고
목화밭 하나로
덮인 이불도
숨이 죽어 앓는 소리를 내는 밤
초승달 녹슨 낫처럼 몸을 휘니
의붓자식처럼 홀대하던 등이
바람막이 되어 흔들린다
차라리 온기 사라진 방바닥에
등을 내려놓자
그때 등은 온기를 내뿜어 방바닥을 덥혀주는 것을 왜 몰랐을까
돌아보아도 뒤 그늘인 등은
무엇이든 닿으면 온 마음으로 말을 거는 등은
끝끝내 그리움의 저편에 서서
꺼지지 않는 등[燈]인 것이다

손

손이 그리워져본 적이 있는가
휘청, 몸이 중심을 잃고 쓰러지려 할 때
내가 그토록 믿었던 다리도 소용이 없고
허공을 쓴웃음으로 붙잡으려 할 때
내게 간절한 것은 또 하나의 손이다

어디에선가 불쑥 아무도 모르게
돋아 오르는 여린 싹처럼
저도 어쩔 줄 모르면서
어쩌자고 내게 내미는 손

그러나 처음 나를 잡아준 것은
방바닥이나 벽처럼 무정한 것들
기억하지 않으려고
도리질한들
상처는 쓰담을 수 없어
슬며시 내밀었던 손을 거두어들였던
마음을 만나는 날
넘어지고 위태롭게 매달려 있는 날
날카로운 송곳이라 해도

온기가 스며 있다면

내게는 그리운 손이다

메리

메리라고 부르면
저 태평양 건너 미국하고도
시골 아이오와에 사는
촌뜨기 주근깨 소녀가 달려올 것 같다
메리가 아니라 메어리야
친절하고 자상한 영어 선생님이
메어리라고 부를 때
나는 메아리가 생각나고
왜 미아리가 생각났을까
메어리 메아리 메리
아무렇게 불러도
묶이기 싫어하고 아무 데나 똥을 싸는
양치기 후손이라는 흰 털을 가진
강아지가 쪼르르 달려 나온다
아이오와의 드넓은 농장에서
양 떼를 모는 메리의 꿈
피 속에서 부화되지 않은
돌아오지 않는 메아리
미아리 고개를 넘지 못했나 보다

골드 스타

볼록한 배불때기 등 뒤로 감춘
티브이가 눈을 감았네
전기충격을 심장에 꽂아 넣어도
쿨룩거리는 신음만 흘러나오네
그의 이름은 골드 스타
다른 말로 하면 고 올드 스타
올드는 늙음 아니면 낡음
늙거나 낡아야 별이 된다고
쓰레기도
재활용 용품도 아닌 별이 된다고
밤하늘엔 그리운 사람
그리도 보이지 않네

안녕, 베이비 박스

안녕

이제 떠나려 해

혹한과 눈폭풍 속에서도

서로의 황제가 되었던

짧은 며칠

우리에게 남겨진 것은

부화를 꿈꾸는 돌을 닮은 생명

난 뒤돌아보지 않아

이제 저 푸르고 깊은 바다로 갈 거야

나의 몸부림이

멋진 자맥질이라고 오해하지는 마

봄이 오면 다시 돌아올 수 있을까

다시 우리는 만날 수 있을까

뒤돌아보지 않으려 해

너의 얼굴을 기억하지 않으려 해

부디 짧은 추억으로부터 벗어나기 위해

지금 너무 느리게 걸어가고 있을 뿐

나의 베이비 박스

안녕

개소리

멍

멍멍

멍멍멍

한 단어로

희로애락을 드러내는

이 기막힌 은유를

그냥 개소리로 듣는다면

얼마나 슬픈 일이냐

아무리 울어대도 울림을 주지 못하는

개소리

멍

---

* 앞의 시들은 《안녕, 베이비 박스》(2019, 시로여는세상 기획시선 015, 시로여는세상)에서 가져왔다.

구름

이 세상에서 가장 아름다운 꽃은

피어나기는 하나 지지 않는 꽃이다

하늘에 피는 꽃은 구름

그저 푸른 하늘만 있으면

사계절 가리지 않고 핀다

향기도 없고

벌 나비도 찾아오지 않지만

이 세상에서 가장 아름다운 꽃은

나그네 긴 발걸음 끌고 가는

구름이다

석등에 기대어

초여름보다는 애써 늦봄이라 하자
소나기는 말고 눈물이 아니라고 우겨도 좋을
눈썹 가까이 적시는 가랑비라 하자
먼 길을 떠나야 할 것 같은 아침보다는
기다리는 이 없어도 돌아가는 마음이 앞서는
저녁 어스름이라 하자
마음이 하냥 깊어져야 만나는 개선사지
꽃대궁만 키를 세우고 피어나지 않은 꽃
그 앞에 서면 꽃은 피는 것이 아니라
창을 여는 것이라고 우겨도 좋겠다
시방十方을 한눈에 담고
제 그림자를 옷깃으로 날리는 꿈을 잊지 않았느냐고
화창花窓에 어리는 혼잣말
어디에도 세월의 뒷모습을 보이지 않아
더 살고 싶은 외로움을 손잡아주는
그 어디쯤
나도 네가 되어 있는 것이다

돌멩이 하나

길가에 뒹구는 돌멩이를
누구는 발로 차고
손에 쥐고 죄 없는 허공에
화풀이를 하네

볼품이 없어
이리저리 굴러다니지만
엄연히 불의 자손
하늘을 가르며 용트림하던
그 청춘의 불덩이를 잊지 않기 위해
안으로 얼굴을 감춘 갑각류의 더듬이처럼
엉금엉금 기어서
오늘도 날개를 꿈틀거리는
돌멩이 하나

봄

어쩔 수 없다
눌러도 눌러도 돋아 오르는
휘영청
수양버들의 저 연둣빛 회초리
바람 맞은 자리마다
까르르
웃음소리

진화론을 읽는 밤

냉장고에서 꺼낸 달걀은
진화론의 지루한 서문이다
무정란의 하루가 거듭될수록
저 커다란 눈물 한 덩이의 기나긴 내력을
통째로 삶거나 짓이기고 싶은
약탈의 가여움을 용서하고 싶지 않다
비상을 포기한 삶은 안락을 열망한 실수
사막으로 쫓겨 온 낙타 아버지와
초원을 무작정 달리는 어머니 말
그렇게 믿어왔던 맹목의 날들이
닭대가리의 조롱으로 메아리친다
다시 나를 저 야생의 숲으로 보내다오
삶에게 쫓기며 도망치다 보면
날개에 힘이 붙고
휘리릭 창공을 박차 올라
매의 발톱에 잡히지 않으려는 수만 년이 지나면
쓸데없는 군살과 벼슬을 버린
새가 되리라
진화론의 서문이 너무 길어
달걀을 깨버리는

이 무심한 밤

만종晩鐘

사람들의 목숨을 노리고
짐승들의 고막을 찢던
포탄이 종이 되었습니다
아침에 뜨는 해와
저녁에 모습을 드러내는 달과
밤이면 새싹처럼 돋아나던 별들
그 만물이 일러주는 시간들 사이에서
태어나는 숨처럼
논두길을 달리고
성황당 고개 너머
얕은 토담을 끼고 돌아
누구나 나그네일 수밖에 없는
너와 나의 어깨에 얹히는
위로의 손길
어디서 날아왔는지 말하지 않는
철새들에게 가슴을 내주는
겨울 들판까지
종소리는 무작정 달려옵니다
무엇을 섬기든 고개 숙이고
감사의 시간을 선물로 주는

산골짜기의 종은

살생의 폭약을 가득 안았던 포탄

그 속이 비워지고

너무 쉽게 잊어버리는 생명의 시간을

저 혼자 일러주는

만물의 종이 되었습니다

사막의 꿈

어느 사람은 낙타를 타고 지나갔고
순례자는 기도를 남기고 사라져 갔다
그때마다
화염을 숨기고 뜨거워졌다가
밤이면 무수히 쏟아져 내리는 별빛으로
얼음 속에 가슴을 숨겼다
나에게 머무르지 않는 사람들의 발자국을
침묵과 고요 속에서 태어난 바람으로 지우며
육신의 덧없음을 일깨우곤 했다
오늘도 낙타의 행렬과 순례자들이
덧없이 지나갔지만
나는 꿈을 꾼다
그 사람이 오고
백 년 만에 비가 내리고
백 년 만에 내 몸에서 피어나는 꽃을
어쩌지 못한다

안녕이라는 꽃말을 가진 사람

안개

뼈인 듯싶으면 살이고
살인 듯싶으면 뼈
와르르 무너질 듯해도
온전히 하나의 힘으로 우뚝 서는
인생을
어찌 용서하지 않을 수 있나
멀고 멀어 아득하다 싶어도
거의 다 다다른 듯싶은
그래 너는 나를 안개라 부르고
나도 너를 그리 부르마
가여워서 용서할 수밖에 없는
용서라 하니 또 가여워서
어디든 닿아 눈물이 되고 마는
추억의 무덤이여

여름 생각

옛 마당에 숨어 있던 채송화가
고개를 들면 여름이었다
댓돌 밑에 죄 없이 벌서는 아이 모양
납작 엎드려 있어도
붉은 꽃 쉴 새 없이 고개를 쳐들었다

옛 마당에 개망초가 키를 세우면
여름이었다
빈 땅만 있으면 창궐하는 역병처럼
잡초가 되는 개망초를
마음 가득 채우고 싶어 하는 사람이
내게 당도했다
여름인 것이다

매미

오랫동안 꿈만 꾼다는 것은 힘든 일이다
새로 태어났기에 바다를 건너는 게 꿈이었는데
온몸이 부서질 듯 아픈 게 날개가 돋치는 까닭이라고 믿고 있었는데
너에게 불러줄 세레나데는 성대가 없어
그저 날개를 부르르 떨어야 울음 삼키는
몹쓸 날개

그래도 너는 오겠지
웃음소리가 아니어도 나무 하나를 너끈히 들어 올리는
절창을 모른 척하지는 못하겠지
새로 태어났으나 새가 되지 못한
그저 가슴속에 출렁거리는 바다를
이렇게 쏟아내고 있지 않은가

담장 너머

피지 말라고 해도 피고
지지 말라고 해도 진다
잊지 말라고 해도 잊어지고
잊으라 해도 잊히지 않는다
망초의 마음이 닿은 곳까지
내 눈길이 아스라이 떨어진 곳까지만
생각하기로 한다
담장 너머로
뭉게구름 띄워놓고
나는 저녁을 기다린다
땅거미의 은은한 발걸음 소리

토마스가 토마스에게 1

사랑해

이 짧은 시를 쓰기 위해서
너무 많은 말을 배웠다

토마스가 토마스에게 2

—사랑의 힘

가시밭길 걸어도

멈출 수 없는 것은

뒤돌아보면 살아온 날들이

꽃밭이 되어

따라오기 때문이다

토마스가 토마스에게 9

불쑥
당신 앞에
나무로 서는 데 반생
문득
당신 마음에
꽃으로 피는 데 반생

불쑥에서
문득까지 천 리 길
길 없는 길

허물

옷의 역사를 생각해본다
동물에서 사람이 되었던 날은
부끄러움을 알게 된 그날
감추어야 할 곳을 알게 된 그날
옷은 그로부터 넌지시 위계를 가리키는
헛된 위장의 무늬로
입고 벗는 털갈이의 또 다른 이름으로
진화하였다

우화羽化의 아픈 껍질을 깨고
비로소 하늘을 갖는 나비를 꿈꾸며
나는 마음속의 부끄러움을 가렸던 옷을
벗고 또 벗었으나
그 옷은 나를 지켜주고 보듬어주었던
그 누구의 눈물과 한숨일 뿐
내 마음이 허물인 것을 알지 못하였다

가만히 내리는 빗소리
나를 대신하여 허물을 벗는 이의
아픈 발자국 소리로 사무쳐오는 밤

나는 벌거숭이가 되어

옷의 역사를 새롭게 쓰고 싶다

부끄러움을 감추지 않고

가장과 위선의 허물이 아니라

마음에 새겨지는 문신으로

나를 향해 먼 길을 오는 이의 기쁨으로

이름 짓고 싶다

탑이라는 사람
—선림원지삼층석탑

해서는 안 될 말들과
하고 싶어도 하지 못한 말들을
강심을 알 수 없는 마음에 던져놓기 수백 년
그 말들이 굳고 단단해져
허물 벗듯 육탈[肉脫]하기
또 수백 년
바람이 마름질하고
달빛이 갈아낸 말들은
폐허의 정적에 우뚝 서 있다
이제는 무너질 일만 남은 고독한 사내
심장의 박동이 묵정밭에 푸르다

반골反骨

뿔이 나야 할 머리에
잽싸게 먹이를 움켜쥐어야 할 손에
용수철이 돋아났다
연둣빛 봄바람을 닮은 손길도
나를 윽박지르는 힘으로 다가온다 싶으면
어김없이 튀어 오르는 용수철
목을 치고
다리를 잘라내도
허투루 죽어도 천 년은 더 살겠다고
시시껄렁 살찐 바람쯤은
한 판에 눕혀버리겠다고
사진 속에 나는 보이지 않는다
그 빈자리에
장터목을 지키는 고사목 휘청
반골이다

68쪽

멀지도 않은 길을 오래 걸었다
그 일획은 깊게 파인 상처처럼
승천하지 못한 용의 꿈틀거림
완성되지 못한 수동태의 문장으로 펄럭인다
표지도 목차도 없는
편년체의 지루한 책의 저자는
이 세상에 초대받지 않은 손님으로 왔다가
꼬리가 길어도 도대체 잡히지 않는 이야기들은
어느 날엔가 멈추고 말 것이지만
여전히 궁금한 책의 이름은
바람이 어떨까 생각하고 있다고
어지러운 발자국과 야윈 그림자만 만장으로 아득한 꿈

안부安否

안부를 기다린 사람이 있다
안부는
별일 없냐고
아픈 데는 없냐고 묻는 일
안부는
잘 있다고
이러저러하다고 알려주는 일
산 사람이 산 사람에게
산 사람이 죽은 사람에게
고백하는 일
안부를 기다리는 사람과
안부를 묻는 사람의 거리는
여기서 안드로메다까지만큼 멀고
지금 심장의 박동이 들릴 만큼 가깝다
꽃이 졌다는 슬픈 전언은 삼키고
꽃이 피고 있다는 기쁨을 한 아름 전하는 것이라고
안부를 기억하는 사람이 있다
무소식이 희소식이라고
날마다 마주하는 침묵이라고
안부를 잊어버리는 사람이 있다

그러나 안부는 낮이나 밤이나
비가 오나 눈이 오나 가리지 않고
험한 길 만 리 길도 단걸음에 달려오는
작은 손짓이다
어두울수록 밝게 빛나는
개밥바라기별과 같은 것이다
평생 동안 깨닫지 못한 말뜻을
이제야 귀가 열리는 밤
안부를 기다리던 사람이
내게 안부를 묻는다
기다림의 시간이 구불구불
부끄럽게 닿는다

사랑의 온도

사랑으로 무엇을 할 수 있느냐고 물었다
아무리 뜨거워도
물 한 그릇 데울 수 없는
저 노을 한 점
온 세상을 헤아리며 다가가도
아무도 붙잡지 않는
한 자락 바람
그러나 사랑은
겨울의 벌판 같은 세상을
온갖 꽃들이 다투어 피어나는
화원으로 만들고
가난하고 남루한 모든 눈물을 쏘아 올려
밤하늘에 맑은 눈빛을 닮은 별들에게
혼자 부르는 이름표를 달아준다
사랑의 다른 이름은 신기루이지만
목마름의 사막을 건너가는
낙타를 태어나게 하고
다시는 돌아오지 못하는 길을
두렵지 않게 떠나게 한다
다시 사랑으로 무엇을 할 수 있느냐고

묻는 그대여

비록 사랑으로 할 수 있는 일이

아무것도 없을지라도

사랑이 사라진 세상을 꿈꾸는 사람은 없다

사랑은 매일 그대에게 달려오고

사랑은 매일 그대에게서 멀어지는 것

온혈동물의 신비한 체온일 뿐이다

비애에 대하여

늙은 베틀이 구석진 골방에 앉아 있다
앞뜰에는 봄꽃이 분분한데
뒤란엔 가을빛 그림자만 야위어간다
몸에 얹혀졌던 수많은 실들
뼈마디에 스며들던 한숨이 만들어내던
수만 필의 옷감은 어디로 갔을까

나는 수동태의 긴 문장이다
간이역에 서서 무심히 스쳐 지나가는
급행열차의 꼬리를 뒤따라가던 눈빛이 마침표로 찍힌다
삐거덕거리며 삭제되는 문장의 어디쯤에서
황톳길 읍내로 가던 검정 고무신 끌리는 소리가
저무는 귀뚜라미 울음을 닮았다

살아온 날만큼의 적막의 깊이를
날숨으로 뱉어낼 때마다
베틀은 자신이 섬겼던 주인이 그리워지는 것이다

이십 리 길

이십 리 길을 갑니다
그 길은 어디에도 닿을 수 있으나
사방팔방 둘러보아도 어디에도 없습니다
고개를 넘다 스르르 사라지고
문득 강가에서 발길이 멈추기도 합니다
바람을 기다려 자식을 떠나보내는 풀꽃의 마음
슬하에 있어도 이십 리
멀리 떠나도 이십 리
이십 리 길은 내 그리움이 서러운
그곳까지입니다
느티나무 한 그루가 서 있으면 하고요
어린아이용 키 작은 의자가 있었으면 하고요
저녁 어스름에 닿아
가여운 내 그림자가 잠시라도 앉아 있으면 그만입니다
이십 리 길은 내 마음의 길
당신도 그 길로 사뿐히 오시기 바랍니다

걷는 사람들

—기벌포• 에서

사라지기 위하여 걷는 사람이 있다
두루미의 다리로 휘청거리며
절대로 뒤돌아보는 일 없이
밀려오는 파도를 온몸으로 받는 자세로
하염없이 걸어간다
그러나 그는 저 강이 시작된 눈물에 닿기 전에
길이 끊겨 더 이상 나아갈 수 없는
고요에 닿기 전에
발걸음을 되돌린다
그리움이라는 집은 이미 불타고 없는데
탕진한 생生의 목마름으로
이미 껍데기만 남은 알 속으로 몸을 버린다
오늘도 그는 사라지기 위하여 걷는다

• 충남 장항의 옛 이름.

화병

내 몸엔 개화의 순간이 새겨진 꽃문양 문신이 있다 깨지거나 버려질까 울컥거리는 두려움과 불안의 소멸은 몸과 함께 순장될 것이기에 그저 얌전히 당신의 손길을 바루는 일뿐이다 뿌리가 잘린 채 가슴에 꽂히는 꽃 그림자가 출렁거리고 나는 그저 어딘가에 서 있을 테지 의식 없이 내뿜는 향기와 흐트러진 자태를 즐기는 당신의 눈길이 사선으로 비껴가고 있을 때에도 오직 흙과 불의 혼으로 기억하는 나만의 오르가슴이 피어나고 있음을

손금

길 없음의 표지판을 믿지 않고 끝까지 걸어가야 비로소 태어나는 말이 있다 눈먼 더듬이가 짚어내는 모르는 단어는 가슴 어딘가에서 피어나는 꽃의 눈빛을 닮았으나 그저 입안에서 맴도는 길들여지지 않은 바람의 영혼이다

길의 끝에서 우리는 강을 만나고 절벽을 만나고 사막을 만나기도 하지만 오늘 밤 태어나는 단어는 무엇이 될지 모르는 한 톨의 씨앗

하늘에 던지면 샛별이 되고 강에 던지면 먼 바다를 돌아 회귀하는 물고기가 되고 사막에 감추면 슬픈 낙타가 될지도 몰라 아직 여백이 남은 가슴의 편지지에 서툴게 감춰두고 마는 길 없음의 끝

틈

잠시라도 틈을 보여서는 안 된다고 배웠다

빈틈은 사이와 뭐가 다를까 생각하는 동안

아스팔트 갈라진 틈 사이로 개미자리가 몸을 틀었다 거센 바퀴가 밟고 지나가 뭉그러져도

시퍼렇게 되살아나 꽃까지 피워냈다 틈과 사이가 뭐가 다른가 생각하는 동안 한 일생이 지나갔다

당신이라는 말

양산 천성산 노전암 능인 스님은 개에게도 말을 놓지 않는다 스무 첩 밥상을 아낌없이 산객에게 내놓듯이 잡수세요 개에게 공손히 말씀하신다 선방에 앉아 개에게도 불성이 있느냐고 싸우든 말든 쌍욕 앞에 들러붙은 개에게 어서 잡수세요

강진 주작산 마루턱 칠십 톤이 넘는 흔들바위는 눈곱만 한 받침돌 하나 때문에 흔들릴지언정 구르지 않는다

개에게 공손히 공양을 바치는 마음과
무거운 업보를 홀로 견디고 있는
작은 돌멩이의 마음이 무엇이 다른가
그저 말없이 이름 하나를
심장에서 꺼내어놓는 밤이다

당신

구걸求乞의 풍경

거지라고 다 같지는 않다 어느 놈은 사기 치고 도둑질을 하지만 그래도 양심 있는 거지는 동냥을 한다 양심 있는 거지라도 낯이 두껍지 못하면 지하철 계단에 무릎에 얼굴을 묻고 바쁜 발걸음 소리를 하염없이 염불 소리로 듣는다 같은 지하철 계단이라도 조금 낯이 두꺼워지면 깡통을 놓고 거미가 먹이를 기다리듯 자세를 잡는다 돈이 쌓이면 사람들은 배부른 거지라 지레짐작하고 지나치기에 동전은 놔두고 지폐는 재빨리 거두어야 한다 이제 공력이 쌓이면 직립하여 서울역 같은 유동 인구가 많은 곳으로 진출한다 어느 거지는 오백 원만 달라고 한다 줄 마음이 있으면 애써 오백 원 동전을 찾기보다는 천 원 지폐를 꺼낼 것이라 예상하는 것이다 그런 잔머리보다 아예 천 원만 달라고 손 내미는 정직한 거지도 있다 구걸하는 거지는 이제 구구절절 거지가 된 사연을 이야기하지 않는다 피차 속전속결 주든지 말든지 혹시 거지가 되는 꿈은 꾸지 마시라 없던 목이 떨어지고 밥줄이 끊어지는 흉몽凶夢이다

후생後生

저렇게 살아서는 안 된다고 다짐했다 얼굴도 없이 뼈도 없이 맹물에도 풀리면서 더러운 것이나 훔치는 생을 살지는 않겠다고 생각했다

하늘만 바라보면서 고고했던 의지를 꺾은 것은 내 잘못이 아니다 무엇이든 맞서 싸우되 한 뼘 땅에 만족했던 우직함이 나를 쓰러뜨렸다

나무는 벌거벗어도 실체가 없음의 다른 말이다 벌거벗어도 보일 것이 없으니 부끄럽지 않다 당신이 나를 가슴에 품지 않고 쓰레기통에 넣는다 해도 잠시라도 나를 필요로 할 때 기꺼이 나는 휴지가 되기로 한다 나는 당당한 나무의 후생이다

북의 행방

어느 산마루턱 암자에 만월로 뜨거나 잘못도 없이 공손히 무릎 꿇은 채 매를 기다리는 북은 전생의 속울음을 보인 적이 없다 가득 차 있으나 보이지 않는 공 속에 초식의 되새김질과 그렁한 눈망울로 그 누구도 해치지 않은 죄의 무두질 끝에 남은 가죽으로 무엇을 말할 것인가

나날이 낡아가는 암자의 노승은 열반의 염원으로 만월을 향해 북채를 잡고 고수鼓手는 소리꾼의 발자국을 짚기 위하여 아우른다 그때 북은 미리내의 수많은 별빛으로 반짝이고 미련 없이 떨어지는 붉은 동백꽃으로 홀연히 사라진다

그렇게 우리는 북이 되기 위하여 한평생을 건너가고 있을 뿐이다

풍경과 배경

누군가의 뒤에 서서 배경이 되는
그런 날이 있다

배롱나무는 풍경을 거느리는 것이 아니라 스스로 배경이 될 때 아름답다
강릉의 육백 년 배롱나무는 오죽헌과 함께, 서천 문헌서원의 배롱나무는 영정각 뒤에서 여름을 꽃 피운다 어느덧 오죽헌이 되고 영정각이 되는 찰나 구례 화엄 산문의 배롱나무는 일주문과 어울리고 개심사 배롱나무는 연지에 붉은 꽃잎으로 물들일 때 아름답다 피아골 연곡사 배롱나무는 가파르지 않은 돌계단과 단짝이고 담양의 배롱나무는 명옥헌을 가슴으로 숨길 듯 감싸 안아 푸근하다

여름 한철 뙤약볕
백 일을 피면 지고 지면 또 피는
배롱나무 한 그루면 온 세상이 족하여
그렇게 슬그머니 누군가의 뒤에 서는 일은
은은하게 기쁘다

---

* 앞의 시들은 《안부》(2021, 밥북 기획시선 30, 밥북)에서 가져왔다.

해설: **타자 지향의 시 쓰기**

—황정산(시인, 문학평론가)

들어가며

나호열 시인은 수식어를 달기 곤란한 시인이다. '원로' 시인이라 하기에 그는 너무 젊다. 정신도 육체도 아직 젊고 활달하다. 그렇다고 '중진' 시인이라 부르기에는 그의 문단 경력과 시력이 이를 허용치 않는다. 우리 시단을 대표하는 '국민' 시인이라 하는 것도 어울리지 않는다. 대중적이거나 야단스러운 행보를 보여준 적이 없기 때문이다. 그는 조용히 그러나 꾸준히 우리 문단의 한쪽에서 알곡같이 알찬 작품을 써온 시인이다. 그런 그에게 구태여 수식어를 붙이자면, 그는 '진짜' 시인이다. 그가 2008년 이후 시들 중 중요 작품을 선별하여 시선집의 2부를 묶었다. 이 작업에 해설자로 참여하게 되어 큰 부담도 되지만 한편으로 영광스럽기도 하다.

2부는 나호열 시인의 원숙기 시 세계를 보여준다. 오랜 기간에 걸쳐 쓴, 여러 시집에서 뽑은 시들을 묶어내는 이 작업은 그의 시적 도정을 일목요연하게 알아볼 수 있게 한다는 점에서 아주 큰 의미를 가진 기획이라 할 수 있다.

---

* 황정산: 고려대 불문학과 졸업. 고려대 대학원 국문학과 졸업(문학 박사). 1992년 《창작과비평》 평론 등단. 2002년 《현대시문학》 시 등단, 《정신과표현》 시와 수필 등단. 저서로 《작가론 총서 김수영》(2003), 《쉽게 쓴 문학의 이해》(2000), 《주변에서 글쓰기》(2000), 《한국 현대시의 운율론적 연구》(1998)가 있다. 대전대학교 교수를 역임했다.

이 시선집에서 보이듯이 그의 시 세계는 어떤 경지를 향해 꾸준히 변화·발전하고 있다. 그런 변화 속에서도 그의 시를 관통하는 일관된 가치관이 하나 있다. 그것은 바로 함께 살아가는 다른 사람에 대한 지극한 배려와 끝없는 애정이다. 필자는 이런 나호열 시인의 시 세계를 '타자 지향의 시 쓰기'라 부르고 싶다.

타인의 무게

흔히 시를 주관적인 글쓰기라고 말한다. 시인 개인의 자아 성찰과 내면 의식이 가장 잘 드러난 장르이기 때문이다. 하지만 나에 대한 성찰이 깊어질수록 그것은 나의 삶을 구성하고, 나의 삶과 관련된 타인의 존재에 대한 성찰로 나아갈 수밖에 없다. 나호열 시인의 시들에서 가장 눈에 띄는 것은 바로 이런 성찰의 지점이 아닌가 한다.

나호열 시인의 시들은 스스로 끝없이 가벼워지고자 하는 시인의 내면을 보여준다. 욕망의 무게도 벗고 우리를 짓누르는 삶의 고통도 벗고 한없이 가벼운 정신의 경지를 시인은 꿈꾸고 있다.

> 다시 나를 저 야생의 숲으로 보내다오
> 삶에게 쫓기며 도망치다 보면
> 날개에 힘이 붙고
> 휘리릭 창공을 박차 올라
> 매의 발톱에 잡히지 않으려는 수만 년이 지나면
> 쓸데없는 군살과 벼슬을 버린
> 새가 되리라
> 진화론의 서문이 너무 길어
> 달걀을 깨버리는
> 이 무심한 밤

—〈진화론을 읽는 밤〉 부분

시인은 달걀을 보고 닭의 운명과 진화에 대해 생각하고 있다. 시인은 이 닭에게 자신을 감정이입한다. 이미 날지 못하는 새이지만 진화론을 거슬러 다시 날개를 사용하여 날 수 있는 새가 되기를 시인은 간절히 소망한다. 날지 못하는 닭에게서 자신의 모습을 떠올리기 때문이다. 시인은 "달걀을 깨버리는" 행위, 즉 자신의 존재에 대한 성찰과 글쓰기를 통해 이 숙명으로부터 벗어나고자 한다. 그래서 가벼워진 몸으로 날아보고자 한다.

그런데 날개를 달고 가벼워진다는 것의 진정한 의미는 무엇일까? 그냥 세상을 가볍게 여기고 낭비하는 것일까? 아니면 초월적인 것을 지향하며 현실도피의 삶을 바라는 것일까? 다음 시에서 시인이 진정으로 원하는 날개의 의미를 생각해볼 수 있다.

옷의 역사를 생각해본다
동물에서 사람이 되었던 날은
부끄러움을 알게 된 그날
감추어야 할 곳을 알게 된 그날
옷은 그로부터 넌지시 위계를 가리키는
헛된 위장의 무늬로
입고 벗는 털갈이의 또 다른 이름으로
진화하였다

우화(羽化)의 아픈 껍질을 깨고
비로소 하늘을 갖는 나비를 꿈꾸며
나는 마음속의 부끄러움을 가렸던 옷을
벗고 또 벗었으나
그 옷은 나를 지켜주고 보듬어주었던
그 누구의 눈물과 한숨일 뿐

내 마음이 허물인 것을 알지 못하였다

가만히 내리는 빗소리
나를 대신하여 허물을 벗는 이의
아픈 발자국 소리로 사무쳐오는 밤
나는 벌거숭이가 되어
옷의 역사를 새롭게 쓰고 싶다
부끄러움을 감추지 않고
가장과 위선의 허물이 아니라
마음에 새겨지는 문신으로
나를 향해 먼 길을 오는 이의 기쁨으로
이름 짓고 싶다

―〈허물〉 전문

옷은 나를 드러내기 위해 입는 것이다. 하지만 자신의 부끄러움과 허물을 감추는 '허물'이기도 하다. 흔히 옷이 날개라고 말을 한다. "우화의 아픈 껍질을 깨고/비로소 하늘을 갖는 나비를 꿈꾸"듯이 옷은 우리에게 위계를 만들고 자신의 가치를 드높이는 날개로서의 기능을 한다. 하지만 그것은 "헛된 위장"일 뿐이라고 시인은 생각한다. 그럴 경우 옷은 벗어야 할 허물이 되고 만다. 진정한 우화는 날개라고 생각하는 이 옷을 벗어버린 데서 이루어진다. 시인은 이 허물로서 옷이 아니라 "마음에 새겨지는 문신"으로서의 옷을 생각하고 그럴 때 옷은 사람과 사람을 이어주는 날개가 되는 것이다. 하지만 사람과 사람을 이어 날개를 얻는 일이 결코 쉬운 일은 아니다. 거기에는 타인의 무게가 얹혀질 수밖에 없기 때문이다.

문득 의자가 제자리에 주저앉았다
그 의자에 아무도 앉아 있지 않았으므로
제풀에 주저앉았음이 틀림이 없다

견고했던 그 의자는 거듭된 눌림에도
고통의 내색을 보인 적이 없으나
스스로 몸과 마음을 결합했던 못을
뱉어내버린 것이다
이미 구부러지고 끝이 뭉툭해진 생각은
쓸모가 없다
다시 의자는 제힘으로 일어날 수가 없다
태어날 때도 그랬던 것처럼
타인의 슬픔을 너무 오래 배웠던 탓이다

—〈타인의 슬픔 1〉 전문

이 시의 의자는 시인 자신이기도 하고, 타인의 무게를 견뎌야 하는 우리 모두이기도 하다. 낡은 의자처럼 우리를 주저앉히고 허물어지게 만드는 것은 나 자신이다. "제풀에 주저앉았음이 틀림이 없"는 이 시의 의자처럼 말이다. 하지만 낡은 의자처럼 한 존재가 무너져내리는 것은 그에게 가해진 오랜 시간의 타인의 무게 때문이다. 시인은 그 무게를 "타인의 슬픔"이라 표현하고 있다. 진정으로 타인을 감내한다는 것은 그가 가진 슬픔의 무게를 함께 견디는 것이기 때문이리라. 시인은 낡은 의자처럼 우리 모두가 늙고 병들고 결국 죽어가는 것은 우리의 삶에 깊이 침윤되어 우리에게 내상을 입히고 있는 타인에 대한 배려와 연민 때문이 아닌가 생각한다. 그것이 바로 모든 사회적 존재로서의 인간의 운명이기도 하다. 그런 존재의 슬픔을 다음 시가 간결하게 아주 잘 보여주고 있다.

단 하나의 기둥 위에
단 하나의 깊고 단단한
하늘을 얹기 위해
나무는
수많은 주석을

눈물 대신 달아놓았다

—〈**나무**〉 전문

나무는 홀로 서 있는 존재이다. 높은 하늘을 지향하며 "단 하나의 기둥"을 세우며 꿋꿋이 "깊고 단단한" 자세로 자신을 성장시킨다. 하지만 그러기 위해 나무는 수많은 잎을 매달고 있다. 시인은 그것을 "수많은 주석을/눈물 대신 달아놓았다"고 말하고 있다. 어떤 고매한 정신에 도달하기 위해서는 수많은 타인의 슬픔을 자신 안에 껴안아 감내할 수밖에 없다는 것이다. 시인은 이 타인의 무게를 다음과 같이 표현한다.

개에게 공손히 공양을 바치는 마음과
무거운 업보를 홀로 견디고 있는
작은 돌멩이의 마음이 무엇이 다른가
그저 말없이 이름 하나를
심장에서 꺼내어놓는 밤이다

당신

—〈**당신이라는 말**〉 부분

개나 돌멩이 하나에게도 감사하는 마음으로 시인은 나 아닌 타자의 존재를 받아들이고 또 받들고자 한다. 자신의 심장을 꺼내놓을 만큼 다른 사람의 이름을 가슴에 깊이 새기고자 한다. 시인이 꿈꾸는 삶은 바로 이 타인의 무게를 견디며 허물어지지 않게 나를 지키는 일이다. 시인은 그것을 다음 시에서는 춤으로 비유하여 표현하고 있다.

직립을 꿈꾸면서도
햇살에 휘이고
바람에 길들여지는 나무들의

허공을 부여잡은 한순간
정지의 날숨이
춤의 꿈이라고 나는 배웠다

그러나 또한
동천 언 하늘에 길을 내는
새들의 날갯짓과
제 할 일을 마치고 땅으로 귀환하는
낙엽들의 가벼운 몸놀림이
아름다운 춤이라고 나는 배웠다

천만 근의 고요 속에서
스스로 칼금을 긋고 내미는
새순과 꽃들의 아픔을 보았는가
바위에 온몸을 부딪고
천만 개의 꽃잎으로 산화하는
파도의 가슴을 보았는가
벅차올라 더 이상 참을 수 없는
용암처럼
끝내 바위가 되기 위하여
기꺼이 온몸을 내던지는

멈춤
그 찰나의 틈을 보여주기 위하여
바람을 불러 모으는
혼신의 집중
보이면서 사라지는
사라지기 위하여 허공에 돋을새김을 하는

묵언의 정 소리
들판에 내려앉는
노을이 뜨겁다

—〈춤〉 부분

시인에게 시를 쓰는 일은 춤추는 것과 다르지 않을 것이다. 나무처럼 직립을 꿈꾸면서도 자신을 둘러싸고 있는 존재들과 호흡으로 소통하여 낙엽같이 가벼운 몸놀림을 얻어야 한다. 그러기 위해서는 정지하는 고요함 속에서 "찰나의 틈"을 놓치지 않아야 한다. 그것을 통해 세상의 소리를 듣고 "새순과 꽃들의 아픔"이라는 타자의 슬픔에 공감해야 한다. 그럴 때 비로소 제대로 된 춤꾼이 될 수 있다고 한다. 시 쓰기도 마찬가지이다. 억압과 구속을 벗어던지는 가벼운 언어로 자유를 얻기 위해서는 "바람을 불러 모으는 혼신의 집중"을 통해 타자들의 세계에 마음을 열고 그 슬픔의 소리를 들어야 한다. 그러면서 자신을 지키고 균형을 유지해야 하는 것이다.

거리와 사이의 미학

앞서 나호열 시인의 시 세계를 타자 지향의 시 쓰기로 설명했다. 하지만 그렇다고 해서 나호열 시인의 시들은 나와 타인과의 공감을 강요하거나 나와 타인과의 경계를 무화시켜 손쉽게 동일화를 꾀하지 않는다. 나호열의 시는 그런 감상주의를 거부한다.

어디 쉬운 일인가
나무를, 책상을, 모르는 사람을
안아준다는 것이
물컹하게 가슴과 가슴이 맞닿는 것이
어디 쉬운 일인가

그대, 어둠을 안아보았는가
무량한 허공을 안아보았는가
슬픔도 안으면 따뜻하다
미움도 안으면 따뜻하다
가슴이 없다면
우주는 우주가 아니다

—〈안아주기〉 전문

안아준다는 것은 타인을 진정으로 받아들이는 일이다. 하지만 그렇게 "물컹하게 가슴과 가슴이 맞닿는 것이" 쉬운 일이 아니라는 것을 시인은 말하고 있다. 이런 서로 맞닿는 가슴이 없다면 "우주는 우주가 아니다"라고 말함으로써 시인은 그것이 세상의 어둠과 삶의 허무까지 다 견디며 또한 타인의 슬픔과 미움까지 다 받아들이는 행위라고 강조하고 있다. 이런 진정한 소통과 공감은 나와 타인과의 거리를 무화하는 것이 아니라 반대로 그 거리를 인식하는 것으로 가능하다. 다음 시가 그것을 말해준다.

안부를 기다린 사람이 있다
안부는
별일 없냐고
아픈 데는 없냐고 묻는 일
안부는
잘 있다고
이러저러하다고 알려주는 일
산 사람이 산 사람에게
산 사람이 죽은 사람에게
고백하는 일
안부를 기다리는 사람과
안부를 묻는 사람의 거리는

여기서 안드로메다까지만큼 멀고
지금 심장의 박동이 들릴 만큼 가깝다
(중략)
어두울수록 밝게 빛나는
개밥바라기별과 같은 것이다
평생 동안 깨닫지 못한 말뜻을
이제야 귀가 열리는 밤
안부를 기다리던 사람이
내게 안부를 묻는다
기다림의 시간이 구불구불
부끄럽게 닿는다

—〈안부〉 부분

안부는 한 존재와 다른 존재 간의 최소한의 소통이다. 그것을 통해 우리는 나와 그 사람과 남남이 아니라는 것을 확인한다. 그런데 시인은 이 둘 사이의 거리가 가깝고 또한 멀다고 말하고 있다. 안부를 묻는 사이는 가깝지만, 또한 안부를 물어야 한다는 것은, 이미 그와 내가 아주 멀리 떨어져 있다는 것을 의미하기 때문이다. 이 밀착과 분리의 사이를 깨닫는 것, 여기에서 타자에 대한 진정한 성찰이 가능하다는 것을 이 시는 말하고 있다.

그것은 다른 말로 하면 자유와 속박 사이의 관계와도 같은 것이다.

자유는 스스로 그러한 것이라고 배웠다
속박으로부터 벗어나는 것이라고 가르치고
갈구하는 것을 향해 나아가는 것이라고
깨우쳤다
그러나 나는 스스로 말없이 행하는 사물들을 업신여기고 값어치를 치르지 않았다
그러나 나는 이 세상의 속박과 결탁하면서

수인에게 던져주는 메마른 빵을 굶주림과 바꿨다

발목이 부러지고 나서
내게 온 새로운 친구는 내게 이렇게 말한다
너는 나 없이는 한 걸음도 나아갈 수 없어
그런데 친구야
네가 나를 의지한다는 것은
오로지 나에게 너의 온 힘을 전해준다는 것이지
언젠가 너에게 버려질 날이 오겠지만
그날이 기쁜 날이지
그날까지 날 믿어야 한다는 것이지

아, 절뚝거리는 속박과 함께
비틀거리는 목발

—〈목발 1〉 전문

속박과 자유는 정반대 의미의 단어들이다. 시인은 목발을 짚고 절뚝거리고 비틀거리는 속박과 불편함을 경험한다. 하지만 그 속박을 벗어나기 위해서는 "새로운 친구"라는 목발을 통해서만 가능하다. 어쩌면 우리는 모두 타인에게 목발 같은 존재이고 나 또한 목발 같은 타인이 있어 비틀거리면서라도 걸을 수 있는 자유를 얻고 있는지 모른다. 서로가 목발이 되어 서로 돕기도 하지만, 또한 버려지기도 하는, 하지만 서로를 믿어야 하는 이 기막힌 관계를 통해 시인은 나와 타자와의 사이를 아주 재미있게 표현하고 있다. 시인의 깊은 사유가 돋보이는 작품이다.

이렇듯 나호열 시인의 시들은 나와 타자, 존재와 존재들 간의 거리와 사이에 주목하는 작품이 많다. 그런데 위의 작품들이 차이에서 오는 사이에 주목했다면 다음 시는 유사한 것들 간의 사이를 생각하게 해준다.

마땅히 있어야 하는 그곳에서 사라진 시계와 지갑 같은 것 청춘도 그리하여서 빈자리에 남은 흠집과 얼룩에 서투른 덧칠은 잊어야 한다는 것 잃어버린 것이 아니라 손에서 놓아버린 아쉬움이라고 하여도 새순으로 돋아 오르는 잊어야지 그 말

문득 열일곱에서 스물두 살 그 사이의 내가 잃어버린 것인지 놓아버린 것인지 아슬했던 그 이름을 며칠째 떠올려보아도 가물거리는 것인데 왜 나는 쓸데없이 손때 묻은 눈물에 미안해하는가

낮달처럼 하염없이

—〈잊다와 잃다 사이〉 전문

'잊다'와 '잃다'는 완전히 다른 의미의 말이다. 하지만 글자 모양도 발음도 비슷해 종종 혼동하여 사용되기도 하는 말이다. 이 잘못된 사용이 이 두 단어 사이의 의미를 닮게 만들기도 한다. 시인은 바로 그 점을 예리하게 포착해서 그것을 시의 소재로 삼았다. 잃어버린 것이 놓아버린 것이기도 하고 또한 일부러 잊어버린 것일지도 모른다는 생각을 하며 지난 세월의 모든 이별들에 미안해하고 있다. 그런데 그러면서 스스로 낮달과 같은 존재가 된다. 낮달은 눈에 띄지 않아 잊히거나 잃어버린 존재이다. 나이가 들어서 잊히고 잃은 것이 많아지면서 자신의 삶이, 아니 바로 자기 자신이 통째로 잃거나 잊은 것이 되어가고 있음을 시인은 깨닫게 된 것이다.

다음 시는 지금의 자신과 자신이 꿈꾸는 자신과의 사이를 보여준다.

불쑥
당신 앞에
나무로 서는 데 반생
문득
당신 마음에
꽃으로 피는 데 반생

불쑥에서
문득까지 천 리 길
길 없는 길

—〈토마스가 토마스에게 9〉 전문

"토마스"는 시인 자신의 세례명일 것이다. 결국 이 시는 자신이 자신에게 하는 독백이다. 진정한 자신으로 돌아오는 길이 얼마나 힘든 일이고 오래 걸리는 일인지를 얘기하고 있다. 반생을 나무로 섰다는 것은 자신의 삶을 성숙한 한 인간의 삶으로 만들어가는 과정을 말하고 있다고 해석된다. 어느 날 불쑥 자신의 삶이 익어갔다고 시인은 생각한다. 하지만 문득 꽃으로 완성된 깨달음을 얻기까지는 또 다른 반생을 살아야 한다. 그것은 "길 없는 길"인 지난한 형극의 길임을 시인은 잘 알고 있다. 그런데 이 시에서 시인은 "불쑥"과 "문득"이라는 부사를 적절히 사용하여 이 시의 의미와 분위기를 잘 살리고 있다. '불쑥'이나 '문득'이나 다 갑작스러운 한순간의 어떤 것의 나타남을 표현하는 말이지만 '불쑥'은 나 아닌 다른 것이 나타났을 때 주로 사용하고, '문득'은 내 안의 어떤 것이 일어났을 때 주로 사용한다. 반생은 타인의 욕망에 지배받으며 그것에 맞추려고 살았다면 이제 반생은 꽃으로 피어나는 "문득"의 깨달음을 얻고 싶은 것이다.

하지만 이 모든 사이를 좁히고 다가가는 일은 너무도 어려운 일이다.

멍
멍멍
멍멍멍

한 단어로
희로애락을 드러내는
이 기막힌 은유를

그냥 개소리로 듣는다면
얼마나
슬픈 일이냐
아무리 울어대도 울림을 주지 못하는
개소리

멍

—〈개소리〉 전문

우리는 타인과의 사이를 좁히고 서로 소통하기 위해 말을 한다. 하지만 말이 말이 되지 못한 경우가 너무도 많다. 시인은 그런 말들이 난무하는 세상을 "개소리"로 풍자하고 있다. 하지만 이 풍자는 시인 자신의 내부에도 향해 있다고 해석할 수 있다. 시인이 애써 시를 쓰더라도 그것은 결국 개짓는 소리에 불과하다. 자신의 시에 감정과 깊은 의미가 담겨 있다고 시인은 생각하지만 누구에게도 전달되지 못한 불구의 언어이기 때문이다. 그래서 아무리 울어도 울림을 주지 못하고 아무리 말해도 전달되지 못한다. 단지 멍한 의문만 남을 뿐이다. 하지만 이 어려운 길이, 분열된 언어로 존재와 존재 사이를 메꾸려는 이 지난한 길이 바로 시인이 가야만 할 길이다.

맺으며

시인의 운명은 가혹한 것이다. 이 시선집은 이 가혹한 여정을 보여준다. 예민한 시인의 눈에 보이는 모든 존재들의 무게와 슬픔을 시인은 그의 따뜻한 가슴으로 받아들여야 하기 때문이다. 그러므로 그는 세상에 불온한 뿔을 들이댈 수밖에 없다.

그 누구도 거들떠보지 않는 한숨과

눈물로 범벅이 된 분노는
높은 굴뚝을 타고 오르는 연기가 되거나
못으로 온몸에 박히는 뿔이 된다

나도 뿔났다

—〈뿔〉 부분

하지만 이 분노가 사랑으로 승화될 때 나호열 시인이 꿈꾸는 시가 존재한다.

사랑해

이 짧은 시를 쓰기 위해서
너무 많은 말을 배웠나

—〈토마스가 토마스에게 1〉 전문

"사랑해"라는 말은 이 시선집, 나아가 나호열 시인의 시적 여정을 대변해 주는 한마디이다. 타인과 자신을 받아들이는 이 따뜻한 한마디를 진정으로 말할 수 있기 위해 그는 수많은 언어와 사유의 숲을 헤매며 왔다. 이제 그가 말한 사랑의 힘을 믿기로 한다.

3부

첫발을 내딛는 꽃잎의 발자국 소리를 사막에 담다

3부는 총 11권의 시집에 실린 해설을 한데 모았다. 해설에서 인용한 시들과 본문은 시집 발행 시기 및 각 출판사의 편집 방침에 따라 띄어쓰기 등 한글 맞춤법과 외래어표기법이 다를 수 있다. 가능한 한 원래 시집의 기준에 맞추되 시선집에 실린 시들은 독자의 혼란을 피하기 위해 국립국어원 표준국어대사전에 의거해 띄어쓰기 등 맞춤법을 통일했음을 밝혀둔다.

존재와 인식의 먼 길*

—정한용(시인, 문학평론가)

시에 관해 이야기할 때 가장 친숙하며 낯익은 용어 중 하나는 '서정성'이다. 어찌 보면 이젠 낡아빠져 더 이상 새로운 의미를 줄 것 같지 않은 이 용어가, 그러나 지금도 많은 시를 이야기할 때 가장 적절한 말이며, 동시에 그럴수록 잘못 이용되는 경우도 흔하다. 객관을 자아화시키되 자아에 의해 굴곡되지 않고, 단지 투영만 할 수 있는 정확한 인식 체계라는 것이 사실상 불가능하기 때문일 것이다. 자아와 대상의 중간 지점 어디쯤에서 우리는 늘 머물게 마련인데, 지금 이 자리에서 나호열의 시를 이야기하면서도 그런 부담감을 지울 수 없다.

사물은 본질과 언어 상징이라는 두 개의 축 사이에서 변증적으로 우리의 것이 된다. 시적 인식은 사물이 자아를 향하는 수동성과 자아가 사물을 향해 의미화시키는 능동성의 교차로 이루어진다. 모든 시인이 다 그렇겠지만 이 두 과정 중 어느 하나만이 형상화 과정을 모두 지배할 수는 없다. 나호열 시인에겐 이 두 개의 갈등이 더욱 첨예하게 드러난 것으로 보인다. 즉 3, 4부에 주로 보이는 존재론적·서정적 인식 체계와 1, 2부에 보이는 현실적 격절 의식 사이에서 시인의 방황은 쉽게 자리 잡히지 않을 것 같다. 시집에 실린 시의 배열과 관계없이 그의 시세계를 구체적으로 살펴보자.

나호열 시인의 현실 공간은 동화·조화가 아니라 대립·격절의 세계이다.

---

* 《담쟁이덩굴은 무엇을 향하는가》(1989) 해설.

리모컨의 단추를 누를 때마다
세계의 앞날이나 나의 장래가
순식간에 명멸하고 있는데
이상하게 그물 같은 공포는 쾌감으로 번져가고
눈앞에 보이는
브라운관에 나타나는 세상 풍경이
갈라선 애인 사이같이 서먹해지기도 한다
소녀야, 네가 이어놓은 섬약한 선들이
어디에서 시작하여
어디에서 끊겼는지 모르는 것처럼
나는 모른다

—〈티 · 브이에 관하여〉 부분

시적 자아는 현실에 직접 참여하여 소녀와 관계를 맺지 못하고, 티 · 브이라는 매체를 통해 간접적으로, 그것도 "섬약한 선"으로 이어져 있다. 티 · 브이에 나오는 소녀는 "세상 풍경"의 구체적 상징인데, 소녀와의 관계의 선들이 "어디에서 끊겨"버리고 결국 자아는 고립되고 만다. 적극적으로 참여하여 세상을 이끌어가지 못함으로 오히려 세상은 그를 억압하는 "이상하게 그물 같은 공포"로 다가온다. 그가 내뱉는 많은 말들은 세상을 향하지 못하고 자아를 향해 되돌아올 뿐이다. 시인과 세상-사물 사이에 놓여 있는 커다란 단절, 나호열 시인의 인식의 기반은 여기에서 출발한다. 이럴 때 세상은 왜곡되기 마련인데, 그가 바라본 세상은 "뒤집혀진"(〈바람 부는 날〉) 것이기도 하고, 찌그러진 "빈 깡통"(〈통조림〉)이 되기도 한다. 그의 소극적인 태도는 "역사의 가파른 비탈길을 빈 물통이 / 요란한 소리를 내며 굴러올 때마다 / 우리는 두통을 느끼면서"(〈희망의 나라로〉) 패배를 인정한다.

인식의 차단에서 빚어진 격절 의식은 자아의 소극성이라는 부정적 측면과 동시에 존재를 자아에 의해 굴곡시키지 않고 사물의 자체 힘으로 존재하도록 하는 긍적적 측면을 동시에 낳는다. 대상은 스스로의 법칙에 의해 서 있으므로 자아와 대등한 위치에서 자아를 감싼다.

그곳에 가고 싶다
죄도 사랑도
다시는 올 수 없다
감옥에 갇히는 거다
욕망도
그리움도 제멋대로
섞이고 또 섞여서는
크낙한
사막으로 남는 일이다
그곳에 가고 싶다는
꿈이 한 발 앞선다
바로 오늘이다

—〈타클라마칸 2〉 전문

이 시의 공간적 배경을 이루는 사막은 앞에서 지적한 나호열의 격절 의식과 맥락을 같이하고 있지만, 자아가 사회적 존재로서가 아니라 개인적 존재, 혹은 또 다른 대상으로서의 존재와의 거리감이라는 점에서 차이가 있다. 사막은 여기에서 시인의 모든 "욕망", "그리움", "죄", "사랑", "꿈" 등을 묻은 곳이다. 욕망과 그리움이 꿈을 통해서도 이루어지지 않으므로 "죄도 사랑도/다시는 올 수" 없게 된다. "그곳에 가고 싶다"는 불완전한 희망만이 남아 있다. 그렇다면, 이때의 사막은 닿지 못할 꿈의 장소인데, 비록 거기에 닿는다 할지라도 남는 것은 사막의 속성이 던져주는 그대로 허망함뿐인 것이다. 사막의 꿈은 시인의 것이지만 사막의 사물로서의 힘은 이미 그의 것이 아니다. 즉, 사막은 인식론으로서의 대상이 아니라 존재론적이라는 뜻이다. 이런 특징은 특히 4부에서 두드러지게 나타난다.

나호열 시인은 존재와 인식 사이의 먼 길을 오가는 시인이다. 이 두 개의 극이 가까워질 때 세상에 대한 좌절과 패배가 짙어지고, 이들이 멀어질 때 서정에 물든다. 좌절과 패배 속에는 숨겨진 사랑이 도사리고 있기도 하지만, 세상의 어두운 벽을 깨지는 못한다. 서정에 잠긴 대상들은 섬뜩한 이미지로 우리에게 다가오기도 하지만, 자신의 절대적 공간에서 외부로 향하지 않는다. 결국 나호열의 시는 고독과 절망 속에서 스스로를 감춤으로써 역설적으로 자아와 대상을 드러낸다.

앞에서 지적한 대로 그의 절망은 세상과의 단절에서 비롯된 것이다.

> 아득한 강
> 저편 바라보면
> 건널 수 없어 나는 좋아라
> 두터운 침묵의 옷을 입은
> 미루나무 흔들리듯
> 꿈꾸기도 황홀하여라
>
> (중략)
>
> 건너갈 수 없는 저편
> 가보지 못한 한 마음을 꿈꾸는 일과
> 노을과 함께
> 독백을 지우는 일은
> 기쁨이어라

—〈강가에서〉 부분

여기에서 세상과의 단절은 "강", "저편", '건너갈 수 없음'으로 상징된다. 인용에서 생략된 부분을 보면, 이때의 강은 "봄날"에 "잔기침을 하며 일어서는" 소생의 장소이다. 그런데 이쪽에서 저쪽으로 건너가지 못하고, 오히려 "두터운 침묵"과 "독백을 지우는 일" 등을 "황홀"하다거나 "기쁨"이라고 말한다. 이 황홀과 기쁨은 진정한 의미에서의 즐거움인가. 그렇지 못하다. 거대한 단절 앞에서 맞게 되는 자조의 웃음이나 여기에 보이는 역설적 웃음이 다른 시에도 그렇게 자주 등장하지는 않는다. 오히려 시대와 자신에 대한 적절한 좌절에 빠질 때가 더 많다.

> 바람이 몹시 센 날에는
> 그저 바람을 바람으로 마주할 수밖엔 없다
> 사금파리로 부서져 내린 별빛을 밟으며
> 온밤을 헤매인다 해도
> 그저 바람을 바람으로 맞이할 수밖엔
> 넋두리와 한숨을 버무려
> 힘을 뺄 수밖엔 없다
> 나야, 나야 외치며 불러본들
> 누구도 나 대신 대답할 수 없다
>
> ―〈바람 부는 날 2〉부분

바람 속에서 "나" 이외에 아무도 나를 대신해줄 수 없다. "별빛", "밤", "넋두리", "한숨" 등으로 분산된 "나"는 바람을 "바람으로" 마주할 수밖엔 없는 운명이다. 곧 '나-바람'인 셈이다. 자아 확인의 방황과 고독이 깔려나갈수록 세상과 "나"는 멀어진다. 이것은 "모든 길이 내 앞에서 뚝뚝 절벽으로/끊겨져 있었다"(〈스물셋 가을에서 스물여섯 여름까지〉)의 인식 태도와 일치한다. "조였던 나사가 풀리고/못들이 떨어지고/(중략)/오늘만큼 썩어가는 무덤들"(〈오늘의 뉴스〉)을 만나는 것과도 같다.

나호열 시의 또 다른 우수한 특징으로 예민한 감각과 관찰력을 들 수 있다. 그가 바라보는 세상의 대상들은 비극적 아름다움으로 빛난다. 치밀한 대상 파악을 바탕으로 하여 그 속성을 존재 자체로 형상화시키는 능력이 우수하다. 간단한 몇 개의 예를 들어보자.

① 소리없이 진군한 소문은
곳곳에 봄을 퍼뜨려놓고
철없는 아이들처럼
개나리로 피어 있다

—〈추운 봄〉 부분

② 한겨울 사물은
눈이 내려야 비로소
눈을 감는다

—〈한겨울의 눈은〉 부분

③ 울지 말아라
지난해 움텄던 자리에
다시 새 잎이 돋고
슬픔 뒤에
따스한 손으로
다시 슬픔이 얹힌다

—〈가을나무에게〉 부분

임의로 추출한 위 구절들은 그의 감각의 예리함을 잘 보여준다. ①은 봄이 활짝 피었음을 개나리라는 구체적 사물과 순수함·유년 등의 상징인 어린이들로 나타낸다. ②는 눈이 덮여 단순해진 세상에서 사물들이 내면으로 눈뜸을 절실하게 표현해준다. ③은 슬픔 위에 새로이 얹힌 슬픔이 새 잎이나 따스한 손을 통해 구체화된다. 모두 정태적인 이미지들을 동적으로 바꾸어 표현함으로써 생동감과 함께 생명력을 띠게 한다. 이미지 결합의 독특한 재능에도 불구하고, 그것이 과도하게 사용될 때는 오히려 역효과를 내기도 한다. 두 가지로 요약하여 그의 시의 표현상 결점을 지적할 수 있겠다. 하나는 이미지 변화의 수법이 시집 전체를 통하여 단조롭게 전개됨으로, 시 한 편마다에서 느낀 긴장감이 시집 전체로 연결되지 못한다는 것이다. 두 번째는 이미지 변형이 지나치게 의도적으로 의미화되어 개인 상징의 영역을 크게 벗어나지 못하는 경우가 종종 있다는 것이다. 두 번째의 단점을 다음의 예에서 확인한다.

① 나도 산으로 가야 하는데
부끄러워라
어리석은 양초 몇 자루
되돌아올지도

—〈깊은 산에서의 일박〉 부분

② 육십사 킬로에서 육십오 킬로그램 사이를
개펄처럼 오락가락하는
이 무게

—〈몸무게〉 부분

①의 구절에서 "어리석은 양초"는 인용되지 않은 시 전편을 세밀히 읽어보면, 거대한 산속에서 길을 찾아가는 작고 하찮은 길잡이라는 의미를 띠고 있는 것 같다. 그러나 이때의 양초는 전체 의미의 확신이나 연결에 별로 도움이 되지 못하는 부적절한 비유이다. ②의 경우에도 "개펄처럼 오락가락"한다는 비유가 몸무게가 늘 고정되어 있다는, 그래서 변화 없고 단조롭다는 의미를 갖기엔 어울리지 않는다. 위의 구절은 단순히 언어로 드러난 것일 뿐인데, 상상력의 전개와 시 구조의 전개에도 이러한 무리한 의미화가 따를 경우 시는 실패작이 되는 셈이다. 다행히 나호열 시인의 경우는 그 위험성을 감각의 예민함으로 극복하고 있다. 표현 방법상의 장단점을 비교하면서 한 가지 흥미로운 사실을 발견한다. 장점으로 지적한 감각과 관찰력의 예리함은 주로 존재론적 차원에서 전개되는 데 반하여, 결점으로 지적한 지나친 작위적 의미화는 존재를 인식 속으로 끌어들이는 과정에서 빚어진다는 사실이다. 이렇게

볼 때도 나호열 시인은 존재론적 차원에서 파악할 때 그 시세계를 옳게 드러내는 시인인 셈이다.

그에게는 존재와 인식 사이에 놓인 먼 거리감이 두꺼운 절망의 원인이 되고 있으며, 그 방황을 통해 간접적으로 자아와 현실 대상을 확인하고 있다. 모든 시인이 그러하듯 대상은 확연하게 명확한 의지로 시인 앞에 나타나지 않는다. 존재와 인식 사이에 깊게 드리운 늪을 어떻게 헤쳐내느냐 하는 것은 시인의 역량의 문제가 아니라 세계관의 차이에서 비롯되는 것이다. 따라서 나호열 시의 자장은 방황과 모색으로 점철될 것이며, 절망의 깊이에서 아름다운 존재들을 그려낼 것이다. 세계관의 비극성이 지나친 허무에 경도되지 않는다면, 방황은 삶을 빛나게 하는 한 도구가 될 수 있다.

사회적 존재의 탐색과 휴머니즘에의 길*

—박윤우(문학평론가, 서울대 강사)

시(詩)가 언어를 통한 현실적 존재의 발현인 한, 사람이 사는 일로부터 무관한 시 쓰기란 생각하기 어렵다. 그러나 사람 사는 일을 어떻게 말하는가에 이를 때, 우리는 대상으로서 삶의 현실을 바라보는 시인의 태도를 문제 삼지 않으면 안 된다. 시 쓰기란 진실 여부를 규명하기 위한 방법론적 도구가 아니라, 진실 자체에 접근하려는 끊임없는 인식 과정의 드러냄, 즉 행위화이기 때문이다. 소위 해체의 방법이 오늘을 사는 우리의 '해체'된 현실을 적나라하게 보여줄 수 있다는 믿음은 그야말로 현상이 본질을 대신하는 자본주의의 구조적 모순에 철저히 종속된 것이며, 그 언어들은 구조 속에 함몰된 인간에 대한 무책임한 방관이자 자의적인 동조에 지나지 않는다. 이런 의미에서 나호열의 네 번째 시집《칼과 집》은 내성적인 태도와 치열한 현실 인식을 바탕으로 사람 사는 일에 대한 자신의 관심을 드러내 보임으로써 성실한 시 쓰기의 한 가능성을 여실히 보여주고 있다.

나호열의 시 쓰기 과정에서 마련된 성실성은 무엇보다도 관념적인 자의식의 세계를 꾸밈없이 언어화하려는 의도로부터 비롯된 것으로 보인다. 그것은 한편으로 낭만적 서정의 테두리를 벗어나지 않는 것이기는 하지만, 삶에 짙게 드리운 어두운 그림자를 살아 움직이는 갈등의 실체로 파악함으로써 현실감 있는 내면적 성찰의 토대로 삼고 있다는 점에서 진지함을 동반한다.

---

* 《칼과 집》(1993) 해설.

살아남기 위하여
단 하나 남은
잎마저 떨구어내는
나무들이 무섭다
저 혼신의 몸짓을 감싸는 차디찬 허공
슬픔을 잊기 위해서
더 큰 슬픔을 안아 들이는
눈물 없이는
봄을 기다릴 수 없다.

—〈겨울 숲의 은유〉 전문

곧은 생각으로 걸어왔다
가장 높은 깃발로
매달리기 위하여

내려다보면
구곡양장
사나운 채찍질뿐인
저 길

—〈한계령〉 전문

간결한 독백의 어조로 드러나는 화자의 내면적 삶의 여로는 "곧은 생각"이라는 한마디로 압축될 수 있는 성질의 것이다. 그것은 현실적 불의에 타협하지 않는 순수한 삶을 염원하는 것과 같은 청교도적인 것일 수도 있고, 인간에 대한 신뢰와 사랑을 실천하고자 하는 박애주의적인 것일 수도 있지만, 화자에게 있어서 보다 중요한 것은 그러한 삶의 내용보다는 삶의 현실 앞에서 서 있는 자신의 모습이다. 즉 "사나운 채찍질"이자 "슬픔"으로 다가서는 삶의 현실로부터, "살아남기 위한" 자신의 내면을 발견하려는 태도가 정립될 수 있음을 "슬픔을 잊기 위해서는/더 큰 슬픔을 안아 들이는/눈물"이 필요하다는 숨김없는 깨달음의 목소리로 제시하고 있는 것이다. 그러므로 "나는 길 잃은 순한 짐승을 위해/열매 하나로 남아 있겠습니다"(〈덫〉)라든가, "먼 길을 걸었다/(중략)/깊고 깊은/지친 사람의 마음속에/옹달샘이 되려고"(〈깊고 깊은 옹달샘〉) 현실을 내면화하는 과정에서 얻어진 자기희생적 현실 인식을 스스로 확인하게끔 한다.

이러한 현실 인식은 근본적으로 자아와 교섭하는 현실적 삶의 구조와 추이를 자연 현상이라는 보편적 인식의 대상을 통해 유추함으로써 대상에 대한 관조적 성찰의 계기를 마련한 데 기인한다. 그런데 나호열의 시에 있어서 자연은 결코 미적 감수성을 유발하는 정태적인 시적 소재로 머무르지 않는다는 점에서 특징적인 면을 발견할 수 있다. 그의 시에 빈번히 등장하는 자연적 대상으로서 '꽃'이나 '산', '들', '숲' 및 '구름', '눈', '비'와 같은 자연 현상과 '가을', '겨울' 등의 계절은 모두 그 자체가 시적 의미를 획득할 수 있는 자율적이고 자기 규정적인 존재가 아니다. 시인은 이러한 자연 현상들을 정물(靜物)로서 대상화하지 않고 다만 시간적 존재인 시인의 삶과 의식 속에 편입되는 동적(動的)이고 과정적인 실체의 이미지로서 파악하고 있는 것이다.

세상을 등진다는 것이
어디쯤 숨는다는 일일까
시름 낀 거울 닦아낼 때
심신을 더욱 깊게 숨기는
눈색이꽃
얼음을 깨고서 나비 떼처럼
묻어 나온다

—〈눈색이꽃〉 마지막 연

푸드득, 산을 뒤틀며
뛰쳐오르는 새들

더덕 냄새 풍긴다
도라지꽃이 활짝 핀다
천궁 씨알이 알알이 배이고
나그네는 내리막길을
휘이
뒷모습만 돌아서 가고

—〈비행기재〉 부분

먼 길을 가는 나그네 어깨 위에 내려앉는다
어둠이 몰려 있는 모닥불 위에 내려앉는다
침엽수의 머리 위에도
아무도 가지 않은 길 위에도 내려앉는다
상실한 기억들의 무수한 파편

—〈눈 2〉 1연

이처럼 나호열 시에서 자연은 존재의 모습을 비추어주는 거울이거나, 자아의 상념에 스쳐가는 하나의 배경으로, 혹은 그러한 상념들이 구체화되는 이미지로서 제시된다. 다시 말하면 그에게 자연은 '사람이 살아가는 곳'으로서 현존재의 구체적 삶의 과정에 시·공간적 배경이 되는 하나의 의미체인 것이다. 이러한 과정에서 그의 시는 두 가지 방법론적 독자성을 획득하게 됨을 볼 수 있는데, 그 하나는 시적 대상에 대한 이해에 있어서 자기 표출적이고 낭만적인 서정의 세계로부터 관찰적이고 사색적인 서정의 세계로 전환된 모습을 보여준다는 것이며, 다른 하나는 그러한 대상 이해, 즉 관조의 태도를 통해 자신이 모색해가는 삶의 의미에 대해 추상적인 상념을 구체화할 수 있는 방법론을 발견하고 있다는 것이다.

회전열차가 돈다
아이를 찾습니다

돌연한 스피커 소리에
깜짝깜짝 놀라며
산탄 총알처럼 새들이 날아가고
여기가 천국이다
아이스크림이 있고
재롱을 떠는 원숭이도 있으니
비단잉어는 자급 능력을 상실한 채
화사한 무늬를 못 속에 풀어놓는다
오, 세상에 이런 곳이 있었다니
정답을 알면서도 오답을 적어 내며
드림랜드 앞을 지나쳤던 지난 세월
굉음을 내며
또다시 회전열차가 돈다

—〈드림랜드〉 전문

마음을 다친 사람들이 양수리에 온다
날갯죽지를 상한 물총새
뛰어들까 말까 망설이는 갈대숲이
귓가에 물소리를 가까이 적신다
신문지에 가득 담겼던 세상일이
푸른 리트머스 시험지에 녹아
깊이를 알 수 없는 흐름으로 덮여가고
가진 것 없으면서 가난해 보이지 않는 손으로
생명을 키운다

—〈양수리에서〉 부분

해머 소리에 한 소절씩 석양이 떨어지고 있다
한세상을 굴러온 바퀴들 몸을 버리고 있다

썩어가는 혀처럼 길어지는 그림자 벌판으로 가서 눕고
조각난 시간의 뼈는 잡초 사이에서 빨갛게 녹이 슬기 시작한다
일그러지고 망가진 얼굴에서 지나온 길이 언뜻 비친다
조만간 어둠이, 완강했던 철판과 함께 그를 묻어버릴 것이다

—〈폐차장 노인〉 부분

여기서 보듯 자연은 곧 '세상'이자 '세월'과도 같은 보다 폭넓은 사색의 터전이 되고 있는 바, "드림랜드 앞을 지나쳤던 지난 세월"을 반성하는 자아의 모습이나, "마음을 다친 사람들"과 "한세상을 굴러온" 폐차장 노인의 "일그러지고 망가진 얼굴"이 말하는 세상살이의 이야기는 모두 숨은 화자의 관조적인 시선 속에서 객관화되어 나타나고 있다. 이 이야기는 물론 힘겨운 살아가기의 이야기이다. 무수한 시도와 오류, 혹은 현실적 좌절과 삶의 회한과 같은 것들이다.

그런데 화자의 시선에 포착되는 이러한 삶의 이야기는 상당한 부분 낯설음의 분위기를 동반한 채 팽팽한 시적 긴장감을 야기한다는 점에서 주목된다. 그것은 무엇보다도 이러한 이야기들, 즉 '세상'과 '세월'의 일들이 화자와의 거리감을 강화시키는 일종의 소멸의 이미지로서 구상화되는 데 원인이 있다. 즉 "푸른 리트머스 시험지에 녹아" 흐르는 것과 같은 삶에 대한 인식, "썩어가는 혀처럼 길어지는 그림자"나 "잡초 사이에서 빨갛게 녹이" 스는 "조각난 시간의 뼈"와 같은 시간 의식, 그리고 새들의 현란한 비상과 회전열차의 굉음 속에서 파악되는 존재의 공간 의식 등은 현실에 타협해서 살아가지 못하는 비극적 삶의 의미를 부각시켜줌으로써, 대상에 대한 화자의 관조적 인식이 근본적으로는 현실과 내면의 대립으로부터 비롯된 것임을 보여주게 되는 것이다.

그렇다면 시인에게 현실과 내면의 대립은 무엇을 의미하는가. 그것은 물론 시인이 시 쓰기의 근원적 물음으로 제출한 사람 사는 일과 관련된 것이다. 시인의 관조적 방법론이 이처럼 비극적 현실 인식으로 귀결될 수밖에 없는 까닭은 현대 사회를 사는 인간들의 현실적 자기 소외 현상과 인간에 대한 신뢰

와 사랑을 추구하는 내면적 의지 사이에 화해할 수 없는 간극이 가로놓여 있기 때문이다. 요컨대 안주하고 싶은 욕망과 안주할 수 없는 현실 사이의 대립은 자아의 내면을 드러냄에 있어 그 존재의 사회적 근거를 탐색하지 않을 수 없게 한 것이며, 아울러 그것은 시에 있어서 '낯설음'의 형식으로 구조화된 것이다.

여기까지 이르렀을 때 우리는 적어도 나호열의 시 쓰기가 제출한 사람 사는 일의 구체적인 모습과 그 의미를 진지하게 살펴볼 수 있다. 그의 시집 1부를 차지하고 있는 작품들은 모두 사람 사는 실제적 터전으로서 '집'에 관한 것이다. 그는 일종의 서시(序詩) 격인 〈집과 무덤〉에서 "저녁에 닿기 위하여 새벽에 길을 떠난다"라는 단 한 줄의 상징적인 아포리즘을 제시하고 있는데, 여기서 그는 삶의 현실적 의미를 구체화하려는 자신의 시도와 인식을 명백히 하고 있다. 한마디의 상징적 진술로 제시된 삶의 현실적 의미란 바로 '여로(旅路)'의 구조를 표상한다. 말하자면 삶이란 존재의 집을 찾기 위한 끝없는 방랑의 길이며, 그 목적지에는 '무덤'이 가로놓여 있을 뿐이라는 것이다. 이처럼 '집'이 곧 '무덤'이 되는 병치 은유의 구조 속에서 사람 사는 일은 항상 어두운 그림자와 찬 바람 곁에 선 역설적인 의미를 지니게 된다. 즉 '집'은 삶이요 생활의 연속성이자 존재의 개방된 발현임에도 불구하고, 현실은 그것을 죽음이자 존재의 폐쇄성과 불연속성을 강제하는 것으로 파악하지 않을 수 없게끔 한다는 것이다. 이러한 인식을 통해 나호열의 시에서 내면적 사색은 우리 사회의 현실적 구조를 꿰뚫는 통찰력을 확보하게 됨을 볼 수 있다.

서울시민입니다
유목민입니다
뿌리는 내리는 일에는
정말이지 관심이
없습니다
겨울이 오고 있습니다
그다음에도 또

겨울입니다

—〈자술서〉 전문

율법(律法)과
집들이
비스듬히
기울고 있다

이제는 하늘을 기어오르든지
땅 밑으로 꺼져 가든지
푸른 한숨이
누더기 옷을
벗고 있다

—〈벽제행〉 전문

한국의 텃새 시리즈가 끝나고 곧이어 사당동, 상계동
철거민 농성 사태가 한 장면씩 잘려 나옵니다
저녁 식사가 끝난 후, 나른함이 행복처럼 골고루
퍼집니다 까치는 왜 나무에 살아 하고 어린 아들이
물어봅니다 나는 대답하지 않습니다(……새니까?)

까치는 일정한 규격의 집을 짓습니다 위대한 자연의
섭리라고 아나운서는 말했습니다 욕심을 내어 크게도
작지도 않게 집을 꾸립니다 전세도 없고 월세도 없습니다
사당동, 상계동 지역에는 공룡 같은 아파트군이 몰려오고
있습니다 이 겨울을 지낼 따뜻한 보금자리를 달라고
외치며 철거민들이 돌을 던지는 순간, 화면이 바뀌어버립니다

—〈텃새〉 1, 2연

존재의 뿌리내리기가 힘겨운 현실적 고통을 수반하는 것임을 시인은 '유목민'으로서의 존재 인식을 통해 선명하게 제시한다. 특히 이러한 방랑의 이미지는 밀폐된 동굴(〈알타미라 가는 길〉)이나 황량한 사막(〈사막에 살다—상계동 2〉, 〈파르테논 또는 어머니〉)의 이미지와 결합되어 자기 정체성을 확보할 수 없는 현실의 '낯설음'을 부각시키는 효과를 자아낸다. 뿌리 뽑힌 계층에게 존재의 터전이란 그만큼 "누더기 옷"처럼 구겨져 없어지는 현실 저편의 허망한 꿈일 뿐인 것이다. 적어도 그것이 현실임을 뚜렷하게 자각해내는 방식이 곧 '낯설음'의 이미지를 통한 대립적 인식의 표출이다. "집들이/비스듬히/기울고 있다"라든지 "푸른 한숨이/누더기 옷을/벗고 있다"와 같이 상징적 이미지를 감각화한 표현들은 화자의 우울한 내면을 현재화함으로써, 동시에 현실의 비극적 단면에 대한 정서적 연관을 가능케 한다. 말하자면 이러한 표현들은, 현대 사회의 인간 소외는 단순한 철학적 사색의 주제가 아니라 바로 우리가 겪는 현실적 삶의 일부이며 사회 전반의 구조적 실체임을 깨닫게 하는 방법적 시도이자 시적 인식의 결과인 것이다. 〈텃새〉에서 이러한 인식은 TV라는 간접적 인식 매체를 통해 알레고리화된 현실 비판으로 구체화되기도 하거니와, 이러한 지적(知的) 방법들은 결코 현실을 추상화하기 위한 수단이 아니라 그러한 인간성을 말살시키는 현실의 사회적 구조와 그에 대한 시인의 현실적 인식을 구체화하려는 의도의 소산이라는 점에서 현실성을 갖는다.

나호열의 이러한 현실과 사회적 존재에 대한 탐구는 〈상계동〉 연작시를 통해 휴머니즘에 바탕한 하나의 정연한 시적 논리로 형태화되어 있다. 즉 시인은 자본주의 사회의 구조적 모순의 집약인 도시적 삶의 형태를 '상계동 재개발 지역'이라는 구체적 공간을 통해 탐색함으로써 존재의 터전이 갖는 의미를 보다 현실적인 모습으로 드러내 보일 수 있게 된 것이다.

> 낯선 사람들이 낯설게 살고 있다
> 날이 갈수록 낯선 사람들은
> 낯선 사람들 사이에서
> 편안하게 묻히는 법을 배우고

낯설어져야 잠이 잘 오는 병에 걸린다
앞집과 뒷집의, 일층과 이층의
벽들이
동아건설 창동공장에서
실려 나온다 끊임없이
나는 어디에든
따뜻한 알을 낳고 싶다
사람들 사이에
벽과 벽 사이에
무관심 사이에

—〈동상이몽—상계동 1〉 부분

하늘에도 빽빽한
별들의 집
그래도 텃밭 같은 나의 희망은
아직 넉넉해
꽃이 되든지
나무를 심든지
아니면 좀 더 기다려야 할
씨앗을 뿌리듯이
나의 밥은 희망이며
희망은 나의 목숨
난파당한 유령의 섬으로 흘러가고
흘러오는 도시의 밤
유리를 잔뜩 먹여 얼레를 풀어
나는 가장 순한
양들을 방목한다

—〈별바라기—상계동 16〉 부분

재개발로 인한 철거민들의 유랑 뒤에는 아파트 단지의 건설과 삶의 '낯설음'이 자리 잡고 있다. "거대한 감옥"(〈수락산하—상계동 27〉)이자 벽으로 둘러싸인 존재의 갇혀진 공간 속에서 시인은 다시 한번 "불모지로 변해가는 세상"과 "내가 네가 아님을 열심히 증명하려"(〈가면무도회—상계동 20〉)는 비인간화된 현실을 우울하게 확인한다. 그러나 시인에게는 '집=무덤'의 현실을 정당히 비판할 수 있는 내적 토대가 함께 마련되어 있다. 그것은 곧 현실을 넘어서는 꿈으로서 인간성 회복에의 신념이다. "나는 어디에든/따뜻한 알을 낳고 싶다/사람들 사이에"라든가 "나는 가장 순한/양들을 방목한다"는 소망의 주관적 표출이 부조리한 현실의 객관화와 병행할 수 있는 시적 방법론을 시인은 꿈의 상상력을 통해 탐색하고 있는 것이다.

이런 의미에서 "사람과 사람을 이어주는/길은 언제쯤 개통될까"(〈사막에 살다—상계동 2〉)라는 독백은 〈상계동〉 연작시 전편에 드러나는 화자의 현실에 대한 내적 인식의 직접적 진술들을 대사회적 발언으로 확산시켜주는 매개 역할을 한다. 즉 끊임없는 '여로'로서 존재의 현실은 사회적 존재로서 자아가 인식하는 삶의 현재의 순간순간에 명확하게 떠오르는 것이며, 그 순간들의 인간적 의미를 진지하게 인식하는 것이 곧 현실과 자아의 내면적 대립을 지양, 극복할 수 있는 길인 것이다.

나호열의 이 시집은 이처럼 모색의 글쓰기로 일관되어 있다. 이것을 만일 성실한 시인의 방향 감각이라고 한다면, 그의 시는 싸늘하리만치 냉정한 시선과 부드럽고 따뜻한 시선을 동시에 지니고 있다는 점에서 그 방향감의 폭과 깊이를 가늠하게 해준다. 그것은 곧 그의 시가 보여주는 시적 긴장이 시와 현실의 길 위에 선한 휴머니스트의 투영으로 받아들여지기 때문이다.

존재의 내면 들여다보기*

—김재홍(문학평론가, 경희대 교수)

누가 이렇게 이쁜 이름 걸어놓고
황홀하게 죽어갔는가
무지개
그 양쪽 끝에서
너벅서리는
사랑
사막
지옥

—〈실크로드〉 전문

"저녁에 닿기 위하여 새벽에 길을 떠난다"라는 참신한 직관의 1행시 〈집과 무덤〉의 시인 나호열, 그는 1980년대에 작품 활동을 시작한 바 있지만 1991년 《시와시학》지를 통해 새롭게 데뷔한 이래 존재에 대한 진지한 성찰을 바탕으로 사람 사는 일에 대한 탐구를 깊이 있게 전개해가고 있는 역량 있는 시인의 한 사람이다.

특히 그는 1993년 봄 〈상계동〉 연작을 집중 수록한 시집 《칼과 집》을 통해서 갇힌 삶, 사막화한 오늘의 삶의 형태에 대해 날카로운 비판과 자기 성찰을

* 《우리는 서로에게 슬픔의 나무이다》(1999) 해설.

펼쳐 보인 바 있다.

거대한 감옥이었다

마음속에 집을 다스리며 사는 사람과
마음 밖 먼 곳에 집을 지으려는 사람들
아무도 열쇠가 어디에 있는 줄 모른다

갇혀서 오늘을 산다

—〈수락산하—상계동 27〉 전문

그렇다! '오늘날 여기'에서의 현대적 삶이란 하나의 거대한 감옥에 갇혀 사는 수형 생활 같은 것인지도 모른다. 삶에 순응하는 사람이나 부정하는 사람들, 어디론가 떠나려고 갈등하며 방황하는 사람들까지도 그 모두에게 있어 '오늘, 여기'서의 삶이란 고통스러운 사막의 삶이 아닐 수 없다. "아무도 열쇠가 어디에 있는 줄 모"르고 "갇혀서 오늘을" 사는 막막한 모습인 것이다. 그러기에 집은 바로 하나의 무덤일 수 있으며, 사람과 사람 사이에는 차디찬 벽만이 가로놓여져 있을 뿐이다. 그러기에 시인은 "나는 어디에든/따뜻한 알을 낳고 싶다"(〈동상이몽—상계동 1〉)고 갈망하게 된다. 그러나 그렇지 못한 현실의 벽에 부딪쳐 "함부로 촛불도 꺼뜨리고/쉽게 마음을 조각내는/아무도 손 내밀지 않는/칼이"(〈칼과 집〉) 될 수밖에 없다. 사람들은 서로 너 나 할 것 없이 칼이 되어 부딪치면서 무관계한 칼의 삶, 광물질적인 삶을 살아갈 수밖에 없는 것이다.

바로 여기에서 나호열 시집《칼과 집》의 의미가 선명히 드러난다. 광물성의 시대를 기계 인간이 되어 살아가면서 불신과 단절의 벽을 더욱 높이 쌓아가는 시대에 생명 회복에 대한 갈망을 드러내고 있다는 뜻이다. 말하자면 집이란 존재의 주거이면서 죽음을 의미하는 한 표상이고 동시에 부활의 집이자 창조의 터전으로서 의미를 지닌다. '칼과 집'이란 바로 현대적 실존의 소외와 위기를 칼로 날카롭게 상징하면서 소외와 위기 극복 의지를 영원한 집에 대한 갈구로써 형상화한 것이다. 집은 모든 존재의 원초적 삶이 시작되는 근원이며, 세상으로 열려 떠나온 것이면서 동시에 끝내 다시 돌아갈 장소에 해당한다. 그러기에 그곳은 흙 또는 무덤으로서의 상징적 의미를 지닌다. 현실에서의 집에서 살다가 모든 존재는 영원의 집으로서 무덤으로 돌아가게끔 운명지워진 것이 분명하다.

이처럼 나호열의 시들은 현대적 실존의 모습을 칼과 집, 또는 감옥과 무덤으로 예리하게 상징화함으로써 이 근래 많은 젊은 시인들과는 달리 깊이 있게 철학성을 탐색하는 진지성을 보여준 데서 주목에 값한다. 평론가 박윤우 교수의 지적대로 나호열의 시에서 삶이란 존재의 집을 찾기 위한 끝없는 방랑의 길이며 그 목적지에 무덤이 가로놓여 있는 것으로 볼 수 있기에 더욱 그러하다(시집 《칼과 집》 해설—〈사회적 존재의 탐색과 휴머니즘에의 길〉).

바로 여기에 필자가 나호열의 시를 주목하는 까닭이 놓여진다. 요즈음 많은 젊은 시인들은 삶의 본질에 깊이 있게 육박하는 것에는 별관심 없이 요설이나 신기한 이미지 또는 실험에 집착하는 경우가 적지 않게 발견된다. 이른바 소문난 신인일수록 머리로 쓰는 시 또는 손끝으로 쓰는 데 몰두하여, 쓰기 위한 시를 쓰는 모습이 자주 발견되기 때문이다. 말하자면 최근 많은 신진시들의 가장 큰 문제점은 바로 깊이 있는 철학성의 빈곤이라는 점을 지적할 수 있다는 뜻이다.

나는 물었다
나무에게, 구름이며 꽃에게
흐르는 길이며 강물에게
그들은 말하지 않고
조용히 몸짓으로 보여주었다
일인극의 무대
굴뚝이 연기를 높이 피워 올렸다
절해고도 표류자의 독백처럼

표정이 없는 희망이 되는
사전에 없는 어휘가 되는
물음들
아직 전달되지 않은 것 같아
나는 본다
나무의, 구름의, 꽃의, 흐르는 길과 강물의
커져가는 귀를 본다
귀는 물음표를 닮았다

—〈나는 물었다〉 전문

이번 상재하는 시집에서 시인은 그간의 시에서 한 걸음 더 나아가 존재의 근원에 대한 형이상학적 탐구를 더욱 심화해가고 있어서 관심을 환기한다. 실존적 삶의 표정성 또는 존재론적 징후 읽기에서 한 걸음 더 나아가 삶의 본질 또는 사물의 본성에 대한 진지한 들여다보기 작업을 전개하고 있는 것이다. 다만 몸짓 자체로 자신을 드러내 보이는 나무며 구름, 꽃이며 길과 강들은 모두가 고유한 존재 양식과 독자적인 법칙성을 지닌다. 개별자들이 지닌 존재의 독자성을 존재론적 환원을 통해서 사물의 본질로 육박해 들어가려는 시인의 내면적인 고심이 "커져가는 귀" 또는 "귀는 물음표를 닮았다"라는 질문 제기로 형상화되어 있는 것이다.

아울러 〈문득 길을 잃다 3〉에서는 사물의 본성이 어둠과 밝음, 생성과 소멸이라는 양면성, 모순성으로 파악될 수 있음을 통해서 삶의 본질을 비춰보기도 한다. 그러면서 "이쁜 화음"의 세계를 갈망하여 존재론적 초극을 지향하기도 한다.

아울러 이러한 실존의 본성 탐색을 보다 내면적인 구도 행위와 연결시켜서 인간이란, 아니 삶이란 무엇인가라는 데 대한 질문을 제기한다.

무거운 짐을 가득 지고
나귀는 앞질러 갔다

뒤처져 따르는
일기장이나 편지 같은 것
녹슨 추억의 꾸러미는
쓸데없이 무겁다
지친 울음으로 나귀가 나를 부른다
너는 어디에 있느냐

—〈문득 길을 잃다 1〉 전문

한마디로 말해 인간이란 진정한 자아를 찾아 헤매는 고달픈 순례자의 모습이 아닐 수 없다는 인식이 새롭게 시작되는 연작 〈문득 길을 잃다〉의 내용으로 짐작된다. "녹슨 추억의 꾸러미"를 지닌 채 "무거운 짐"을 지고 헐떡이며 사막을 가고 있는 낙타의 모습, 그것이 바로 인간의 근원적인 모습에 해당한다. 어디서 와서, 어디를 향해, 어디를 지금 가고 있는가 묻고 있는 낙타의 모습이란 바로 존재의 근원에 대해 질문하고 있는 인간의 또 다른 형상으로 풀이되기 때문이다.

실상 "너는 어디에 있느냐"라는 질문 속에서 진정한 자아를 잃고 헤매는 현대인의 모습에 대한 인식과 함께 그를 찾아 나서는 것이 삶의 진정한 의미이고 바로 시를 보는 일이라는 또 다른 인식이 함께 반영되어 있다고 하겠다. 이러한 삶의 본질에 대한 진지한 질문을 전개하면서도 그의 시는 오늘의 삶을 살아가는 실존에 대한 탐색을 게을리 하지 않는 데서 시적 건강성과 탄력성이 드러난다.

하루에두세번씩
맹수의으르렁거림으로
거울앞에선다
바보스럽기는하지만
엄숙하게칫솔을물고하얗게
하얗게번져나오는탐욕의거품을내뱉는다

초식과육식의갈림길(희망과절망의그사이)
송곳니와어금니의표정들을하나로묶으면서
내가살기위하여죽여야하는
불특정다수를향해
무기마냥소중하게이빨을닦으면서

—〈판토마임〉 전문

이 시는 이빨을 닦는 행위를 통해서 운명과 도전, 육식과 초식, 절망과 희망 사이를 오락가락하며 짐승처럼 으르렁대며 살아갈 수밖에 없는 현대적 삶의 실존성을 예리하게 풍자하고 있다. 오늘의 삶에 대한 날카로운 회의와 반성을 아이러니컬하게 묘파하면서 사람다운 삶이란 과연 어떻게 사는 일일까를 고뇌하고 있는 것이다.

이렇게 볼 때 나호열의 시가 지닌 미덕 또는 건강성이 예리하게 부각된다. 그것은 오늘의 실존적 삶에 끊임없이 고뇌하면서 본질적인 삶이란 무엇인가, 인간의 본성은 무엇이며 어떻게 사는 일이 오늘에 있어 진정한 자아를 실현하는 길인가에 대한 진지한 모색과 성찰을 끊임없이 보여준다는 점에서 명확히 드러난다. 다시 말해 그의 시에는 오늘의 삶을 살아가는 실존의 몸부림과 함께 존재의 본질 또는 자아의 진정한 발견과 실현을 향한 구도적인 안간힘이 제시됨으로써 이즈음 많은 시들이 처한 철학 상실의 위기를 돌파해 나아가려는 진지한 노력을 보여준다는 점에서 의미가 드러난다.

현실의 깊디깊은 갱도 그 어둠 속에 갇혀 묵묵히 인간적 진실의 알갱이를 캐내는 고독한 시의 탄부(炭夫)로서 나호열의 시적 정진은 그 누가 알아주고 않고 간에, 세간의 명성과는 전혀 관계없이 참으로 의미 있고 가치 있는 작업임에 분명하다. 현실 의식과 삼투되는 철학성의 획득, 사회의식과 길항하는 예술성의 탐구와 따뜻한 진실미 추구 그 자체만으로도 그의 시는 이미 스스로 빛나고 있는 것이기 때문이다.

새삼 세기말의 기로에서 그의 '오늘 여기'가 한 편의 시로 메아리쳐 와서 가슴을 울려준다.

누가 뿌린 눈물이기에
이렇게 아리도록 흰 어여쁨이냐
발가벗은 알몸으로 승천하는 것이냐
언젠가 숙명으로 다가왔던 바다는 없고
세월에 절은
이 짠맛!

—〈곰소 염전〉 전문

달팽이처럼 낙타처럼 안개처럼*

—김삼주(문학평론가, 경원대 교수)

달팽이와 우체통

우리는 어디에 있는가, 무엇으로 있는가, 어떻게 있는가. 이런 해묵은 물음들이 나호열 시인의 시와 함께 새삼스럽게 다가오는 까닭은 무엇일까. 그것은 이 시대가 첨단 과학의 틀 안에 놓여 있으면서도 교회며 사찰, 그리고 무슨 생소한 이름의 사원들이 날로 늘어만 가는 현상과도 결코 무관하지 않아 보인다. 과학의 발달과 신앙의 확산이라는 모순 현상이 우리를 되돌아보게 하는 계기가 될 수 있겠기 때문이다. 하나씩 하나씩, 생명의 비의는 그 주변부가 밝혀져가고 있음에도 불구하고 우리는 불안하다. 과학자들이 생명은 신의 몫이 아니라고 역설해도 우리는 불안하다. 무엇이 우리를 불안하게 하는가. 무엇이 우리를 그 해묵은 물음으로 되돌아가게 하는가. 나호열 시인의 이번 시 작업은 그런 물음의 근원을 파헤쳐 보여줌으로써 우리로 하여금 이 시대 속의 자신을 돌이켜보고 나아가 진정한 삶의 길을 모색하게 한다.

우리는 어디에, 어떻게, 무엇으로 있는가. 이 물음에 대한 시인의 대답은 '달팽이'와 '우체통'과 '개'라는 객관적 상관물들의 비유로 제시된다.

그러면 먼저 이 시대를 신기루를 좇는 사람, 노숙하는 사람들의 세상으로 풍자한 시 〈달팽이〉를 읽어보자.

---

* 《낙타에 관한 질문》(2004) 해설.

한때는 달팽이를 비웃은 그런 날들이 있었지
세상은 핑글거리며 돌아가고 있는데
그렇게 느린 걸음으로 어디까지 갈 수 있겠나 하고
집 속에 틀어박혀 공상이나 일삼는 철학자처럼
머릿속 황무지를 개간하는 노동이 무슨 필요 있느냐고
그러나 어느 날 자급자족이 되지 않는 세상에 찬 바람 불어
밥 굶고 신문지 이불 삼아 노숙하는 사람이 나임을 알았을 때
발 부르트도록 걸어왔던 그 길이 신기루였음을 알게 되었을 때
비록 구부리고 토끼잠을 잘지언정 달팽이 네가 부러웠다
집은 갈수록 멀어지고 겨울은 끝내 떠나가지 않을 듯싶었다

—〈달팽이〉 전문

이 시는 비웃음과 부러워함이라는 대립적 정서의 마주침에 의하여 전개된다. '나'는 '달팽이'를 비웃고 또 부러워한다. 비웃는 까닭은 첫째 '달팽이'가 느리기 때문이다. 단순히 느리다는 이유만으로 비웃음의 대상이 되는 것은 아니다. "세상은 핑글거리며 돌아가고 있는데/그렇게 느린 걸음으로" 그 빠른 세상의 속도를 따라갈 수 없기 때문이다. 현대는 자본주의 시대이고, 자본주의의 핵인 부의 창출은 속도와 직결돼 있다. 남보다 빠르고, 남보다 앞서야 더 많은 돈을 벌 수 있다. 시속 백이십 킬로미터를 허용하는 시대에 달팽이걸음처럼 느린 차를 누가 사겠는가. 주문만 하면 원하는 떡을 집으로 배달해주는 시대에 디딜방앗간을 누가 이용하겠는가. 그러기에 속도를 추종하는 일은 이미 우리 시대의 가장 큰 미덕 중의 하나로 자리 잡고 말았다. 달팽이처럼 길을 가는 것은 어리석다. 아니, 시대에 뒤떨어진 짓이다. 그러므로 이 시대의 흐름에 동참하고 있는 자에게 달팽이는 비웃음의 대상이 아닐 수 없다.

'나'가 달팽이를 비웃는 두 번째 이유는 달팽이가 "집 속에 틀어박혀 공상이나 일삼는 철학자처럼/머릿속 황무지를 개간하는 노동"에 골몰하기 때문이다. 속도의 시대에 "머릿속 황무지를 개간하는 노동"은 중요하지 않다. 자신의 이성을 가다듬는다거나 정신의 깊이를 더해가는 일은 시대의 흐름에 뒤

떨어진 행동으로 보이기 십상이다. 나보다 남의 생각과 행동을 살피기에 민첩해야 한다. 그들의 생각과 행동을 앞질러야 하고 흐름의 방향을 읽는 데 재빨라야 한다. 그래야 돈과 명예가 자기 것이 된다. 이런 판에 "머릿속 황무지를 개간하는 노동"이 어찌 비웃음의 대상이 되지 않겠는가.

그럼에도 불구하고 '나'는 달팽이를 부러워한다. 왜냐하면 '나'는 자신이 추종하던 자본주의의 허망한 실상을 보았기 때문이다. "어느 날 자급자족이 되지 않는 세상에 찬 바람 불어"에서와 같이 자본주의의 핏줄인 돈줄이 막혀버렸을 때 '나'는 명예와 부 대신 노숙의 신세로 전락해버린다. "무작정 우회도로를 지나고 있다는 느낌/(중략)/신기루를 지나 또 다른 신기루를 향하여/걷고 또 걸으며 꽃 피우는 하루"(〈거울 앞에서〉)처럼 "핑글거리며 돌아가고 있는" 세상이 신기루투성이임을 '나'는 뼈저리게 체험한다. 그래서 '나'는 달팽이를 부러워한다. 달팽이를 부러워한다는 것은 '느림'과 '머릿속 황무지 개간'을 긍정하는 것, 속도를 벗어나려는 것이리라. 속도의 경쟁은 끝이 없으므로, 속도의 경쟁에서 영원한 승자가 되는 길은 속도를 벗어나는 일이므로, 그 길만이 온전한 '나'로서 '집'을 갖고 일가를 이루고 평안히 겨울의 시대를 지낼 수 있으므로.

사람들 사이에 오래 서 있으나
누구를 기다리는지 한 걸음도 움직이지 않는다
사람들 사이에 그는 보이지 않는다
속에 무엇이 있나 하고 궁금해하는
따뜻한 손은 찾아보기 힘들다
쓰다 버린 폐지
구겨버린 전단지
휴지와 담배꽁초
쉬임 없이 매일 생산되는
버려야 할 것들
그 누구도 기다림에 익숙하지 않다

기다림이 익고

그리움이 물들고

눈물이 포도주가 되는 그 시간을

기다리지 않는다

사람들 사이에 우체통이

어느 날 이름을 바꾼다

사람들 사이에 쓰레기통이

섬처럼 떠 있을 뿐

—〈우체통이 그립다〉 전문

속도가 우상이 되어버린 시대의 '우체통'은 위의 시에서처럼 버려진 구시대의 유물에 다름 아니다. 우체통은 "쉬임 없이 매일 생산되는 버려야 할 것들"로 채워지는 쓰레기통에 지나지 않는다. 생각과 마음을 담은 편지는 그 안에 없다. 속도를 위하여 더 빨리 마음을 전하고, 더 빨리 대답을 듣고, 더 빨리 결정하기 위해서는 온라인을 이용하면 그뿐, 이 속도의 시대에 번거롭고 더딘 우편을 누가 굳이 사용하겠는가. 시인은 이처럼 기능을 상실해가는 우체통을 통해 시대의 단면을 해부한다.

우체통은 사실 온라인 이전 우리들의 마음속에 그리움과 기다림의 한 표상으로 자리 잡혀왔었다. 우체통을 보면 누군가를 생각하고 울적해지곤 했던 것이 엊그제 일처럼 애잔한 추억으로 남아 있으니 말이다. 그 우체통이 쓰레기통이 되어 "섬처럼 떠 있"다는 것은 우리 시대에 진정한 그리움과 기다림의 정서가 사라져가고 있다는 것이 아니겠는가. "기다림이 익고/그리움이 물들고/눈물이 포도주가 되는 그 시간을/기다리지 않는다"고 시인이 안타까워하듯 속도라는 자본주의 가치 척도에 압도된 우리들은 그리워함과 기다림의 소중함마저 속도에 빼앗겨버린 것이다.

기계의 속도 이편과 저편에는 상품이 있다. 그러나 기다림의 이편과 저편에는 사람이 있다. 그리움과 기다림을 속도로써 해결할 때, 그 이편과 저편에 있는 우리는 한 개의 빵이나 한 켤레의 신발과 무엇이 다르겠는가. 결국 우리는 우체통이 "섬처럼 떠 있"듯 세상에 제각기 홀로 떠 있는 섬이 되지 않겠는가.

그런 안타까움에도 불구하고 세상은 그렇게 흘러가고 있다. 또 우리는 그렇게 끌려가고 있다. 나호열 시인은 그런 이 시대를 "개 같은 날"이라고 야유한다. 시 〈개 같은 날의 오후〉에서 개는 안락을 위하여 "정해진 시간의 용변과/금욕을 강요받는 소량의 식사/공원에 갈 때는 천천히 걸어/적당히 꼬리 칠 줄 알고/두려움을 감추며/위엄 있게 짖는 법"을 배운다. 어디 그뿐인가. "바닥에 꿈이라고 쓰여진 물그릇에/머리를 처박을 때마다 그는 문맹이면서/그는 꿈을 배운다". 그리하여 개는 안락을 얻지만 야성을 잃는다.

야성이란 개에게 있어서 본성에 다름 아니다. 그런데 그 본성을 잃은 개는 '안락'하다. "소파에 등을 기대고" "끈끈한 눈빛으로 서로를 핥아"주는 삶을 누릴 수 있다. 자아라는 개성을 잃은 채 상류 사회의 규범을 연습하고, 자아의 꿈이 아닌 강요된 꿈을 이루는 것, 시인은 그것을 '개'의 삶이라 야유한다. 그러면서 시인은 "나는 개처럼 살고 싶다/혀를 끌끌 차면서/사람으로 살기가 너무 어렵다"라고 시대적 풍조 속에 개성을 지닌 자아로서의 삶이 얼마나 지난한 일인가를 자조적인 어조로 술회하고 있다.

우리는 어디에, 어떻게, 무엇으로 있는가. 나호열 시인이 시적 형상화를 통해 보여주는 대답은 통렬하고 날카롭다. '달팽이' 같은 삶 너머에 있는 속도의 시대에, 쓰레기통이 되어버린 우체통과 같이 그리움도 기다림도 속도에 묻혀버린 시대에, 속도의 가치가 정하는 상류 사회에 편입하기 위하여 우리는 스스로를 개처럼 길들이고 있다. 영원히 그 꿈을 이루지 못할지도 모르는 시대의 노숙자로서.

화병과 낙타

우리는 앞에서 시인이 '개' 같은 시대를 말하면서 "사람으로 살기가 너무 어렵다"고 술회했던 것을 기억하고 있다. 그가 생각하는 사람이란 어떤 존재일까. 어떻게 살아야 하기에 사람으로 살기가 너무 어려운 것일까.

시 〈화병(花甁)〉은 이 의문에 대한 시인의 생각이 잘 녹아 있는 작품으로 보인다.

결국은 시들어버리는 꽃을 꽂기 위해
내공은 속을 텅 비워버리는 연습인 것이다
주둥이가 깨지고 몸이 금가고
그렇게 살다가 깨끗이 버려지는 것이다
결가부좌(結跏趺坐)하고 장작불 고열 속에서
기꺼이 그대의 가슴속에서 열반한 내 사랑
청자도 아니고 백자도 아니고
때깔도 곱지 못한 이 삶은
오롯이 당신에게서 태어난 것이다
아직도 들끓는 피
아직도 너끈히 나무 한 그루 키워낼 수 있는
부푼 공기도
그대가 불어 넣어준 들숨이다
아! 바다를 넘고 산을 넘어서
그대의 가슴에 다시 돌아가기 위하여
풀씨보다 더 가볍게 모래로 부서지려는
한 남자의 내공

—〈화병〉 전문

먼저, 이 시에서 탄생과 죽음에 대한 생각을 읽어보자. 얼핏 보아 "결가부좌"나 "열반" 등의 말 때문에 시인이 말하는 탄생과 죽음을 불교적 생사관에 기대어 읽을 수도 있다. 딴은 그의 시에서 가끔 그런 시어들을 만나기도 하니까 그렇게 생각하는 것도 무리는 아니다. 그러나 자세히 들여다보면 "그대의 가슴속에서 열반한 내 사랑"이라는 대목이 그런 생각을 지워버린다. 왜냐

하면 여기에서 "내 사랑"은 다음 행의 "이 삶"과 나란히 놓임으로서 구문 구조상 은유 관계에 놓이게 되므로 사랑의 의미는 '나'의 탄생으로 볼 수 있는데, 불가의 생사관에서는 탄생과 죽음이 타자에 의하여 결정되기보다는 자아의 인업(因業)에 의거하여 전생과 내세로 연결되기 때문이다. 따라서 이 시에서 "결가부좌"나 "열반" 등의 시어를 구사한 것은 시적 자아의 객관적 상관물로서 화병이 생성되는 과정을 불가적 이미지를 빌려 형상화한 것으로 보아야 할 것이다. 다시 말하면 그것은 흙으로 빚은 화병이 고열의 가마 속에서 구워짐으로써 하나의 도구로서 화병이 됨을, 사랑으로 살아갈 인간으로 의미화한 것이라 할 수 있다.

도구로서의 '화병', 그것은 생의 의의를 타고난다. 시인이 "그대의 가슴속에서 열반한 내 사랑"이라고 말하듯 화병은 사랑이라는 생의 의의를 지니고 태어난다. "결국은 시들어버리는 꽃"이지만 화병은 꽃을 담아야 하는 운명으로 태어난다. 그리고 화병은 나날이 마모돼간다. "주둥이가 깨지고 몸이 금가고" 그렇게 낡아가다가 깨끗이 버려진다.

이처럼 시인은 화병을 통하여 인간의 실존을 투시한다. 인간은 사랑을 담는 존재로 이 세상에 태어나 "결국은 시들어버리는 꽃"으로서 허무를 수없이 가슴에 안다가 스스로도 '깨어져 버려지는' 허무에 귀착한다는 것을 시인은 화병에서 보고 있다. 하지만 시인은 허무 의식에 함몰되지 않는다. "아직도 들끓는 피/아직도 너끈히 나무 한 그루 키워낼 수 있는 부푼 공기"가 있다고 말함으로써 삶에의 강한 의지를 보여준다. 왜 화병으로서 시적 자아는 깨지고 금갈 것을 알면서 "들끓는 피"와 "부푼 공기"를 앞세우는가. 그것은 "풀씨보다 더 가볍게 모래로 부서지려는" 노력이며, "그대의 가슴에 다시 돌아가기" 위한 소망의 발현이다. 그대의 가슴이란 흙이요, 어머니, 다시 말하면 위대한 어머니로서 대지에게로 귀의하려는 의지인 것이다.

그 의지의 실현을 위한 노력을 시인은 내공의 수련이라 말한다. 화병은 비어 있으므로 그 빈 속을 생명을 키워내는 "부푼 공기"로 채우는 일, 그것은 바꾸어 말하면 수행이고 "무릎 꿇는 일"이다.

내가 오랫동안 해온 일은 무릎 꿇는 일이었다
수치도 괴로움도 없이
물 흐르는 소리를 오래 듣거나
달구어진 인두를 다루는 일이었다
오늘 벗어던진 허물에는
쉽게 지워지지 않는 때와 얼룩이
나의 손길을 기다리고 있다
자신을 함부로 팽개치지 않는 사람은
자동세탁기를 믿지 않는다
성급하게 때와 얼룩을 지우려고
자신의 허물을 빡빡하게 문지르지 않는다
마음으로 때를 지우고
마음으로 얼룩을 지운다
물은 그때 비로소 내 마음을 데리고
때와 얼룩을 데리고 어디론가 사라진다
빨랫줄에 걸려 있는 어제의 깃발들을 내리고
나는 다시 무릎을 꿇는다
(중략)
본의 아니게 구겨진 내 삶처럼
무늬들의 자리를 되찾기에는 또 한 번의
형벌이 남겨져 있다
쓸데없이 잡힌 시름처럼 주름은
뜨거운 다리미의 눌림 속에 펴진다
내 살갗이 데이는 것처럼 마음으로 펴지 않으면
어제의 허물은 몇 개의 새로운 주름을 만들어놓고 만다
(중략)
평생을 허물을 벗기 위해
오늘도 무릎 꿇는 일을 멈추지 않는다

—〈수행〉 부분

종교적 행위에서 무릎을 꿇는 것은 기원이나 사죄의 의식이라 할 수 있다. 위의 시 속에서 '나'가 무릎 꿇는 일은 사죄에 가깝다고 할 수 있다. 그러나 그것은 신을 향하여 하는 행위가 아니라 나를 향해 하는 행위라는 점에서, 앞의 시에서 보았던 '내공 가다듬기'의 다른 이름이라 할 수 있다.

'나'는 무릎을 꿇고 빨래를 한다. "마음으로 때를 지우고/마음으로 얼룩을 지운다"와 같이 빨래를 하는 일은 옷에 묻은 때와 얼룩만을 지우는 일이 아니다. 그때에, 얼룩에 담긴 세상사의 허물까지 지우는 일이다. 그렇게 함으로써 때나 얼룩과 함께 마음의 허물이 깨끗이 정화된다. '나'는 무릎을 꿇고 다림질을 한다. "쓸데없이 잡힌 시름처럼 주름은/뜨거운 다리미의 눌림 속에 펴진다"와 같이 '나'는 허물을 지운 뒤에 남는 '시름'을 마저 없앤다. "내 살갗이 데이는" 고통스러운 자기 정화의 과정, 마음의 허물과 시름 벗기가, 빨래로 형상화된 시인의 수행이자 사랑의 삶에로 향하는 내공인 것이다. 그리고 그것은 단발적 의식이 아니라 "평생을 허물을 벗기 위해/오늘도 무릎 꿇는 일을 멈추지 않는다"와 같이 끝없는, 처절한 고행인 것이다.

이와 같은 시적 자아의 내공이 수평으로 작용하는 지점에서 우리는 '낙타'를 만난다. 낙타는 시적 자아의 객관적 상관물로서 시인의 비극적 존재 인식과 삶의 의지가 투사되어 있다.

낙타를 보면 슬프다
사막을 건너가며
입안 가득 피 흘리며
거친 풀을 먹는다는 것이
사막에서 태어나서
사막에서 죽는다는 것이
며칠이고 사막을 건너가며
제 몸속에 무거운 물을 지고

목마름을 이기는 것이
낙타를 보면 못생겨서 슬프고
등 위로 솟은 혹을 보면 슬프다
낙타가 나를 본다
낙타가 이상한 낙타를 보고 웃는다
내장된 그리움으로
삶의 사막을 건너가는 것이
얼마나 기쁘냐
갈증을 견뎌내는
오아시스를 향한 눈빛이
얼마나 맑으냐
그래서 나는
낙타의 낙타가 되었다

―〈낙타에 관한 질문〉 전문

이 시에서 '나'는 "낙타를 보면 슬프다"라고 심경을 표백한다. 그 까닭은 낙타의 숙명에서 비롯된다. "사막에서 태어나서/사막에서 죽는다는 것"이 낙타의 숙명이다. 그러나 낙타는 자신의 숙명을 거역하지 않는다. "입안 가득 피 흘리며/거친 풀을 먹"고 "제 몸 속에 무거운 물을 지고/목마름을 이기"면서 "사막을 건"넌다. 이 고통스러운 삶은 태어나서 죽음에 이르기까지 지속된다. "무릎 꿇는 일"(〈수행〉)이, 내면을 정화하는 일이, 평생을 멈추지 않듯 낙타의 고행 또한 평생 동안 지속된다. 바로 이 지점에서 시적 자아는 낙타에게서 자기 자신을 발견한다. "내장된 그리움으로/삶의 사막을 건너가는" "오아시스를 향한 눈빛"으로 갈증을 견뎌내는 낙타와 '나', 그래서 시적 자아는 "낙타의 낙타가 되었다"고 고백한다.

"내장된 그리움" 또는 "오아시스를 향한 눈빛"은 힘을 지닌다. 삶의 사막을 건너는 힘, 오랜 갈증을 견디는 힘을 지닌다. 말하자면 그것은 생의 의지라 할 수 있다. 시 〈화병〉에서처럼 "그대의 가슴에 다시 돌아가기 위하여/풀씨보다 더 가볍게 모래로 부서지려는/한 남자의 내공"이라 단언하는 의지라 할 수 있다. 이렇듯 나호열 시인은 인간 존재 또는 생명의 비극성을 긍정하고, 그 비극성을 삶의 힘으로 전이해가는 생의 의지를 '화병'을 통해, '낙타'를 통해 극명하게 형상화해낸다.

또한 시적 자아의 내공이 수직으로 작용하는 지점에서 우리는 '가로등'과 마주친다. "오늘도 나는 차렷 자세로 그대를 향하여 선다/일몰부터 일출까지/나무가 되어본다/꽃이 되어본다"(〈가로등 1〉)고 생명 의지를 표백하는 이 시에는 '뿌리 없음'과 '뿌리 있음'의 갈등이 노정되어 있다. 아니, 뿌리 없는 상황에서 뿌리를 갈망한다. 무생명, 인공의 세계에서 생명, 자연의 세계를 갈망한다. "하루살이들은 맹렬히/나무도 아닌/꽃도 아닌/불빛 속으로"(〈가로등 1〉) 몸을 던지는 '가로등'은 나무이고자 한다, 또 꽃이고자 한다. 다시 말하면 "한때는 나무인 줄 알았다/온몸에 깃발을 내걸고/새들을 품으며/높이 솟아오를 줄 알았다/한때는 꽃인 줄 알았다/어둠을 밝히는 이 몸짓이/향기와 씨앗을 가득 품어/벌과 나비의 꿈인 줄 알았다"(〈가로등 1〉)라고 가로등이 술회하는 세계는 인공의 전율이 아닌 생명의 세계로 나아가고자 하는 시적 자아의 간절한 소망인 것이다.

생명의 세계는 나무처럼 꽃처럼 또 저 낙타처럼 모두가 제가 태어난 자리에서 저에게 주어진 생을 긍정하며 살아간다. 이른바 생명의 질서, 우주의 질서 속에서 자기 존재를 구현한다. 거기는 "핑글거리며 돌아가"(〈달팽이〉)는 세상이 아니다. "신기루"를 좇다가 "찬 바람 불어" "노숙하는"(〈달팽이〉) 세상이 아니다.

그래서 시인은 말한다, "살아 있는 동안 푸른 하늘을 경배한다는 사실이/얼마나 즐거운 일인가"(〈절벽〉)라고. 하늘을 향해 기어오르는 담쟁이나 나팔꽃처럼 '절벽'으로서 숙명을 긍정하고 극복하는 삶은 고통의 연속이다. 그러나 그것은 자신에게 주어진 생을 거부하지 않고 절벽을 오름으로써, 또 마침내 꽃을 피움으로써, 저 '낙타'의 "오아시스를 향한 눈빛"처럼 아름다움을 획득한다. 이렇게 낙타가 사막을 가듯, 나팔꽃이 수직의 벽을 기어오르듯, 생명의 질서, 자연의 질서에 따라 생의 의지를 실현해나가는 것은 가치 있는 일이 아닐 수 없다. 그러기에 우주적 질서에 순응하며 사는 생은 아름다운 것이다.

안개와 붕어빵

우리는 서로에게 무엇으로 살 것인가. 달팽이로서, 화병으로서, 낙타로서, 가로등으로서 지상에서 제 길을 가야 하는 우리는 "핑글거리며 돌아가"(〈달팽이〉)는 이 세상 사람들에게, 서로가 서로에게 무엇으로 살아야 할 것인가. 시 〈붕어빵〉은 이 물음에 대하여 의미 있는 화두를 던진다.

> 저기 거세진 칼바람에 흔들리는 불빛 같은 사내가 서 있다. 천 원 주고 붕어빵 네 개를 거스름으로 받고 나는 절로 배부르다. 내력을 알 수 없는 저 사내도 행복하리라. 붕어빵 한 마리가 입속으로 들어간다. 토막잠 자는 경비 아저씨에게 나머지 붕어 세 마리 야참으로 드리니 그도 행복하다
>
> 내 속에는 붕어가 산다. 붕어가 사는 너른 강이 얼어붙은 몸 안에서 꿈틀거린다
>
> —〈붕어빵〉 부분

추운 겨울날 '나'는 마지막 남은 천 원을 두고 그 용처를 생각한다. '버스 두 번을 탈 수 있는, 담배 한 갑을 살 수 있는' 소액의 돈 천 원을 '나'는 어디에 쓸까 고민한다. 그때 우연히 눈에 띄는 붕어빵. '나'는 붕어빵을 산다. 붕어빵은 유용하다. 특히 "자급자족이 되지 않는 세상에 찬 바람 불어"(〈달팽이〉) 노숙의 신세로 전락한 사람들의 세상에서는 더욱 유용하다. 노릇노릇 익은 빛깔이 주는 따뜻한 느낌이 유용하고 탱탱히 부풀어 오른 몸집이 주는 포만감이 유용하다. '나'는 그 붕어빵 하나를 먹고 나머지 셋을 "토막잠 자는 경비 아저씨"에게 '드린다'. 그도 어쩌면 '나' 같은 노숙의 신세일지도 모른다. "핑글거리며 돌아가"(〈달팽이〉)는 세상에서 돌아가는 중심에 끼지 못하고 밀려나 전화 부스 같은 작은 경비실에서 낡은 의자에 토막잠을 청하고 있는지도

모른다. 아니, 그가 우리 자신인지도 모른다. 그런 그에게 '나'는 나의 몫보다 많은 붕어빵을 '드린다'.

'나'에게보다 그에게 더 많은 '붕어빵'을 '드림'으로써 '나'의 내면에는 "붕어가 사는 너른 강이 얼어붙은 몸 안에서 꿈틀거린다". '드림'을 통하여 비로소 얼어붙은 몸이 녹기 시작하는 것이다. 이 '드림'의 행위가 시인이 우리에게 제시하는 공동체적 윤리 의식이다. "언제부터인가 안개를 사랑하게 되었어/그 자리에 놓여진 것들 탐내지 않고/손끝 하나 다치지 않게 하고/부드럽게 감싸 안을 줄 아는 안개를 사랑하게 되었어"(〈안개〉)라는 시인의 표백처럼 '드림'이란 '부드럽게 감싸 안음'이다. '나'가 '경비 아저씨'의 추위를 붕어빵으로 감싸 안듯, 우리는 서로를 감싸 안고 살아가는 것이다. 그것이야말로 속도의 가치가 우리의 의식을 지배하고 있는 세상에서, 우리 모두를 함께 우주적 질서의 세계로, 생명의 질서의 세계로, 이끌어가는 대안인 것이다.

철학자의 시를 읽는다는 것은, 읽고 얘기한다는 것은 부담스럽다. 어려울 것이라는 선입견이 우리를 부담스럽게 하고, 그의 깊은 생각을 좇아가지 못할 것이라는 선입견이 우리를 부담스럽게 한다. 그러나 나호열 시인의 시 읽기는 즐겁다. 그는 분명 철학자이면서 시인이지만 어려운 이론으로 설교하지 않는다. 쉬운 말과 부드러운 가락으로, 누구나 생각할 수 있으면서도 무심코 지나쳐버린 우리네 삶의 아픈 곳을 노래한다. "자신을 위로하지 못하는, 자신을 들여다보지 못하는, 자신과 대화하지 못하는 그런 시를 두려워한다"('머리말')고 그가 말하듯 그의 시는 자신과의 대화를 넘어 우리에게로 쉽게 다가온다. 그리고 우리가 잊고 사는 생의 진실을 낮은 목소리로 가만가만 일깨워준다.

혼자 묻고 혼자 대답하는 사람의 여정*

—한명희(시인, 강원대 교수)

길에다 쓰는 편지

무량수전 지붕부터 어둠이 내려앉아
안양루 아랫도리까지 적셔질 때까지만 생각하자
참고 참았다가 끝내 웅얼거리며 돌아서버린
첫사랑 고백 같은 저 종소리가
도솔천으로 올라갈 때까지만 생각하자
어지러이 휘어 돌던 길들 불러 모아
노을 비단 한 필로 감아올리는 그때까지만 생각하자
아, 이제 어디로 가지?

—〈저녁 부석사〉 전문

나호열 시집 《당신에게 말 걸기》는 길 위에 있는 시집이다. 첫 시집에서부터 가장 최근의 시집 《낙타에 관한 질문》에 이르기까지 나호열의 시들은 길 위에서 부르는 노래가 많았다. 위에서 인용한 시는 《낙타에 관한 질문》에서 고른 시인데, 지난번 시집과 이번 시집의 연속성을 얘기하기 위해, 또 이번 시집과의 변별성을 얘기하기 위해 글의 첫머리에 실어보았다. 이번 시집

* 《당신에게 말 걸기》(2007) 해설.

《당신에게 말 걸기》에서도 나호열은 길 떠나기를 멈추지 않는다. 그는 망월사 (《망월사를 오르다가 비를 만났다》)로, 마현에서 분원리(《발자국》)로, 헌츠빌(《헌츠빌 가는 길》)로 떠돌아다닌다. "그믐밤 표지판 없는 길"을 새벽까지 걸어 다니기도 하고(《칼에게 묻다》) 바다를 건너고 광야를 달리기도 하고(《숲》) 폐쇄된 휴게소에 들르기도 한다(《길은 저 혼자 깊어간다》). 요크데일, 인디고(Indigo) 책방 2층 창가에 앉아 책을 바라보기도 하고(《인디고 책방》) 게스트 룸에서 잠을 청하기도 한다(《Guest Room GS3》). 그야말로 떠돌이의 여정이다.

그리움으로 피었다 지는 꽃
살아온 흔적 중에 빛나는 일만 적으라 하네
높은 지위
남에게 자랑하여 고개 숙일 만한 일들을
요약해서 적는 것이 약력이라네
나이 들면서 자꾸 뒤쪽을 바라보는 것은
덧셈보다 뺄셈에 능숙해지는
바람을 닮아가기 때문이라네
바람이라고 적을 수는 없네
떠돌이였다고 말할 수는 없네
태어난 그날부터 지금까지
먼지처럼 쌓였다 사라져버린
그 수많은 날들을
나는 축약할 수가 없다
기억나지는 않으나
밥 먹고 잠들었던
잠들었다 부스스 깨어나던 동물의 날들을
나는 버릴 수가 없다
나는 약력을 쓰네
꿈이 꿈인 줄 모르고

꿈속을 헤매다가

꿈속에서 죽어서도

죽은 것인지조차 모르는 사람이라고

한마디로 줄여서 약력을 쓰네

—〈약력〉 전문

나호열이 여행을 떠나는 것은 유람하거나 휴식하기 위해서가 아니다. 그에게 있어 여행은 운명 같은 것이다. 우리가 그의 여로를 따라갈 때 마주하게 되는 것은 모험과 경이로 가득 찬 새로운 세계가 아니다. 우리가 보게 되는 것은 나호열의 외롭고 슬픈 내면이다. 그는 말한다. 자신의 '약력'란에 바람이라고 적을 수는 없다고, 떠돌이였다고 말할 수는 없다고. 약력이라는 것은 살아온 흔적 중에 빛나는 일만 적는 것이고, 그렇게 함으로써 "높은 지위/남에게 자랑하여 고개 숙"이게 만드는 것이다. 그러나 그는 바람이요 떠돌이였다는 것만이 그 자신에게 적확한 표현이란 것을 잘 알고 있다. 바람이었고 떠돌이였기 때문에 그가 살아온 날들은 "먼지처럼 쌓였다 사라져버"리지 않았던가. 그는 태어난 그날부터 지금까지는 물론이고 기억나지는 않는 나날들도 바람이요 떠돌이의 나날이었다고 한다. 그러니 그에게 길 떠남은 운명이 아니고 무엇이겠는가.

옆구리가 터진 치약처럼

지구의 바깥으로 밀려나는 느낌

몸을 누르면 언제나 엉뚱한 곳으로

하혈하는 슬픔이여

그믐밤 표지판 없는 길을 걸어

문득 만나게 되는 새벽

몸의 바깥은 서늘한 물기로 가득하고

얼마나 많은 몽유의 시간은

시퍼렇게 물의 칼날을 세웠던가

몸에 베인 마음들 뒷길로 돌아
무디게 날을 부수고 또 부수었는데
이제는 바람이 되어 완강하게
죄 없는 나뭇잎과 꽃잎들을 떨구어내는 몸이여
더는 갈 수 없는 끝에 닿으면
솜사탕처럼
솜이불처럼
녹거나 풍화될 것인데
슬픔은 아직도 견고하다
뿌리가 깊다

—〈칼에게 묻다〉 전문

먼 곳에서 북소리가 들려와서 서둘러 여행을 떠나게 되었다는 일본 작가가 있다. 어느 날 아침 눈을 뜨고 귀를 기울여 들어보니 어디선가 멀리서 북소리가 들려왔고, 그 소리를 듣고 있는 동안 왠지 긴 여행을 떠나야만 할 것 같은 생각이 들었다는 것이다. 나호열의 시에도 자주 북소리가 나오지만 그는 적어도 북소리 때문에 여행을 떠나게 된 것은 아니다. 지구의 바깥으로 밀려나는 느낌, 그 느낌은 슬픔과도 같은 것인데 그것이 그를 길로 내몬다. 슬픔을 느낄 때 몸은 하나의 거대한 튜브로 변한다. 그 튜브 속에는 슬픔이 가득 들어 있어 튜브를 누르면 슬픔이 터져나오고야마는 것이다. 그럴 때 그는 길을 떠난다. 그믐밤, 표지판도 없는 길에서 새벽을 맞기도 하는 것이다. 그는 길 위에서 지친 몸은 "더는 갈 수 없는 끝에 닿으면" 솜사탕이나 솜이불처럼 사라져버릴 것이라는 것을 안다. 그러나 그의 슬픔은 견고하고 뿌리가 깊어 쉽게 사라질 수가 없다.

목을 치고 오르는 울음을 뱉으려고
휴지를 뽑으려니
얄팍해진 마음 한 장이 먼저

튀어나온다
고운 향기
그러나 불에 약한 그대 마음에
더러운 이 눈물을 훔칠 수는 없지
휴지통엔
날것으로 버린 한숨
통째로 뜯어버린 영혼이
가득하다
아침이 오면 휴지통 같은 나를 끌고
황량한 먼 도시로 떠나야 하는데
길이 미끌미끌하다
마음이 꾸불꾸불하다

—〈휴시, 그 넋두리〉 선문

무엇이 그를 울게 만드는지, 무엇이 눈물조차 훔칠 수 없게 만드는지 이 시는 다 말하지 않는다. 휴지에 눈물을 닦는 것조차 함부로 하지 못하는 이 약한 남자를 무엇이 "아침이 오면 휴지통 같은 나를 끌고/황량한 먼 도시로 떠나"도록 만든다는 것인지도 말하지 않는다. 다만 휴지통에 날것으로 버린 한숨과 통째로 뜯어버린 영혼이 가득하다는 것을 말함으로써 시인의 우울하고 슬픈 내면을 보여준다. 이 시에서처럼 나호열에게 있어 여행은 그의 내면에 깊게 자리 잡은 외로움과 관련이 있다. 그리고 그리움과 관련이 있다. 그는 슬프다고 말하면서 떠나고 떠나서 다시 슬퍼하는 것이다. 그립다고 말하면서 떠나고 떠나면서 다시 그리워하는 것이다. "이 세상의 모든 슬픈 이야기가/이 세상의 외로운 사람들이 다/내 속에 있는 것 같다"(〈먼 훗날〉)는 느낌. 그것 때문에 그는 길 위를 떠도는 것이다. 그가 "까마득하게 오래전부터 어디로 흘러가는지 모를 맑은 물가에 나아가 홀로 얼굴을 비춰보거나, 발목을 담가보다가 그 길마저 부끄러워 얼른 바람에 지워버리는 나는 기댈 곳이 없다"(〈얼굴〉)고 노래할 때, 그것은 그대로 그의 외로움의 고백이자 길을 떠나는 이유가 되는 것이다. 그의 여행은 고독하고 슬프다. 그래도 멈출 수는 없다. 어디로든 가야만 한다. "길이 미끌미끌"하고, "마음이 꾸불꾸불"(〈휴지, 그 넋두리〉)하더라도 떠날 수밖에 없는 것이다. 여행은 그의 운명 같은 것이므로.

바람에게 길을 묻는 일이나
바람의 얼굴을 보려고 헤매는 일이
온몸을 앞으로 내밀어 넘어질 듯한
저 오랜 소나무의 몸짓만큼 쓸쓸하구나
우리는 너무나 많은 잔가지들을
허공을 움켜쥐기 위하여 뻗었던 것은 아닐까
극락보다 대웅보다
더 극락 같은, 더 대웅 같은 소나무 아래서
나는 그대에게 편지를 쓰고 싶다
이 한없이 맑은 적요 속에서
나는 눈물로 흐드러진 꽃잎을 건네주고 싶다
이 산에서 저 산으로 넘어가던 새가
파르르릴리 파르르리리 그 울음만
때 아닌 낙엽처럼 발자국으로 떨어지는 것
바람은 저만큼 가고 풍경 소리만 뒷모습이 그윽하다고
그립고 그리워서 또 그리운 그대에게
나 지금 일주문 앞에 서 있다고
그대 앞에 서 있다고

—〈귀소—봉정사에서〉 부분

그리울 때, 외로울 때 나호열 시인은 편지를 쓴다. 그립고 외로운 일이 많다 보니 그는 시 속에서 편지를 쓰는 일이 많다. 위의 시 〈귀소〉에는 '봉정사에서'라는 부제가 붙어 있는데, 봉정사에서도 그는 편지를 쓰고자 한다. 그의 봉정사 여행도 쓸쓸함과 그리움으로 가득하다. 이때 그는 "그립고 그리워서 또 그리운 그대에게" 편지를 쓰고 싶어 한다. 여기서 나호열이 이토록 그리워하는 사람이 누구인지를 따지는 것은 무의미하다. 그는 그리운 사람에게 보내기 위해 편지를 쓰는 것이 아니기 때문이다. 그는 〈백지〉에서 "네가 외로워하는 것은 그 곁에 아무도 없기 때문이지만/네 옆에 내가 갈 수 없음이 외로움이다/그러므로 나는 숲에다 편지를 쓴다/길에다 하염없는 발자국에다 편지를 쓴다"고 말한다. 그는 숲에 들면 숲에다, 길 위에 있으면 길 위의 발자국에다 편지를 쓰는 것이다. 흐르는 강을 만나면 흐르는 물 위에 편지를 쓰는 것이다. 나호열이 "별을 바라볼 때만 그는 살아 있다/너무 멀어 손길만 길어지는/편지를 쓸 때만 그는 살아 있다"(〈고백〉)고 말할 때, 편지를 쓸 때만 살아 있는 그는 바로 나호열 자신일 수밖에 없는 것이다. 그런데 길을 떠나면, 길을 떠나서 그리운 사람에게 편지를 쓰면 그리움은 해소될 것인가. 그의 근원적인 외로움은 치유될 것인가. 진정 그러할 것인가.

혼자 묻고 혼자 대답하는 사람

나호열의 시집 《당신에게 말 걸기》는 타자와 커뮤니케이션하고자 하는, 그러나 그것이 잘되지 않는 시인의 안타까운 고백록이다. 따지고 보면 외롭지 않은 사람이 어디 있고 그리워하지 않는 사람이 어디 있겠는가. 외로움과 그리움을 견디는 방법이 사람마다 다를 뿐 어쩌면 우리 모두는 외로운 사람이고 그리움에 사무친 사람들일 것이다. 나호열이 길을 떠나는 것도 그런 외로움과 슬픔을 견뎌보려는 방편의 하나였다. 여기에 더불어 나호열은 끊임없이 타자와 커뮤니케이션하고자 한다. 그리고 이러한 시도가 그를 더욱 외롭고 슬프게 만든다.

사람들 빠져나간 자리에
갯벌 위에 내려앉는다 조용히
혼자 묻고 혼자 대답하는 철새처럼

밥을 먹는다
초원 식당에서 정좌한 채로
도를 닦는다
영양을 좇던 하이에나들이 빙 둘러서서
주둥이에 피를 묻힌 채로 식사를 즐기는 모습이
저 푸른 초원 위에 펼쳐지고
풀들은 조금씩 사라지고 풀을 뜯는 소 한 마리가
어슬렁거리며 풀밭에 눕는다
음식이면서
침대이면서
화장실인 저 초원의 풍경을
꾸역꾸역 입안으로 가져간다
그리움이 씹히고
울음을 삼킨다
2인분의 식사를 혼자 시킨다

—〈혼자만의 식사〉 전문

이 시에서 역시 시인은 길 위에 있다. 길 위의 한 지점, 갯벌에서 그는 밥을 먹는다. 갯벌 가의 식당에서 초원을 생각하며 밥을 먹고, 혼자이지만 둘인 것처럼 2인분의 식사를 시켜서 밥을 먹는다. 그리움을 씹으며 울음을 삼키며 꾸역꾸역 밥을 먹는다. 혼자 묻고 혼자 대답하는 방식. 그것이 혼자인 그가 선택한 외로움 극복 방법이다. 그러나 갯벌에서 초원을 본다는 것은 그가 떠나와 있는 이 갯벌도 그의 마음을 다 채워주지 못한다는 증거일 것이다. 그리고 이것은 그가 곧 다른 곳으로 떠날 수밖에 없는 이유이기도 하다.

강물에
편지를 써보았나
흘러가는

안녕
그 이름
또는
오늘의 무사함
발자국 소리 들리지 않게
혼자 울어보았나

오늘은 내가 먼저
바다에 닿아
하얗게 솟구치는
갈매기를 바라보느니

—〈헌화가〉 전문

길 위에서, 그는 늘 혼자다. 혼자 밥을 먹고, 위의 시에서처럼 혼자 운다. 그는 대부분 혼자 여행을 떠나지만 〈봄, 마곡〉처럼 동행이 있는 지극히 예외적인 경우에조차도 그에게 일행은 사유의 대상이 되지 못한다. 그는 혼자 있지만 혼자 있는 것이 얼마나 외로운 것인지 너무나 잘 알고 있다. "오랜 시간 혼자 있어"(〈의자〉) 외로운 의자, "온 산을 불태우고 혼자 걸어가는 저 소리"(〈목소리〉), "정류장에 혼자 / 오래도록 서 있는 사람"(〈홀로인 것들〉) 등 그가 혼자 있는 것들에 주목할 때, 그들은 모두 외로움의 표상이 된다. 그러니까 나호열의 '혼자'는 혼자이고 싶지 않은 혼자인 셈이다. 그러기에 그가 홀로 여행을 떠날 때도 옆에 없는 '그리운 사람'에 대한 생각이 그의 머리를 가득 채우는 것이다. 그립기에 그는 편지를 쓰지만 그 편지는 결코 그리운 사람에게 닿지 못한다. 흘러가는 강물 위에 편지를 쓰기 때문이다. 그리고 또 수신인의 주소도 없이 편지를 쓰기 때문이다.

숲에 오면 나는
공연히 눈물이 나는 것이다

주소가 없어
부쳐지지 못한 한 뭉치 소포처럼
웅크린 저 소나무가
낯익다
여기 꼼짝하지 말고 있어
날은 어두워지는데
총총걸음으로 사라져버린
엄마를 기다리다
혼자 어른이 되어버린
나는 소나무와 함께
또다시 눈시울이 붉어지는 것이다
쓰러지지 않으려고
바람에 맞서 뼈마디 굵어진 일이나
동구 밖으로 한 걸음도 나서지 못한 채
짧은 여름 키 세운 기다림의 저 눈길이
못내 그리운 것이다
나이는?
이름은?
우리는 아무에게도 접속되지 않은 채
그렇게 눈시울만 붉게
서로를 바라보았던 것이다

—〈또다시 숲에 와서〉 전문

나호열에게 숲은 "모든 목숨들의 보금자리"(〈숲에서 기적 소리를 들었다〉)이고 "가끔은 내가 보고 싶을 때"(〈숲〉) 가닿은 장소다. 그는 자주 자신을 나무에 비유(〈나는 전생에 나무였다〉, 〈내 속에는 나무가 살고 있다〉)하거니와 숲이야말로 그의 존재를 확인케 해주는 공간인 것이다. 그리고 또 숲은 자신의 그리움의 연원을 반추하게 하는 곳이다. 그 깊은 곳에 "여기 꼼짝하지 말고 있어"라는 말을 남기고 사라져버린 엄마를 기다리던 아이가 있다. 가을 음악회의 쏟아지는 박수 소리도 외로움도 혼자 감당해야 했던 열네 살 소년이 있다(〈가을 음악회〉). 그 소년이 자라서 길을 떠난다. 그는 길 위에서 수많은 편지를 쓰지만 그것은 늘 배달되지 않는다. 편지는 "주소가 없어" 부쳐질 수가 없는 것이다. 그는 "강물에 / 편지를 써보았나"(〈헌화가〉) 하고 묻는다. 그는 편지를 쓰지만 강물에다 쓰므로 누구도 그것을 읽을 수 없게 된다. 따라서 그는 아무에게도 접속되지 않을 수밖에 없고, 접속되지 않으므로 접촉하지도 못하는 것이다. 그는 끊임없이 말을 하지만 그것은 늘 혼자만의 독백이 되고, 끊임없이 누군가와 접속하고자 하지만 그것은 늘 불발로 끝난다. 그러나 그럼에도 불구하고 그의 편지는 계속된다. 그의 노래는 계속된다.

그의 노래는 바람이었다
뼛가루처럼 하얗게 흩날리는
눈발이었다
한 번도 그는 같은 노래를
부르지 않았다
현을 짚어내고 튕기는 그의 손은
손에 있지 않았다
그의 손은 가슴속에서
절벽을 움켜쥐고 있었다
뚝뚝 떨어져 나가는 살점들
봄이 되어도
꽃 피우는 나무들 옆에
그는 살아 있는 듯
죽어 있었다
죽어도 꼿꼿하게 설 수 있다고
아무도 그의 노래를 들은 사람이 없다

—〈가인〉 전문

나호열이 한 번도 같은 노래를 부르지 않은, 그러나 아무도 그의 노래를 들은 사람이 없는 '가인'을 소개할 때, 이 가인은 그대로 그 자신의 자화상이 된다. 그도 누군가를 향해 끊임없이 커뮤니케이션하고자 하지만 누구도 그와 접속되지 않는 것이다. 이 시집에 목소리, 말, 침묵을 소재로 한 시가 많은 것도 이러한 특징을 반영한다. 아무리 노래를 불러도 들은 사람이 없는 것, 아무리 편지를 써도 부칠 수 없는 것, 이것이 나호열의 시의 한 기저를 이루고 있는 것이다.

그녀는 이혼녀였다.
그녀는 파출부였다
그녀는 바람난 여자였다.
그녀는 우아하게 와인을 마시고
강이 내려다보이는 하우스에서 잠을 잤다
그녀는 버림받았고
그녀는 배반했다.
그녀는 재즈를 불렀다

그녀 안에 있는 모든 그녀들이
그녀를 죽이려고 달려들었다
우울증에 걸린 이혼녀가
우울증에 걸린 파출부를 죽이려고 하고
우울증에 걸린 바람난 여자가
우아하게 와인을 마시는 그녀를 죽이려고 덤벼들었다
우울증에 걸린 배반이
우울증에 걸린 복수를 죽이려 하고
우울증에 걸린 재즈가
우울증에 걸린 그녀의 잠을
그녀의 집을 죽이려고 찾아들었다

그녀는 죽지 않기 위해
모든 그녀들을
우울증을 죽여버렸다

스물다섯의 젊은 여배우는
우울증에 걸린 이 세상을
목에 매달았다
우울증이 소문처럼 이 세상을 맴돌았다

―〈어느 여배우의 죽음〉 전문

나호열의 이번 시집에는 타인이 거의 등장하지 않는다. 굳이 사람이 아니더라도 어떤 대상에 대하여 관찰하는 경우도 드물다. 대신 이 시집은 시집 전체가 그 자신의 독백이라고 해도 좋을 만치 내면을 고백하는 일에 바쳐져 있다. 드물게 위의 시는 타인에 대해 얘기한다. 그것도 자살로 생을 마감한 젊은 여배우에 대해. 이 여배우는 이혼녀 역할, 파출부 역할, 바람난 여자 역할 등 많은 역을 맡고 우아하게 와인을 마시고 강이 내려다보이는 집에서 잠을 잔다. 그러나 이 여배우는 혼자서 여러 사람의 역할을 할 뿐, 그녀 밖의 누구와도 소통하지 못한다. "그녀 안에 있는 모든 그녀들"이 그녀의 소통 상대인 것이다. 그러나 자기 속의 자기와의 소통은 결국, 불행한 대화임이 드러난다. 그녀가 연기하는 이혼녀는 "우울증에 걸린" 이혼녀이고, 파출부도 "우울증에 걸린" 파출부이며 바람난 여자 역시 "우울증에 걸린" 여자인 것으로 보아서 그러하다. 그녀가 연기하는 배반, 복수, 재즈 부르기, 잠자기도 모두 우울증에 걸린 상태의 것이다. 이 여배우가 죽지 않기 위해서(물론 이 죽음의 공포도 우울증 때문에 생긴 것이다) 택한 방법이 우울증을 죽이는 것이고 그녀 안의 그녀를 모두 죽이는 것이다. 결국 시인은 여배우의 자살의 원인이 우울증이라고 말하고 있는 셈인데, 우리는 다시 그 우울증의 원인이 자기 안에 갇혀 있는 수많은 자기들, 다시 말해 밖으로 내보내지 못한 자기들 때문이라는 것을 알게 된다. 타인과의 커뮤니케이션이 단절된 채, 자기 혼자 묻고 자기 혼자 대답하는 상황이 계속된다면 위의 시는 이러한 질문에 대한 나호열 식의 대답이라고 할 수 있다. 아주 극단적인 대답 말이다. 그러니까 이 시에서 어느 여배우에게 보내는 나호열의 연민은 '배우'의 죽음에 대한 연민이 아니라 자기 안에 많은 사람들을 가두고 우울하게 죽어가는 모든 사람들에 대한 연민인 것이다.

당신에게 말 걸기

나호열 시집《당신에게 말 걸기》는 그가 우리에게 어렵게 건네는 말이다. '그 안에 있는 모든 그들' 중 하나가 그의 몸을 빠져나와 조심스레 우리에게 붙여오는 말이다. 그 자신이 외롭고 슬픈 존재지만 더 작고 더 쓸쓸한 것들을 향해 내미는 손이다.

풍경이 흔들린다
바람이 지나가기 때문이다
아, 화약 냄새
풍경 소리 대신 사랑꽃이 봉오리를 연다
바람이 터지는 소리가 들린다
가까이 앉아서 귀를 열어
산을 듣는다
보듬을 수는 없으나
보면 볼수록 목소리가 청량하다
나뭇가지에 걸터앉았던 새의 발자국이
무성한 잎으로 반짝이고
무심한 줄만 알았던 시냇물이
날다람쥐로 고개를 넘는다
바람난 몇 그루의 나무

물그림자에 혼이 나가고
풍경 소리에
사랑꽃 벙그는 분홍빛
시냇물 속에
가까이 다가앉는다
온기가 닿을 듯 말 듯한
모닥불 그 아슴한 거리에
들릴 듯 말 듯한
이야기가 한 구절씩 타들어간다
시간의 결 속에 문신으로 새겨 넣었던
가까이 앉은 주인공은 누구인가
풍경이 다만 흔들린다
바람이 지나가고 있을 뿐이다

―〈가까이 앉아서 이야기하다〉 전문

나호열은 여전히 길 위에 있다. 그러나 바람의 길, 떠돌이의 길에서 그는 잠시 멈추기도 한다. "언제부터인지/나는 파란 신호등이 들어와도 서고/붉은 신호등이 와도 멈추어 선다"(〈그 신호등은 나를 서게 한다〉)는 경지에 이르게 된 것이다. "멈추어 서야만/흘러가는 강물을 바라볼 수 있"(〈그 신호등은 나를 서게 한다〉)다는 것을 알게 되었기 때문이다. 바람이 풍경을 흔들고 지나갈 때, 그는 드디어 "산을 듣"기에 이른다. 풍경 소리가 아니라 사랑꽃이 봉오리를 여는 소리, 바람이 터지는 소리가 들려오게 된 것이다. 그는 산 "가까이 앉아서 귀를 열어" 산을 듣는다. 그리고 시냇물 가까이 다가가 시냇물을 듣는다. 그때 "들릴 듯 말 듯한 이야기가 한 구절씩 타들어간다". 이 시에는 외로움이나 그리움, 슬픔이 끼어들 틈이 없다. 대신 길에서 만난 대상에 대한 귀 기울임, 그동안 무심히 지나쳤던 것에 대한 새로운 시각이 자리한다.

나호열은 〈길은 저 혼자 깊어간다〉라는 시에서 "천천히 아주 조금씩/참을성 있게 그 길은 저 혼자 깊어져간다"고 노래한다. 그리고 "멀리 멀리 돌아서 보면/직선으로 달려갔던 그 길도/알맞게 휘어 도는 것을"이라고 노래한다. 이것은 길 위에서 오래 시간을 보낸 사람만이, 그리고 길 위에서 혼자 울어본 사람만이 깨달을 수 있는 것이다. "세월을 이길 수는 없어도/참아낼 수는 있는 것"(〈먼 여행〉)이라는 달관의 경지 역시 혼자만의 먼 여행을 통해 이룩해낸 것이 틀림없다. 길이 저 혼자 깊어져가는 것처럼 나호열도 길 위에서 이만치 깊어진 것이다. 그리고 그의 시도 그만큼 깊어져 수많은 아포리즘을 이 시집은 지니게 된 것이다.

앞에서 나호열은 외롭고 그리워서 여행을 떠나고 떠남으로써 다시 외로워하고 그리워한다고 말했었다. 그리고 그는 혼자서 말하고 혼자서 운다고 말했었다. 그러나 길 위에서 깊어진 그는 잠시 가던 길을 멈출 줄 알게 된다. 그리고 주변의 사물들에 말을 건네기 시작한다.

> 이 세상에 못난 꽃은 없다
> 화난 꽃도 없다
> 향기는 향기대로
> 모양새는 모양새대로
> 다, 이쁜 꽃
> 허리 굽히고
> 무릎도 꿇고
> 흙 속에 마음을 묻은
> 다, 이쁜 꽃
> 그걸 모르는 것 같아서
> 네게로 다가간다
> 당신은 참, 예쁜 꽃
>
> —〈당신에게 말 걸기〉 전문

혼자서 있어서 외롭고 외로워서 다시 혼자였던 그가 누군가에게로 다가가 말을 걸기 시작하는 것이다. 이러한 전환도 놀랍지만 이 시에 담긴 마음은 더

놀랍다. 이 세상에 못난 꽃은 없다는 전언! 과연 듣고 보니 그런 것 같다. 화난 꽃도 없다는 말도 듣고 보니 정말로 그런 것 같다. 이 세상에 못난 꽃이 어디 있으며 화난 꽃은 또 어디 있더란 말인가. 그는 향기는 향기대로 모양새는 모양새대로 다 예쁜 꽃이라고 말한다. 그의 이 마음이 참 예쁘다. 그런데 꽃이 자신이 이렇게 예쁜 걸 모르는 것 같아서 다가가서 "당신은 참, 예쁜 꽃"이라고 말해주기까지 한다. 이 마음은 더 예쁘다. 이 예쁘고도 예쁜 시의 제목은 〈당신에게 말 걸기〉이다. 그는 꽃에게 다가가 허리 굽히고 무릎도 꿇고, 흙 속에 마음을 묻으며 "당신은 참, 예쁜 꽃"이라고 말을 걸어보는 것이다. 이렇게 나호열이 말을 건네어보는 것은 예쁘지만 작고, 예쁘지만 자신이 예쁜 줄 모르는 것들이다. 특히 그의 말 걸기는 단순히 의사소통하기 위한 것이 아니다. 상대에게 다가가 그를 위로하고 그의 가치를 알려주기 위한 것이다. 그래서 나호열의 말 걸기가 각별한 의미가 있는 것이다.

검은 쓰레기 봉지를 뒤집어쓰고 걸어간다
걸어가는 쓰레기처럼 냄새를 풍기며
사람들 곁을 지나간다
코를 막거나 얼굴을 찡그리는 사람들 옆을
묵묵히 걸어간다. 짧은 신호등 앞에서 멈추었다가
초록 신호등이 켜지자 다시 걷는 걸 봐서는
그는 아직 정신까지 버리지는 않았다.
켄터키 프라이드 치킨 창 안을 들여다보다가
키득거리며 손짓하는 제 또래 여학생들을 피해
다시 걷는다
너는 누구냐 지나가는 경찰도 묻지 않는 그
인생이 노숙이라는 것을 너는 아느냐
망막에 눈물을 걸쳐놓으니 너도 참 아름다운 사람
열다섯이나 되었을까
제 몸보다 더 큰 가방을 메고

우주 속을 걸어가는 어린 왕자 같구나
낙엽 가득한 쓰레기 포대 속으로 낙엽과 함께 사라지는 너
그런데, 왜 너의 발자국 소리가
내 가슴속에서 쿵쿵거리는지
나는 알 수 없구나

—〈어린 노숙자〉 전문

이 시에서 나호열이 위로하고자 하며 또 그 가치를 알려주고자 하는 대상은 검은 쓰레기 봉지를 뒤집어쓰고 쓰레기 냄새를 풍기며 걸어가는 열다섯 살쯤 되어 보이는 어린 노숙자이다. 사람들은 이 어린 노숙자가 지나갈 때 코를 막거나 찡그리고, 제 또래 여학생들은 키득거리며 손짓한다. 지나가던 경찰조차 그에게 누구냐고 물어보지도 않는다. 그러나 나호열은 이 어린 노숙자를 유심히 바라보는 것이다. 그리고 꽃에게 말을 걸듯 이 어린 노숙자에게도 말을 걸고 싶은 것이다. "망막에 눈물을 걸쳐놓으니 너도 참 아름다운 사람"이라고. 그리고 너의 그 모습은 마치 "우주 속을 걸어가는 어린 왕자 같"다고. 그리고 또 그는 이렇게 말하고 싶을 것이다. 나도 망막에 눈물을 걸치고 산다고. 나도 너처럼 외롭고 슬프다고. 그러기에 "너의 발자국 소리가/내 가슴속에서 쿵쿵거리"고 있다고.

입 다물고 있어
한때는 무엇이었을 쓰레기들
비닐봉지에 몸을 섞는다
3인용 소파 하나 비닐봉지 옆에
내버려져 있다
한때는 나도 등나무였던 시절이 있었다
꽃도 피우고 잎도 돋고
바로 서지는 못해도 뜨겁게 사랑할 줄 알았다
너도 버려졌구나

화적 떼처럼 달려드는 바람을 어쩌지 못하고
은행잎들 무수히 소파에 내려앉는다
아무도 그들이 떠난 곳을 묻지 않는다
모든 쓰레기는 전생을 가지고 있다

—〈전생〉 전문

잠이나 자자
쿠션이 무너져버렸지만, 소파는 늘 아름다운 꿈을 준다
내가 가고 싶은 길을 따라 나는 그곳에 간다
낮이나 밤이나 꿈을 꾸는 것이 미안해서
오늘은 흰 자막 같은 깃발을 높이 세워두련다
멀리서도 그 깃발이 보이게,
내가 여기 살아 있다고 손짓을 하고 있어
바람이 필요하겠지
세찬 바람이 깃발을 깃발답게 만들어주겠지
그 깃발 바라보고 어디서든 길 잃지 말아라
멀리 가지는 말아라

소파가 내게 말한다
너는 너무 낡았어
내가 소파에게 말한다
너는 너무 낡았어
같이 낡아버린 소파와 나는
삐거덕 소리를 낸다
부둥켜안을 때 나는
뼈와 뼈가 맞닿는
저 아득한 소리

—〈그렇다〉 전문

〈전생〉에서는 비닐봉지 옆에 내버려져 있는 소파를 향해, 〈그렇다〉에서는 쿠션이 무너져버린 소파를 향해 나호열의 말 걸기가 시도된다. 그가 말을 건네는 것은 이렇게 약하고 그늘진 것들이다. 그리고 자기와 닮은 것들이다. 쓰레기 옆에 버려진 소파, 쿠션이 무너진 소파를 그냥 보아 넘기지 못하는 마음은 자기와 닮은 것에게 보내는 연민에 다름 아니다. 이 보잘것없는 것, 쓸모없는 것에게 보내는 눈길 속에서 삶에 대한 예리한 통찰이 탄생하고 있다. 시 〈전생〉이 보여주는 통찰은 이런 것이다. 모든 쓰레기는 전생을 가지고 있다는 것, 지금은 아무도 '전생'을 묻지 않는 쓰레기에 불과하지만 그래도 한때는 다 무엇무엇이었다는 것이다. 이것을 굳이 사람에게로 옮겨보자면 모든 사람은 그대로 다 존엄하며 누구도 함부로 취급될 수 없다는 것이 아닐까? 그리고 이것은 다시 "당신은 참, 예쁜 꽃"이라는 말이 되는 것이 아닐까?

나호열이 '소파'에게 말을 건넬 때, 꽃에게 하듯 "허리 굽히고/무릎도 꿇고" 소파에게 "너는 너무 낡았어" 하고 말할 때, 그는 소파의 화답을 받게 된다. "너는 너무 낡았어" 하는 똑같은 말을. 그리고 그와 소파는 같이 삐거덕 소리를 낸다. 그와 소파가 "부둥켜안을 때 나는/뼈와 뼈가 맞닿는/저 아득한 소리"는 훌륭한 화음이 될 것이다. 그와 소파가 하나가 되어 내는 소리이므로. 이렇게 해서 그의 말 건넴은 소파와 일체감을 느끼게 되는, 그래서 결국 그를 외롭지 않게 만드는 기폭제가 된다.

말을 건다는 것은 다른 사람과 커뮤니케이션하기 위한 첫 번째 단계일 것이다. 특히나 작고 쓸쓸한 것들에게 허리를 낮추어 거는 말들은 따뜻하고 긍정적인 희망의 메시지일 수밖에 없을 것이다. 그리고 그러한 말 건네기는 분명 더 따뜻하고 더 밝은 화답을 돌려받을 것이다. 나호열이 《당신에게 말 걸기》에서 보여주는 것이 바로 그러한 말 건넴이다. 이런 점에서 이번 시집 《당신에게 말 걸기》는 그에게 중요한 전환이 되는 시집임에 틀림없다. 작고 쓸쓸한 것들에게 건네는 말 건넴에서 그는 어떤 화답을 받을까? 그리고 그는 그 화답을 우리에게 어떤 방식으로 들려줄 것인가. 그의 다음 시집이 기대되는 이유다. 그의 시를 빌려와 그의 시의 앞날을 축복해주고 싶다. 앞으로 걸어가야 할 길은 부드럽게 풀려나가는 실타래 같기를!

나는 기억한다네
지금껏 지나왔던 길
앞으로 걸어가야 할 길
눈감고도 훤히
바라볼 수 있다네
지금껏 지나왔던 길이
내 몸을 묶었던 오랏줄이었다면
앞으로 걸어가야 할 길은
부드럽게 풀려나가는 실타래 같을 것이네
더 멀리 가보려고 발버둥치는
더 빨리 닿으려고 마음 졸이던
그곳은 어디에도 없다네

—〈헌츠빌 가는 길〉 부분

인고의 세월 속에 풍화된 기다림과 성찰의 시학*

—박영우(시인, 경기대 문예창작학과 교수)

우리들의 삶이란 사막에서 길을 찾고 또한 길이 없으면 새로운 길을 만들며 살아가는 존재이다. 하지만 새로운 길을 찾고 만들어가는 일이란 어쩌면 수행의 길이요, 고행과도 같은 길이다. 더군다나 시를 쓰는 시인에게는 더욱 그러하다. 목적지가 없는 길을 평생토록 묵묵히 걸어가야 하기 때문이다. 그 길에는 왕도가 없다. 오직 온갖 번뇌와 외로움만이 황량한 사막의 모래 언덕처럼 가득할 뿐이다.

나는 어느 날 그 모래 언덕 어디쯤에서 나호열 시인을 만났다. 사실 만난 지는 꽤 오래되었다. 한 이십여 년쯤 되었을까. 어쩌면 더 오래되었을지도 모른다. 하지만 나는 그를 단 한 번도 본 적이 없다. 시 해설을 쓰는 지금 이 순간까지도. 그저 간간이 모래바람에 실려오는 소문으로 가끔 소식을 들었을 뿐이고, 지면을 통해서 또는 그를 아는 지인들과의 술자리를 통해서 열심히 시를 쓰는 시인이라는 사실을 알게 되었다. 사실 같이 시를 쓰는 동업자 입장에서 시평을 한다는 사실이 왠지 어색하여 사양하려 했지만, 시집 원고를 보면서 작품마다에 배인 시적 성취와 진정성이 느껴져 반가운 마음에 이 글을 쓰게 되었다.

이번 시집을 읽으면서 공통적으로 느껴지는 점은 세월의 무게를 버텨오면서 가슴속 깊이 간직해둔 시적 체험들이 시인의 예리한 혜안을 통해 한 편의

---

* 《타인의 슬픔》(2008) 해설.

시로 투사되고 정제되어 형상화되고 있다는 점을 들 수 있다. 다음 시는 이번 시집을 관류하는 시인의 메시지를 응결시켜 보여주고 있다.

저녁이었다
배롱나무 미동도 하지 않고 서 있지만
어느새 기지개를 켜고 주먹을 내지를 것이다
가지를 단단히 움켜쥔 새가 호르륵 호르륵
앞산 뒷산을 넘고 넘기는 기억의 씨는 더 깊게
무덤으로 파고들 것이다
그가 굽이치며 걸어 올라왔을 길이
이제는 혼자 휘적이며 내려가는 시간
북 앞에 선 그의 뒷모습
가죽을 남기고 간 짐승의 혼 같다
지금은 일주문 같은 나무들이 모여들어
안팎을 알 수 없는 내력을 더듬을 때
피 묻은 소리들은 고요히 어둠 속에 몸을 섞었다
꽃이 피고 나비들이 찾아올 것이다
나그네에게 어디로 가는 길이냐고 묻지 않는 법이다

—〈법고 치는 사내〉 전문

이 시에서 시적 화자는 일정한 거리를 두고 '법고 치는 사내'를 바라보며 시상을 전개시키고 있는 듯하지만 사실 그 '사내'는 시인의 내면이 투사된 또 다른 시인의 모습이다. 1행의 "저녁이었다"는 시간적 공간은 삶에 대해 성찰하게 하는 분위기를 유도하면서 5, 6행의 "앞산 뒷산을 넘고 넘기는 기억의 씨는 더 깊게/무덤으로 파고들 것이다"로 자연스럽게 연결되고 있다. 또한 6행까지의 전경화된 심상은 다시 온갖 풍상을 겪으며 격정의 시간을 살아왔을 "북 앞에 선 그의 뒷모습"에 초점을 모아지게 함으로써 이 시의 시적 효과를 높이고 있다. 사내가 치는 북소리는 단순히 저녁 무렵의 단편적인 서경이 아닌 '가죽을 남긴 짐승의 혼' 이 실린, 피 묻은 세월의 어둠을 섞은 가슴 아픈 생의 그림자 같은 소리로 다가오고 있는 것이다. 또한 고요 속을 격렬하게 울려 퍼졌을 그 북소리는 마지막 행의 법문 같은 시행으로 전이되면서 시적 파문을 확산시키고 있다.

거기에 비하면 다음 시는 한결 정화되고 서정적인 모습으로 다가온다.

> 풍경(風磬)을 걸었습니다 눈물이 깨어지는 소리를 듣고 싶었거든요 너무 높이 매달아도 너무 낮게 내려놓아도 소리가 나지 않습니다 바람이 지나가는 길목에 우두커니 오래 있다가 이윽고 아주 오랜 해후처럼 부둥켜안지 않으면 안 되는 것이지요 와르르 눈물이 깨질 때 그 안에 숨어 있던 씨앗들이 쏟아져 나옵니다 날마다 어디론가 향하는 손금 속으로 사라지는 짧은 그림자 말이지요 너무 서두르고 싶지는 않습니다 조금씩 솟아올라 고이는 샘물처럼 풍경도 슬픔을 제 안에 채워두어야겠지요 바람을 알아버린 탓이겠지요
>
> —〈긴 편지〉 전문

일단은 첫 행의 "풍경을 걸었습니다"라는 시적 표현이 인상적이다. 사실은 '풍경이 울리는 산사를 걸었습니다' 정도로 해야 옳은 문장이 될 것이다. 그러나 전혀 어색하지 않고 자연스러운 표현으로 느껴지는 것은 시인의 절실한 삶의 체험들이 숙성되고 육화되어 시 속에 자연스럽게 녹아든 때문이라는 생각이다. 또한 '풍경'이 갖는 이미지가 '바람', '눈물', '사라지는 짧은 그림자', 다시 '풍경'으로 이어지면서 물이 흐르듯 시상을 자연스럽게 흘러가게 하면서, 시적 의미를 압축된 한 편의 시 안에 적절하게 가두고 있다. 전체적으로 그리 길지 않은 산문시의 형태를 띠고 있지만 많은 사연들이 함축되어 있는 풍경(風磬)이 있는 아름다운 풍경(風景)이 있는 시이다.

하지만 나호열 시인의 시 속 풍경은 결코 한군데 멈춰 서기를 거부한다. 시인의 시선은 고정되어 있는 것이 아니라 카메라의 앵글을 닮아 있다. 항상 새로운 삶과 사랑의 대상을 찾아가는 유목민이 되어야 하고, 그래서 한곳에 머물 수 없는 유랑의 길을 떠나는 나그네가 되어야 한다.

유목의 하늘에 양 떼를 풀어놓았다
그리움을 갖기 전의 일이다
낮게 깔려 있는 하늘은 늘 푸르렀고
상형문자의 구름은 천천히 자막으로 흘러갔던 것인데
하늘이 펄럭일 때마다
먼 곳에서 들리는 양 떼 울음을 들었던 것이다
목동이었던 내가 먼저 집을 잃었던 모양이다
잃었거나 잊었거나 아니면 스스로 도망쳤던 그 집
아마도 그 집은 소금이 가득했던 창고
아버지는 비와 눈을 가두어놓고 바다를 꿈꾸었던 것인지
밤새 매질하는 소리 들리고
눈과 귀 그리고 입을 봉한 소금처럼 우리는 태어났던 것
유목을 배우고 구름의 상형문자를 배웠으니
하늘이 바다이고 바다가 하늘인 것 또한 알 수 없는 일
내가 잠깐 이 생의 언덕 위에 올라 발밑을 내려다볼 때
울컥 목젖이 떨리면서
깊게 소금에 절여 있던 낱말을 뱉어낼 수 있었던 것
여기에 없는, 누구와도 약속하지 않았으나
반드시 지켜야만 한다고 믿어버린 약속이 없었다면
나는 아무것도 기억하지 못하였을 것이다
강렬한 햇볕 속에 태어나 그 햇볕으로 사라져가는
소금 등짐을 지고 나는 지금 어디로 향하고 있나

—〈너에게 묻는다〉 전문

시인에게 있어 떠남과 유목의 삶은 어쩌면 숙명적인 일인지도 모른다. 대개 문학 작품에서의 떠남의 의미는 혼돈과 성찰의 과정을 거치면서 다시 집으로 돌아오기 위한 화해나 성취, 또는 인격적 성장을 위한 통과 제의적인 성격을 지니는 경우가 많은데, 시인은 결코 그가 가는 길에 대한 해석을 내놓지

않는다. 그저 "나그네에게 어디로 가는 길이냐고 묻지 않는 법이다"(〈법고 치는 사내〉)라고 말하거나, 이 시의 마지막 행처럼 "소금 등짐을 지고 나는 지금 어디로 향하고 있나"라고 미지칭의 의문을 남길 뿐이다.

그러나 이 시의 2연을 보면 떠남과 유목을 배운 이유가 "목동이었던 내가 먼저 집을 잃었던 모양이다/잃었거나 잊었거나 아니면 스스로 도망쳤던 그 집"이라고 말하면서, "그 집은 소금이 가득했던 창고/아버지는 비와 눈을 가두어놓고 바다를 꿈꾸었던 것인지/밤새 매질하는 소리 들리고/눈과 귀 그리고 입을 봉한 소금처럼 우리는 태어났던 것"이라고 술회하고 있다. 그래서 '유목'과 '구름의 상형문자'를 배웠다는 것인데 그것은 어쩌면 시적 화자를 통해 시인의 자전적 이야기를 토로하게 하고 있다는 느낌이 든다. 이 시에서의 '떠남'은 자기 의지에 의한 떠남이라기보다는 타자에 의한 어쩔 수 없는 '떠남'의 의미가 강하고, 자의에 의한 떠남이 아니기에 자유의지를 향한 유랑하는 삶이 아닌 생계를 위한 유목의 삶을 선택할 수밖에 없는 숙명적 현실과 맞닥뜨릴 수밖에 없는 것이다. 그런 연유로 1연의 "유목의 하늘에 양 떼를 풀어놓았다/그리움을 갖기 전의 일이다"라는 전제가 가능하다 할 것이다. 결국 양 떼를 풀어놓고 싶은 자유로운 삶에 대한 그리움의 정서가 시인의 의식을 지배하고 있고, 그것은 '구름의 상형문자'로 상징화되면서 시인으로 하여금 시를 쓰게 하는 동력을 만들어준 것이다.

그러나 시인으로 하여금 시를 쓰게 하는 동력은 거기에만 한정되지 않는다. 다음 시는 시인이 세상을 살아가는 삶의 방식과 시를 쓰는 시 의식의 바탕이 어디에 맞닿아 있는지를 가늠하게 한다.

태어날 때 어머니가 일러주신 길은
좁고 어두운 길이었다
기억할 수 없지만, 내가 송곳이 아니었다면
어머니의 울음은 그렇게 푸르지 않았을 것이다.
몸에 남아 있는 푸른 얼룩은 고통의 살점
알 수 없는 적의는 죄와 길이 통하고

먼저 내 살점을 뚫고 나서야
허공을 겨눈다
이른 봄 벌써 목련이 지기 시작하는 때
저만큼 새가 날아가고 난 뒤에
그림자는 하얀 발자국으로 남는다
그 발자국 따라
좁고 어두운 길을 따라 나는 여기까지 왔다
세상의 발밑이지만 허리를 꺾지 않는 까닭은
굽지 않고 나를 적중하는 햇화살을 기다리기 때문이다
어머니의 푸른 울음 끝에
나의 몸은 아주 작게 균열되었다
알을 슬기 위하여 수천 리를 날아가는 노랑나비
한 마리가 수만 마리로 깨어지는 꿈을
긴 편지를 쓰기에는 봄이 너무 짧다

—〈음지식물〉 전문

이 시에 의하면 태생적으로 그가 가야 할 길은 '어머니가 일러주신 좁고 어두운 길'이었다. '어머니'의 이미지는 자궁으로 상징되는 편안하고 안락한 삶의 근원으로서의 공간이 아니다. 그 이미지는 '울음', '얼룩', '고통의 살점', '죄', '허공' 등 온통 부정적이고 힘든 삶의 애환들로 가득하다. 하지만 중요한 것은 그런 "어두운 길을 따라 나는 여기까지 왔다"는 것이고, 그처럼 힘들게 달려온 삶의 이유는 "굽지 않고 나를 적중하는 햇화살을 기다리기 때문이다"라고 밝힘으로써, 시인의 굳은 의지를 명백히 하고 있다. 결국 시인은 수없는 고통 속에서도 "알을 슬기 위하여 수천 리를 날아가는" 봄을 닮은 꿈을 키워가고 있는 것이다. 그 때문에 시인은 다음 시에서처럼 시적 대상을 관조적으로 바라보면서도 그 기저는 뜨거운 의식의 공간들로 가득 채워놓고 있음을 볼 수 있다.

천만 근의 고요 속에서
스스로 칼금을 긋고 내미는
새순과 꽃들의 아픔을 보았는가
바위에 온몸을 부딪고
천만 개의 꽃잎으로 산화하는
파도의 가슴을 보았는가
벅차올라 더 이상 참을 수 없는
용암처럼
끝내 바위가 되기 위하여
기꺼이 온몸을 내던지는

멈춤
그 찰나의 틈을 보여주기 위하여
바람을 불러 모으는
혼신의 집중
보이면서 사라지는
사라지기 위하여 허공에 돋을새김을 하는
묵언의 정 소리
들판에 내려앉는
노을이 뜨겁다

—〈춤〉 부분

이 시에서 보는 것처럼 결국 시인이 열망하는 의식의 지향점은 끝내 바위가 되기 위하여 '용암'처럼 온몸을 내던지는, '혼신'의 힘을 다하여 세상을 향해 적극적으로 다가가고자 하는 뜨거운 '춤'사위인 것이다. 또한 다음 시에서처럼 세상을 향해 "그 검을 찾아라, 내어놓아라!"라고 외치기도 한다. 세상을 향해 던진 그 '검'은 다시 자신의 내면으로 향해 날아오는 '검'이기도 하다. 그 '검'의 정체는 세상이 나를 향해, 내가 세상을 향해 내뱉은 의식의 검이요,

도(道)의 검들이다.

미간 사이로 이제는 지워지지 않는 주름살이 깊이 패여 있다
웃어도 지워지지 않고 눈을 감아도 흐려지지 않는다
메리 고 라운드 돌아가는 회전목마를 탄
웃을 때마다 꽃무더기 무너져 내리던 주인공
아프지 않게 시간이 할퀴고 간 흔적이다
그 검을 찾아라, 내어놓아라!
몽환 속을 들락거리는 혀가 낼름 검을 받아먹는다
검이 뭔지 도가 뭔지도 모르는 혀가
단물을 빨아먹고 난 뒤 이빨들은 혀를 씹기 시작했다
언제 이 검을, 이 도를 뱉어내야 할까
미간 사이의 주름살이 생각 속으로 깊이 파들어가기 시작했다.

—〈검〉 전문

이 시에서처럼 시인으로 대변되는 시적 화자의 삶은 오늘도 평탄치가 않다. "언제 이 검을, 이 도를 뱉어내야 할까" 하고 갈등과 고민을 하면서 세상을 살아가고 있는 것이다. 결국 검은 언제나 미간 사이로 날아 들어와 '깊은' 상처만을 남기고 간다. 세상은 이미 도를 상실한 도가 통하지 않는 삭막한 공간이기 때문이다. 그래서 시적 화자는 마지막 행의 표현처럼 삶의 진정성을 회복한 온전한 모습의 '검'과 '도'를 언제쯤 세상을 향해 뱉어낼 것인지를 고민하고 있는 것이다.

이제 나호열 시인은 사막 같은 세상에 길을 내고 또 그 길들을 걸으며 여기까지 왔다. 그러나 다음 시에서처럼 아직도 그가 바라보는 세상은 낯선 풍경으로 다가온다. 그 길의 끝은 언제나 상처로 가득하다. 그 상처 난 길들을 수행하듯 걸으며 시인은 또한 그 상처를 시로 치유하고 아물게 할 것이다. 그래서 그는 영원히 상처가 없는 새로운 길을 찾아 다시 길을 떠날 것이다. 그것이 시인과 우리 앞에 놓인 숙명이기에. 나호열 시인의 시편들이 많은 독자

들에게 깊은 울림을 주는 명시들로 남기를 기대해본다.

옷고름 여미듯이 문을 하나씩 닫으며
내가 들어선 곳은 어디인가
은밀하게 노을이 내려앉던 들판 어디쯤인가
꿈 밖에 떨어져 있던 날개의 털
길모퉁이를 돌아 더러운 벤치에
어제의 신문을 깔고 누운 사람이여
어두운 계단을 점자를 읽듯이 내려가며
세상 밖으로 쫓기듯 떠나가고 있는 것이다
세상 밖에도 세상이 있으니 이 얼마나 낯선 풍경인가

그저 하늘을 날아가는 새들
응달진 숲의 낮은 곳을 익숙하게 오가는 다람쥐들
맹목의 긴 행렬을 이루며 땅 속으로 기어 들어가는
말없음표의 개미들
한 번도 똑같은 길을 걸어가본 적이 없는
그들과의 짧은 눈 맞춤
그들과 눈 맞춘 그 길 일장춘몽이다
길은 아무는 상처와도 같다 아물면서 기억을 남기는 길
상처가 없는 그들은 매일 새로운 길을 만들고 버린다

저, 비어 있는 유모차
물끄러미

—〈길을 찾아서〉 전문

거꾸로 읽는 경전, 문장*

—조영미(시인, 문학평론가)

꽃에서 태어난 말(言)

우리는 모두 꽃의 문을 열고 이 세상에 나온다.

당신은 이 세상에 나와 처음으로 했던 말을 기억하는가. 어머니의 몸을 빌려 세상에 존재할 이유를 얻게 된 당신이 주위의 수많은 대상을 향해 호기심 어린 시선을 던질 때, 당신의 어머니는 그 자리에서 당신의 눈높이로 말을 건넸다. 당신의 옹알이를 사람의 언어로 알아듣고 그 말에 대꾸해주던 어머니의 첫말, 그 말을 기억하는가. 또한 어머니의 배 속에서 어머니의 몸으로 보고, 듣고, 먹고, 냄새 맡았던 그 수많은 경험을 기억해낼 수 있겠는가. 어머니의 꽃문을 열고 나와 당신이 터트렸을 첫울음, 아마도 당신은 그것을 기억하지 못할 것이다. 당신의 옹알이가 언어의 기호로 바뀌는 순간, 당신은 어머니에게서 멀어지기 시작했을 것이고, 당신은 당신의 정체성을 찾아 끊임없이 세상과 대면해왔을 터다.

많은 시간이 흘러 당신은 당신의 눈높이로 당신의 아이와 눈을 맞추고, 당신의 어머니가 했었을 첫말을 당신의 아이에게 건네기 시작한다. 그리고 당신의 아이는 당신이 그랬던 것처럼 세상과 대면하며 또 다른 당신의 아이에게 말을 건넨다. 우리가 기억하지 못하는 첫말은 그래서 나이가 들고 나서야

* 《눈물이 시킨 일》(2011) 해설.

알게 된다. 아니, 깨닫게 된다. 꽃에서 태어난 말〔言〕이 당신의 미래(어머니)이며 당신의 과거(아이)라는 것을.

> 이 세상의 모든 말들은
> 꽃에서 태어나서 가슴에서 죽는다
> 어리석은 사람은 말을 가르치지만
> 그래서 침묵을 배우는 일은 더디고 힘든 일

—〈파문〉 부분

"꽃에서 태어나서 가슴에서 죽는" 우리네 삶은 누군가의 기억에 의해 다시 살아진다. 육체의 현존은 유한하므로 영원한 시간을 함께할 수 없다. 그러나 당신과 더불어 영원할 수 있으려면 당신의 기억 속에 함께 머물러야 한다. 그러기 위해, 우리는 대상과의 관계 맺음을 무엇보다 소중하게 생각한다. 알다시피 관계 맺음은 일방적인 것이 아니다. 이는 쌍방의 신뢰와 사랑을 전제로 하기 때문에 어느 한쪽의 무조건적인 희생은 고통스럽기 마련이다. 그래서 섣부르게 "말을 가르치"는 것이 아니라 "침묵을 배우는 일"을 먼저 해야 한다. 흔히 말은 그 자체로 생명력을 갖고 있다고 한다. 입 밖으로 던져진 순간 그것은 '독'이 될 수도 있고, '약'이 될 수도 있다(〈독과 약, 또는 독약〉). 그러므로 '독+약'의 중량을 제대로 가늠해야 말은 비로소 제 말뜻이 된다. "그래서 침묵을 배우는 일은 더디고 힘든 일"이 될 수밖에 없다.

말과 침묵 사이, 우리는 그 행간에 숨겨진 수많은 이야기를 나호열의 이번 시집에서 읽어낼 수 있다. 주지하는 바 나호열의 시를 관통하는 핵심 기저는 '사랑'에 있다. 그의 시집에서 흔히 만나게 되는 그리움이며 외로움, 슬픔 등은 말하기와 침묵 사이의 경계를 넘나들며 독자의 감수성을 자극해왔다. 그렇기 때문에 시집 《눈물이 시킨 일》은 말과 침묵 사이의 '사랑'을 어떻게 읽어가느냐에 따라 감동의 진폭이 달라진다.

눈물이 시킨 일, 경전의 말

말하는 것과 침묵 사이에는 많은 이야기가 함축되어 있다. 시에서 여백의 의미를 중요하게 여기는 것처럼 '~ 사이'는 시적 상상력을 요구한다. 이것과 저것 사이, 이쪽과 저쪽, 처음과 끝의 사이 등등 나호열의 시적 화자는 늘 '~ 사이'의 경계선 안팎을 아우르고 침묵의 말없음을 괄호로 묶는다. 예를 들어 "우리는 짧은 해를 기억하지 못했"(〈무지개는 밤에 뜨지 않는다〉)다거나 "한때는 불이었고 꽃이었던" "불꽃"(〈불꽃〉)이거나 "벌준 사람은 없는데/스스로 벌 서는//추억의 힘!"(〈추억하는 소〉)이라거나 "제 몸을 묶은 나무"(〈말의 습성〉), 그 외의 수 편의 시적 화자는 시비곡직(是非曲直)을 말하지 않는다. 그것이 있기에 이것이 있고, 이것이 있기에 그것이 있다고 말한다. 언뜻 보면 말장난처럼 보이지만 사실 우리네 삶이 그렇다. 나의 중심이 어느 쪽에 있느냐에 따라 대상의 실체는 다르게 인식된다. 그래서 불교에서는 비유비무(非有非無), 즉 중도(中道)를 설파하고 있지 않은가.

한 구절씩 읽어가는 경전은 어디에서 끝날까
경전이 끝날 때쯤이면 무엇을 얻을까
하루가 지나면 하루가 지워지고
꿈을 세우면 또 하루를 못 견디게
허물어버리는,
그러나
저 산을 억만 년 끄떡없이 세우는 힘
바다를 하염없이 살아 요동치게 하는 힘
경전은 완성이 아니라
생의 시작을 알리는 새벽의 푸르름처럼
언제나 내 머리맡에 놓여 있다
나는 다시 경전을 거꾸로 읽기 시작한다
사랑이 내게 시킨 일이다

—〈눈물이 시킨 일〉 전문

경전(經典)은 우리네 삶의 변하지 않는 법도(法度)와 양식(樣式)을 아우르는 말이다. "생의 시작을 알리는 새벽의 푸르름처럼" 우리는 경전에 쓰인 성현(聖賢)의 말씀에 귀 기울이며 그들의 흔적을 더듬는다. 그런데 경전에 씌어진 수많은 이야기는 우리에게 어렵게 느껴진다. 아니, 머리로는 이해하지만 실생활에서 그것들을 실천하기란 여간 힘든 일이 아니다. 순간순간 마음의 움직임을 알아차려야 하고 그 알아차림마저 내려놓아야 한다. 또한 우리가 어떻게 살아야 하고 무엇으로부터 고통받고 있는지 그리고 궁극엔 무엇으로부터 해탈해야 하는지를 경전은 말하고, 말한다. 그 말은 "경전이 끝날 때"까지 지속되며 모든 것은 있음과 없음이라는 공(空)으로 귀결된다. 그래서 "경전은 완성이 아니라" 매 순간 지속되는 미완성의 완성이라 할 수 있다. 이러한 의미에서 《눈물이 시킨 일》은 완성과 미완성의 과정에 있는 하나의 실천 행위인 셈이다.

"다시 경전을 거꾸로 읽기 시작"한 화자에게 "사랑이 내게 시킨 일"은 삶의 고행이다. 주목할 것은 시의 제목으로 쓰인 '눈물'과 화자가 말하는 '사랑'이 '내게 시킨 일'이라는 점이다. 사랑과 눈물 사이에는 경전을 거꾸로 읽는 행위가 있고, 이 행위는 "꿈을 세우"고 "허물어버리는" 일로 모아진다. 그렇다면 '사랑'과 '눈물'은 왜 이러한 "일"을 시키는 것일까.

말하자면 무턱대고 우리가 세상에 내린 것처럼
정류장에서 한참을 걷다 보니 입산을 결심했던 것
길에는 바름과 그름이 없으므로
산길이 시작되는 곳까지 따라온 공동묘지는
덧없는 시간의 비석에 불과했다
그러니까 그 산에는 절이 없었다
바다가 한눈에 보이고
돌아서면 산이 가로막았던 곳

나는 발목을 묻었다
고요히 절간이 되어가기로 한 것은 아니었으나
용케 허리가 휘지 않은 것은 저 채찍질
산과 바다 바람이 밤낮으로 나를 후려쳤기 때문이다
새가 날아와서 잠시 머물렀으나 집은 아니라 했고
산꾼들도 고단한 등허리를 내밀지 않았다
독야청청은 내가 바란 바는 아니었으나
맞은 매만큼 독이 올랐다
그대들은 모른다
날름거리는 혀가 겨냥하는 푸른 하늘
똬리를 튼 채로 허물을 벗으려 안간힘 쓰는
서서 우는 뱀의 꿈을 해독하지 못한다
속이 텅 빈
저 소나무

—〈저 소나무—제주도 기행 7〉 전문

이 세상에 꽃문을 열고 나온 것은 나의 순수 의지가 아니다. "말하자면 무턱대고 우리가 세상에 내린 것"이다. "길에는 바름과 그름이 없"다고 화자는 말하지만, 기실 우리가 사는 세상에는 이분법적 사고가 너무나도 팽배해 있다. "덧없는 시간의 비석에 불과한" 우리네 삶은 세상 살아내기라는 혹독한 "채찍질"을 편리하게 견뎌내는 방법을 터득한다. 이것과 저것, 이쪽과 저쪽, 처음과 끝의 하나를 선택해야만 세상은 살아가기가 수월하다. 화자의 말처럼, "먹고 먹히되/승자와 패자가 없는 곳/서로가 서로의 양식으로/몸을 내어주는 곳/값싼 동정의 눈물이 조금도 용납되지 않는 곳"이란 "인화되지 않는 꿈의 이면"(〈세렝게티의 추억〉)에 불과하다. 반드시 먹어야 하고, 승자가 되어야 하며 나의 양식은 나를 위해 있어야 한다.

그러한 세상에서 "인화되지 않은 꿈"과 "서서 우는 뱀의 꿈"은 "세상의 중심"(〈세상의 중심〉)이 되는 일이다. 즉 "이승과 저승의 어디쯤에"서 "세상의 중심”으로 “뽑히기를 평생 바랐으나”, “수많은 군중 속 하나에 불과한 것이”(〈고사리 꺾기〉) 지금의 화자이다. 그래서 화자는 말한다. “나는 성급히 직선을 꿈꾸었다”고. “햇살이 꽂히는 곳이면/어디든 세상의 중심인 것을”(〈세상의 중심〉) 화자는 “베어지지 않으면 결코 보여지지 않는 시간의 문신”(〈참, 멀다〉)을 보고 나서야 깨닫는다. “독야청청은 내가 바란 바는 아니”었지만, 그로 인해 “맞은 매만큼 독이 올랐”었음을. “속이 텅 빈/저 소나무”의 몸을 통해 “날름거리는 혀가 겨냥하는 푸른 하늘”이 무엇인지, “서서 우는 뱀의 꿈”이 무엇인지, 화자는 “똬리를 튼 채로 허물을 벗으려 안간힘” 써왔던 것이다.

사람의 몸으로 천사가 될 수는 없겠지만
하루의 몇 시간쯤 천사가 될 수는 있는 일
꿈이 깨지는 것보다 더 두려운 것은
아예 꿈을 꾸지 않는 일

(중략)

달리는 시간보다
멈춰 서는 시간이 더 많은
택시 기사 윤병현 씨와
때로는 친구가 되고
때로는 손님이 되면서
당신도 꽃이 될 수 있다고
꿈을 가르쳐준다

잠깐이라도 천사가 되고 싶다

—〈꽃들은 달린다〉 부분

꿈은, 꿈을 꾸는 자에게만 있다. 그러므로 “꿈이 깨지는 것보다 더 두려운 것은" "꿈을 꾸지 않는 일"이다. 우리는 꿈의 크기나 질량을 잴 수가 없다. 누군가에게는 보잘것없는 꿈일지라도 나에게는 세상 그 무엇과도 바꿀 수 없는 소중한 것이다. "택시 기사 윤병현 씨와" "친구가 되고" "때로는 손님이 되면서" 화자는 "당신도 꽃이 될 수 있다"는 "꿈을 가르쳐준다". 그리고 "잠깐이라도 천사가 되고 싶다"는 화자의 꿈을 말한다. 종교적 신화에서 천사는 인간세계에 파견된 중재자이다. 신의 뜻을 인간에게 전하고 인간의 바람을 신에게 전하는 사자(使者)가 바로 천사이다.

시인이 그렇다. 하늘과 땅을 이어주는 현 세상의 천사는 다름 아닌 시인이다. 화자는 "사람의 몸으로 천사가 될 수는 없겠지만/하루의 몇 시간쯤 천사가 될 수" 있다는 꿈을 시를 통해 실현하고자 한다. 그러나 현실에서의 시인은 "전지전능한 육백만 불의 사내도" 아니며 "스파이더맨도 아니"다. 그렇다고 "쾌걸 조로처럼 멋있는 칼 솜씨도 없"다. 그저 "혼자 밥 먹고 뒷길로만 다"니는 "이쩔 수 없이 늙"(〈슈퍼맨〉)어가는, "이 나이에/고아가 된다는 것이 문득문득/무서워"(〈지도책〉)지는 한 인간일 뿐이다. 그렇다면 꿈과 현실의 괴리 사이에서 시인이 할 수 있는 일이란 무엇이겠는가. 바로 "꿈을 세우"고 "허물어버리는" 시(詩) 쓰기이다. 그리고 그 일은 '사랑'과 '눈물'이 화자에게 시킨 거룩한 일이다.

경전과 문장 사이

나호열의 '사랑'과 '눈물'의 시 쓰기는 시인의 지나온 생을 다시 더듬어가는 일이기도 하다. 그는 이번 시집에서 '말(시)=사람(문장)=경전'임을 말하고자 한다. 경전이란 결국 사람의 이야기이고, 사람이 어떻게 살아가야 하는가를 묻는 말이기도 하다. 사람에 의해 쓰여진 경전이 사람을 만들어가고 이는 계속되는 순환을 통해 참된 나를 찾아가는 과정을 필요로 한다. 그리고 그 과정에는 '사랑'과 '눈물'이 켜켜이 쌓여가기 마련이다.

강가에는 왜 갔노
죽을라꼬 갔드나 니 없는 하루하루가 지옥이더라
물속으로 들어가지 마래이
니 없으니 내사 살맛 안 난다
죽지 마래이
내 아프로 잘 할끼다 증말이다 아프로 아프로
니 맘 안 아프게 할끼다
퍼뜩 오니라 사랑한데이

—〈울퉁불퉁 씨〉 부분

"쌀 한 가마를 두 손으로 번쩍 드는/울퉁불퉁 씨"의 "이두박근 삼두박근"은 "울음보따리"에 의해 만들어진 것이다. 오랜 시간 함께했던 어머니의 휠체어를 밀며 화자는 말한다. "어머니, 이제 돌아가셔야 해요/날마다 아버지께 어머니 빨리 데려가시라고 기도해요/어머니도 아픈 것은 싫잖아요/이제는 나을 희망도 없는데/어머니 그만 돌아가셔야지요"(〈풍경〉)라고. 그 풍경은 "눈물 걸치지 않으면 보이지 않는" 아픔이다. 아니 직접 체험해보지 않으면 알 수 없는 고통이다. 화자는 "퍼뜩 오니라 사랑한데이"라는 어머니의 사랑을 알고 있으며, "내 몸에 잠들어 있던 아버지가/새살처럼 돋아"(〈종점의 추억〉) 오르는 이유도 알고 있다. 그래서 "걸레가 없다면/지난밤의 얼룩과 더러운 눈물을/누가 지울까/그리하여 이 말은 욕이 아니다//걸레 같은 놈!"(〈거룩한 환생〉)이라고 감히 말할 수 있는 것이다.

당신이 듣고 싶은 말
내가 하고 싶은 말

(중략)

그 말이 그립다

살아 있다고 파닥거리는
날갯짓
영혼 속에 손을 넣으면
아득하게 물컹거리는
그 말
그 말의 체온

—〈사랑해요〉 부분

화자가 듣고 싶고 하고 싶은 말은 "살아 있다고 파닥거리는/날갯짓", 즉 "사랑해요"이다. 그것이 부모 자식 간의 사랑이든, 이성 간의 사랑이든 사랑이라는 말에는 수만 가지의 느낌이 있다. 그 느낌은 사람을 살고 싶게 만들기도 하고, 죽을 만큼 고통스럽게 만들기도 한다. 그래서 화자는 "세 살배기" 손녀딸이 말을 배우는 모습을 보면서 "말 속에 숨어 있는 슬픔"을 걱정하며 "말문을 닫"고 "문장을 지운다"(〈말 배우기〉). "말의 체온"을 느끼려면 "슬픔도 늙어"가는 사랑의 힘임을 알아야 한다. "평생을 헤매다/배운 말"이 "뚝!"(〈사이〉) 하고, 살아 파닥거리는 말로 전해져야 한다. 그랬을 때 "수많은 주석을/눈물 대신 달아놓"(〈나무〉)은 나무의 슬픈 사랑 이야기에 "길은 스스로 몸을 버"(〈불의 산〉)릴 수 있다.

긴 문장 하나가 산을 오른다
꼬리에 꼬리를 문 맹목의 날들처럼
검은 상복의 일개미들의 행렬처럼
발자국들 눌리고 덮이며 수직으로 서려는 탑인 듯
길은 꿈틀거린다
고독한 여행자 같은 가을이 느릿느릿
산의 몸을 더듬을 때마다 식은땀을 흘리는 숲을 지나서
이윽고 다다르는 불의 산
긴 문장은 품사를 버리고 하늘을 우러른다

사랑을 잃은 척박한 가슴이 저럴까

막 날개가 돋은 새들이 비상하기 전에 내지르는 으악 소리가

추억을 태울 때 드러나는 하얀 불길 같다

쉬익 쉬익 능선을 타고 달려온 말 무리들

어둠별을 닮은 사람들이 저마다의 씨앗을 날리기 위하여

기꺼이 바람 맞으러 왔다

혹은 돌아가지 않기 위하여 길은 스스로 몸을 버렸다

—〈불의 산—민둥산 억새〉 전문

〈불의 산〉의 화자가 바라보는 것은 가을 산을 타는 사람들의 행렬이다. "어둠별을 닮은 사람들"이 날리는 "씨앗"을 보며 화자는 "긴 문장"의 "척박한 가슴"을 생각한다. 이렇게 사람을 하나의 "긴 문장"으로 읽을 수 있는 것은 나호열만의 독법인 듯하다. 한 사람의 생애를 책을 읽듯 바라볼 수 있는 능력, 그것은 시인이기에 가능한 일이다. 사람이 하나의 긴 문장이 되고, 그 문장은 말이 되어 수많은 사람들에게 읽힌다. 그러므로 시집 《눈물이 시킨 일》은 '말(시)=사람(문장)=경전'에 관한 시이며 "햇빛에 순종하는 버릇을 잊어본 적 없는" "이름도 붙여지지 않은 또 하나의 나"(〈싹에 대하여〉)를 위한 시집이다. 또한 "내일을 꿈꿔본 적이 없"(〈K〉)는 사람들을 위한 시집이기도 하다. 그러니 시집 《눈물이 시킨 일》을 거꾸로 읽어보면 어떨까. 거꾸로 읽다 보면 우리도 시인이 읽어낸 문장의 생애를 '사랑'하게 될지도 모른다.

시의 빗자루를 들고 경계에 서 있는 시인*

—정유화(시인, 서울시립대 강의전담교수)

경계 공간에서 나오는 시적 반향과 울림

익히 알고 있듯이, 하이데거는 인간을 세계 내에 던져진 피투성(被投性)의 존재라고 정의하고 있다. 이 말에 의하면, 인간은 자신을 둘러싼 세계와의 관계에 의해서 그 자신의 존재적 의미를 드러낸 수 있다는 뜻이다. 그러므로 인간의 의미는 하나의 굳어진 고정된 형태로 존재하지 않는다. 주어진 세계, 곧 현실적인 환경과 공간에 따라 그 의미는 유동적으로 변화되는 특징을 지닌다. 그렇다면 그 변화에 가장 민감하게 반응하며 살아가는 사람들은 누구일까. 다시 말해서 현실적인 세상에 대하여 가장 예민한 촉수를 드러내고 살아가는 사람들은 누구일까. 그것은 다름 아닌 바로 시인들이다. 시인들은 일상적인 삶 속에서도 시적인 삶을 영위하기 때문이다.

예의 일상적인 삶은 세속적이고 물질적인 삶의 형태를 강요한다. 그러다 보니 삶은 획일화되고 기계처럼 작동하는 피동적인 모습을 보여주게 된다. 이에 따라 자아와 세계와의 본질적인 관계를 제대로 파악하지 못하고 현상적인 관계만을 전부인 양 받아들이게 된다. 하지만 시적인 삶은 그와 차원을 달리한다. 시적인 삶은 일상적인 삶의 형태에 균열이 일어나도록 만들거나 아예 그것을 깨뜨려버리기도 한다. 이를 통하여 자아와 세계와의 본질적인 관

---

* 《촉도》(2015) 해설.

계를 깊이 있게 탐구·조망해나간다. 이러한 과정에서 시인들은 자기 성찰과 자기반성을 하기도 하며, 더불어 세계에 대한 응전력을 키우기도 한다.

시인들이 자기반성을 통하여 세계에 대응하는 방식은 주로 세 가지 형태로 나타난다. 하나는 자아를 둘러싼 부조리한 세계를 자아의 의지대로 개척·개혁하려는 태도이고, 다른 하나는 이와 반대로 부조리한 세계를 버려둔 채 자아의 내면으로 회귀하여 그 속에 깊이 침잠하려는 태도다. 전자가 자아를 확대해나가려는 의지를 보여준다면, 후자는 자아를 축소해나가려는 의지를 보여주는 것이 된다. 말하자면 전자는 적극적·능동적인 시적 태도를 보여주고, 후자는 소극적·수동적인 시적 태도를 보여준다. 이를 달리 표현하면, 전자는 세계와의 연결이요 후자는 세계와의 단절인 셈이다.

문제는 전자 쪽으로만 치우치게 되면, 시가 현실의 노예가 될 수 있다는 점이고(이념 문학), 반대로 후자 쪽으로만 치우치게 되면, 시가 환상의 노예가 될 수 있다는 점이다(순수 문학). 그러므로 이를 적절하게 중재할 대안이 필요할 수밖에 없다. 말할 것도 없이 그 대안은 자아와 세계의 조화로운 융합이다. 이것이 바로 마지막으로 언급해야 할 시적 태도다. 여기서 조화로운 융합은 자아와 세계의 동시적인 반성을 요구한다. 어느 한쪽만을 요구할 때는 시적 태도의 불균형이 일어나기에 그러하다. 이런 점에서 조화로운 융합에 의해 산출되는 시적 세계를 미적 문학으로 명명해도 무방하리라고 본다. 나호열 시집 《촉도》가 우리들의 비상한 관심을 끄는 이유도 바로 여기에 있다. 그의 시집이 다름 아닌 미적 문학을 향한 긴 시적 여정을 보여주고 있기 때문이다.

그의 미적 문학은 즉흥적이고 단발적인 상상력에서 나온 산물이 아니라 냉철하고 사려 깊은 상상력에서 나온 시적 산물이다. 그만큼 현실과 내면에 대한 자아의 성찰과 반성이 깊었다는 얘기다. 예의 미적 문학이 발생하는 지점은 현실과 내면이 접촉하고 충돌하는 경계 지점이다. 그러므로 그 경계 지점은 현실적 욕망과 내면적 욕망이 상호 길항하는 심리적 공간이 된다. 고통을 동반하는 공간이 된다. 그렇다면 나호열 시인이 왜 이러한 심리적 공간에서 있고자 했을까. 그 이유는 간단하다. 그는 지금까지 살아온 모든 삶, 곧 시적으로 이뤄진 모든 삶이 가식이었고, 거짓이었다는 것을 깨닫게 된다. 그동안 해온 모든 말들이 "달콤한" 맛으로 꾸며진 "거짓말"이었다는 것, 또 그러한 "거짓말"로 "가득했던 책"(〈금서를 쓰다〉)을 써왔다는 것을 고백하는 시인의 진솔한 언술이 이를 예증한다. 따라서 거짓말을 한 몸, 그러한 몸으로 살아온 생, 그러한 생으로 쓴 책들은 모두 버려야 할 소산이 된다. 시인의 말대로 하면, 그 모든 것은 절대 읽어서는 아니 될 "금서"인 것이다.

시인이 모든 것을 버리고, 모든 것을 해체시키고 났을 때, 남는 것은 하나도 없다. 현실도 비어 있고, 내면도 비어 있다. 이런 점에서 보면, 미적 문학은 텅 빈 공간에서부터 출발한다. 그 출발은 곧 새로운 삶을 향한다는 의미도 지니고, 또 새로운 시적 세계를 향한다는 의미도 지닌다. 달리 표현하면, 기존의 모든 시적 삶을 청산하고 문단에 갓 데뷔한 신인처럼 때 묻지 않은 풋풋한 자세로 새로운 시적 세계를 창조하려는 의지라고 할 수 있다. 말할 것도 없이 그 텅 빈 공간에는 새로운 현실과 새로운 내면이 생성되어 상호 조우한다. 예의 시인은 그 조우 지점, 즉 경계 공간에 서서 시적 삶을 모색하게 된다.

그런데 그의 시에서는 그 조우의 형태가 상호 대립하는 것으로 나타난다. 가령 자연과 인간의 대립, 원시와 문명의 대립, 세속과 탈속의 대립, 순수와 불순의 대립, 현실과 이상의 대립, 믿음과 불신의 대립, 상상과 경험의 대립 등으로 다양하게 나타난다. 문제는 시인이 그 대립을 융합하거나 극복하지 못한 채 그 대립의 경계 공간에 머뭇거리고 있다는 점이다. 물론 그 머뭇거림은 그것을 해결하기 위한 하나의 시적 사유, 시적 행위에 해당한다. 시집《촉도》에서 반향과 울림이 크게 일어나는 것도 사실 그 머뭇거림에 기인한다.

자연과 인간의 대립적 조우와 그 머뭇거림

시집《촉도》에서 가장 흥미로운 시적 상상력을 제공해주는 것은 다름 아닌 자연과 인간의 대립적 만남이다. 시인은 그 대립적 접촉, 곧 그 경계 공간에

서서 자연과 인간에 대한 의미를 탐색하게 된다. 그런데 그 탐색은 쉽지가 않다. 시인이 그 경계 공간에서 머뭇거리는 것도 거기에 기인한다. 왜 쉽지가 않을까. 나호열 시인의 시에서 자연과 인간은 아예 의사소통이 불능한 상태로 굳어져 있기 때문이다. 그만큼 자연과 인간은 상호 소통하지 못한 채 절연의 상태로 존재해온 셈이다. 시인에게 그러한 대립적인 만남은 시인의 존재적 기반을 흔드는 것으로 작용한다. 시인에게 자연적 세계는 "하늘 편지지에/꾹꾹 눌러 숨겨둔 글자들"을 "흰 구름 우표를 붙여/바람에 실려 보"(〈시월〉)낼 수 있는 글쓰기의 근원적 공간, 곧 시적 공간이기에 그러하다. 이에 못지않게 인간적 세계도 "허리끈 마음껏 풀고 죄짓지 않고 자랑스럽게 번 돈으로/소 등심 몇 점"을 "불판 위에 올려놓"(〈고한에서〉)고 사는 인정스러운 생활 공간이기에 그러하고, 더불어 "빨간 심장을 닮은 우체통"(〈어슬렁, 거기〉)을 통해 사람들의 마음을 나누는 사랑의 공간이기에 그러하다. 그래서 시인은 자연과 인간을 융합하여 행복한 우주 공간, 의사소통이 자유롭게 이루어지는 우주 공간을 시적으로 창조하려고 한다. 이를 위해, 시인은 자연의 세계를 원시문명·미개문명, 인간의 세계를 물질문명·도시문명으로 상징화해서 시로 창조해나가고 있다.

하루 동안 이만 년을 다녀왔다

선사(先史)로 넘어가는 차령(車嶺)에서 잠시 주춤거렸지만
돌로 도끼를 만드는 둔탁한 깨짐의 소리가
오수를 깨우는 강변에서
말이 통하지 않는 한 사내를 만났다
어디로 흘러가는지 모르는 강을 따라
목책으로 둘러싸인 움집 속
몇 겹의 옷을 결쳐 입은 그의 손엔
날카로운 청동 칼이 번득이고
여전히 말이 통하지 않은 채

삼천 년이 지나갔다
내가 노을 앞에서 도시의 불빛을 되뇔 때
그 사내는 고인돌 속으로 들어가
뼈 하나 남기지 않고 사라져갔다
천오백 년 전 망한 나라의 나들목을 지나
하루의 풍진을 씻어내는 거울 앞에
수척해진 채 돌도끼를 만들 줄 모르는
구석기의 사내가
우두커니 서 있었다

—〈구석기의 사내〉 전문

이 텍스트에서 자연과 인간이 만나는 경계 지점은 다름 아닌 "차령" 고개다. 도시에서 차령을 넘어가면 상징적으로 선사 시대로 회귀하는 것이며, 반대로 차령에서 도시로 넘어오면 현대 시대가 되는 것이다. 그러므로 경계 공간인 "차령"은 양항(兩項)의 의미를 산출해주는 매개적 기능을 한다. 먼저 공간적으로 보면, 선사 시대 공간에서는 "돌로 도끼를 만드는" 한 사내가 있다. 원시문명답게 그 사내는 강 주변에 있는 "움집 속"에 살고 있다. 말하자면 구석기 시대의 모습을 보여주고 있는 셈이다. 하지만 그 사내는 신비하게 구석기 시대만을 산 주인공이 아니다. 그 사내는 어느 순간에 구석기를 넘어 청동기 시대를 살고 있는 모습을 보여주기도 한다. 돌도끼를 든 모습에서 "청동칼"을 든 모습으로 전환된 코드가 이를 말해준다. 이러한 언술이 가능한 이유는 그 사내가 "몇 겁의 옷을 걸쳐 입"고 있기 때문이다. 주지하다시피 겁이라는 것은 계산할 수 없는 무한한 시간을 의미한다. 그러므로 그 사내는 시간의 제약을 받지 않는 어떤 초월적인 힘을 지닌 신화적 사내가 된다. 이에 따라 자동적으로 선사 시대는 신화적 공간으로 현현한다.

문제는 시인인 화자, 곧 "도시의 불빛"을 먹고 사는 화자가 신화적 공간 속으로 들어가 원시문명인인 그 사내와 이야기를 나누고 싶어 하지만 그것이 불가능하다는 사실이다. "말이 통하지 않"기에 그런 것이다. 물론 화자는 말을 걸기 위해 노력하지만 그 사내는 전혀 호응을 하지 않는다. 그래서 대화도 해보지 못한 채 "삼천 년"의 시간을 함께 보내고 만다. 그럼 어떻게 하루 동안 화자가 그 사내와 함께 삼천 년이라는 초월적 시간을 보낼 수 있었을까. 그것은 다름 아니라 신화적 공간에 입사한 사람 역시 신화적 세계에 감염되어 그 초월성을 획득할 수 있기에 그러하다. 하지만 그럼에도 유독 의사소통이 되지 않으니 답답하지 않을 수 없다. 도대체 어떻게 해서 의사소통이 되지 못할까. 그 원인은 바로 화자인 나에게 있다. 나의 몸은 신화적 공간에 있지만 나의 의식은 여전히 도시적 삶인 "도시의 불빛"을 기억하고 있기 때문이다. "도시적 불빛"은 물질문명, 도시문명의 상징으로서 자연적 세계의 상징인 원시문명을 억압해오거나 해체해온 불온한 세력이다. 화자가 "도시의 불빛"을 떠올리자 그 사내가 "고인돌 속으로 들어가" 아무 흔적도 없이 사라진 이유도 거기에 있다.

원시문명과 물질문명을 소통시키기 위해서는 도시적 삶의 원리가 아니라 자연적 삶의 원리를 먼저 터득해야 한다. 도시적 삶의 원리로 보는 피상적인 것들을 내려놓고 자연적 삶의 원리로 보아야 한다. 그런데 화자는 그것을 미처 깨닫지 못하고 도시적 사유로서 그 사내를 보고 있었던 것이다. 그 사내와 의사소통을 하기 위해서는 적어도 "돌로 도끼"를 만드는 구석기 시대의 삶의 원리를 체득했어야 했다. 물론 시인인 화자는 그것을 뒤늦게 깨닫게 된다. 원시문명, 곧 신화적 공간에서 차령을 넘어 다시 도시 공간으로 돌아왔을 때, 비로소 "돌도끼를 만들 줄 모르는" 자신임을 깨닫게 된 것이다.

예의 시인의 이러한 깨달음은 자신의 삶의 존재 방식을 바꾸어놓고 만다. 시인은 도시 공간에 돌아와서 신화적 공간에서 만났던 그 사내를 자아로 치환하게 된다. 이에 따라 도시인과 원시인의 양면성을 동시에 지닌 존재로 현현한다. 요컨대 돌도끼를 만들어서 살고 싶은 도시인이 된 셈이다. 참으로 놀라운 시적 상상력이 아닐 수 없다. 물론 이러한 모순적인 사람은 일상생활을 영위하기가 쉽지만은 않다. 도시인으로서 원시적인 삶의 방식으로 살아야 하고, 원시인으로서 도시적인 삶의 방식으로 살아야 하기 때문이다. 시인이 그러한 모순의 자아상을 보고 "우두커니 서 있"는 처량한 모습의 이미지로 표현한 것도 이에 기인한다. 이처럼 나호열 시인은 도시와 자연, 원시와 문명, 그 경계 지점에서 새로운 삶을 욕망하고 있다. 기존의 때 묻은 모든 사유를 버리고 새롭게 사유하는 그 신선한 모습에 감동을 받는다.

나호열 시인이 도시인이자 원시인으로서의 존재가 되자, 시간의 제약도 자유롭게 뛰어넘을 수 있게 된다. 이제 그는 하루에 "이만 년"을 자유롭게 살 수도 있고, "삼천 년"을 자유롭게 살 수도 있다. 도시인으로서 신화적 세계를 내재하고 있기에 그런 것이다. 텍스트의 시간적 구조를 보면, 구석기 시대는 "이만 년" 전이고, 청동기 시대는 "삼천 년" 전이고, 어떤 망한 나라의 시대는 "천오백 년" 전이며, 시인이 사는 시대는 '2000년대 현재'로 나타난다. 시인은 이것을 하루에 다 살 수 있는 것이다. 다만 시인이 구석기 시대로 거슬러 갈수록 원시성이 강화되고, 현재로 다가올수록 도시성이 강화될 것이다.

이처럼 시·공간을 자유롭게 넘나드는 것을 한마디로 언급하면 시적 환상이라고 할 수 있다. 시집《촉도》의 큰 수확 중 하나가 바로 시적 환상이 아닐까 한다. 주지하다시피 시적 환상은 시적 현실과 팽팽한 관계를 유지하면서 시적 미학을 드높인다. 라캉에 기대어보면, 시적 환상은 상상계에 해당하고 시적 현실은 상징계에 해당한다. 전자는 쾌락 원칙에 따라 대상과 행복한 결합을 이루지만, 후자는 현실 원칙(여러 규칙과 법률)에 따라 대상과 분리될 수밖에 없는 처지에 놓인다. 예의 그 분리는 곧 억압에 따른 강제적인 분리다. 이런 점에서 보면, 시인은 원시 시대의 그 사내와 행복한 결합을 욕망하지만 현실 원칙(도시인의 삶의 조건)에 의해 그 결합이 해체될 처지에 놓인 것이 된다.

그래서 시인은 현실 원칙이 얼마나 도시적인 삶을 훼손하는지를 보여주지 않을 수가 없다. 사실, 시인이 원시 시대를 욕망하게 된 것도 따지고 보면 현실 원칙에 의해 도시적 삶의 세계가 죽어가고 있는 데 대한 반발에서 나온 것이다. 이 지점에서 자연과 대립하는 도시를 보자.

경비원 한 씨가 사직서를 내고 떠났다
십 년 동안 변함없는 맛을 보여주던 낙짓집 사장이
장사를 접고 떠났다

이십 년 넘게 건강을 살펴주던
창동피부비뇨기과 원장이 폐업하고 떠났다

—〈촉도〉 부분

도시적 삶의 현실은 비정하다. 현실 원칙인 경제적 논리에 따라 직업의 종류와 상관없이 대개의 부류들이 삶의 현장, 곧 생명의 현장에서 퇴출당하고 있다. 예컨대 경비원, 낙짓집 사장, 피부비뇨기과 원장 등 무차별적으로 삶의 터전에서 떠나가고 있다. 사직서를 내며 떠나거나, 장사를 접고 떠나거나, 폐업을 하고 떠난다는 것은 사실 생활의 죽음을 의미한다. 왜냐하면 도시에서 자본 없이는 생활을 도저히 영위해나갈 수 없기 때문이다. 이에 따라 도시는 오직 살기 위한 삶의 전쟁터, 곧 자본을 소유하기 위한 각축장이 될 수밖에 없다. 따라서 그 싸움에서 패배하면 눈물을 안고 떠나야만 한다. 이것이 현실 원칙이다. 말할 것도 없이 시인은 승리하여 남은 자보다 패배하여 떠나는 자를 걱정하며 가슴 아파한다. 그 아픔에서 발견한 것이 바로 '촉도'다. '촉도'는 인생길의 어려운 상황을 비유한 말이다. 시인이 보기에는 도시적 공간은 '촉도' 이외에는 어떤 길도 허락하지 않는 것처럼 보인다. 좀 더 부연하면 "퇴로"마저 "끊어버린 촉도"만 있을 뿐이다.

시인은 '촉도'의 길을 원치 않는다. 그것을 바람에 날려버리고 정말 인간적인 사랑으로 가는 길을 간절히 원하고 있다. 시인이 도시 공간과 대립하는 자연의 세계, 유목의 세계, 시골의 세계를 놓고 그 경계 지점에서 시적 사유를 하는 것도 이를 성취하기 위한 전략이다. 도시와 자연은 그 삶의 방식 자체가 다르다. 도시에서는 "절망을 미는 하루"(〈촉도〉)가 된다면, 자연에서는 "하늘을 우러르는" "맑고 그윽한"(〈바람의 전언〉) 하루가 된다. 또한 도시와 달리 유목의 세계에서는 "하늘이 어둠의 이불을 걷어내면 아침"을 알리는 시계가 되고, "해의 기울기에 온몸을 맡기"면 그 자체가 저녁을 알리는 "시계"가 된다(〈어느 유목민의 시계〉). 이것 말고도 나호열 시인의 시에서는 도시와 대립되는 자연의 세계가 무수히 등장하는데, 주로 그 자연은 생명, 순수, 자유, 신비, 평화 등의 의미를 내재하고 있다. 더불어 그 자연 속에 있는 인간들은 그 자연과 하나가 되어 우주적인 삶의 원리를 자연스럽게 받아들이게 된다.

주지하다시피 도시문명은 효용성, 경제성, 논리성, 부가가치성 등을 삶의 주요한 원리로 삼고 있다. 이것은 자연적 삶의 원리와 정면 배치된다. 이런 점에서 보면, 도시인과 원시인, 문명인과 미개인으로서 살아가고 있는 시인 나호열에게 도시적 삶은 날마다 큰 고민거리가 될 수밖에 없다. 도시적 삶을 선택하려면 자연적 삶을 포기해야 하고, 자연적 삶을 선택하려면 도시적 삶을 포기해야 하기 때문이다. 하지만 우리들의 우려에도 불구하고, 그는 조금씩 도시적 삶의 원리를 배제해나가기 시작한다. 그는 영악한 시인보다는 모자란 시인이 되기를 선택한 것이다. 예컨대, 그는 "길이 없어 주인이 허락하지 않으면 들어갈 수 없는/섬 같은 땅/그래서 가끔 나는 날아서 그 땅에 가본다//유랑민 같은 풀들이 제멋대로 뿌리를 내리고/참새들이 먹이를 찾다가 퉤퉤 침 뱉고 간 자리/멧돼지가 똥 누고 간 땅"(〈맹지〉)을 소중하게 여기고 있다. 시인이 소유한 땅은 맹지인지라, 즉 도로가 없는 땅인지라 경제성이 전혀 없는 무용한 땅이다. 교환 가치도 없을 뿐만 아니라 사용 가치도 거의 없다. 도로가 없기 때문에 그 땅에 들어가려면 남의 땅을 지나서 들어가야 한다. 만약에 주인이 그 길을 허락하지 않으면, 시인의 말대로 정말 새처럼 날아 들어가야 한다. 황당하기 이를 데 없다. 그래서인지 심지어 풀과 짐승들조차 그 땅을 박대하고 있다. 그러함에도 시인은 이를 부끄럽게 여기지 않는다. 비록 일 년에 "쌀 두 되 값" 정도의 소출도 나오지 않지만 그는 맹지를 사랑한다. "월화수목금금금/휴일에도 생계를 이으려 험한 세상으로 나가는 아내에게/아무 말 못"(〈있으나마나〉)하는 시인이지만 그는 맹지를 사랑한다. 이처럼 그는 도시와 자연의 경계에서 차츰 자연을 닮아가고 있다.

세속과 탈속의 대립적 조우와 그 머뭇거림

나호열 시인의 시에서 도시문명과 원시문명, 미개문명과 물질문명의 대립적 코드는 세속과 탈속의 대립적 의미로 코드 변환되어 지속적으로 전개되고 있다. 여기에서도 그는 경계 지점에 위치하여 시적 삶을 모색하고 있다. 그의 미적 문학의 통일성을 엿볼 수 있는 대목이다. 예의 세속과 탈속의 대립적 코드는 감금과 해방, 구속(추락)과 비상의 대립적 의미를 산출하게 만든다. 시인은 나무와 종교 이미지를 사용하여 이러한 대립적 의미를 흥미롭게 보여주고 있다.

강남 이 편한 세상에 그가 왔다
검은 제복 젊은 경비원이
수상한 출입자를 감시하는 정문을 지나
대리석 깔린 안마당에 좌정했다

몸이 반쪽으로 쪼개져도
죽지 않고 용케
당진 어느 마을 송두리째 뭉그러져 사라져도
용케 살아남았다

마을을 오가는 사람들의
머리 쓰다듬어주고
비바람 막아주며 죽은 듯
삼백 년 벼락 맞고도 살아 있더니
이 편한 세상에
한 그루 정원수로 팔려왔다

푸르기는 하나 완강한 철책에 둘러싸여
손길 닿지 않는 그만큼의 거리
저 불편한 세상과
이 편한 세상 사이에서
눈이 멀고

귀가 막힌 침묵의 우두커니

새 한 마리 깃들지 않은 이곳
집과 무덤 사이의 어디쯤이다

—〈이사〉 전문

이 텍스트에서 나무는 도시인과 원시인의 대립적 의미를 동시에 지닌 시인의 자화상과 전적으로 닮아 있다. 먼저 이 텍스트를 공간적으로 보면 도시와 시골, 즉 강남과 당진으로 대립한다. 전자는 "이 편한 세상"으로서 "대리석 깔린 안마당"의 아늑한 공간이고, 후자는 "저 불편한 세상"으로서 "비바람"과 "벼락"이 치는 거친 공간이다. 표층적으로 보면, 전자는 긍정의 공간이 되고, 후자는 부정의 공간이 된다. 하지만 이러한 양항을 매개하는 나무, 곧 정원수의 등장으로 인하여 그 의미는 반전되고 만다. 당진에서 강남으로 팔려온 정원수는 이 편한 세상에서 오히려 불편한 몸이 되고 만다. 제복 입은 젊은 경비원이 출입자를 감시하고 철책을 둘러놓고 나(정원수)를 보호하고 있지만, 그것은 이 편한 세상의 주인들을 위한 것이지 나를 위한 것은 아니기에 그러하다. 오히려 나는 그로 인하여 생명을 억압·감금·감시당하고 만다. 비록 비바람과 벼락을 막아줄지라도 그것은 진정한 나의 푸르른 생명을 위한 것은 아니다. 이에 따라 도시인 강남은 세속적 공간으로서 원시적 생명인 나무를 하나의 소유물로 수단화하는 "무덤"의 공간으로 나타난다. "새 한 마리 깃들지 않은" 나무로 만들어놓았기에 그러하다.

이에 비해 "저 불편한 세상"인 당진 마을은 "대리석"과 "완강한 철책"도 없는 온전한 자연적인 공간이다. 그래서 어느 누구도 생명을 감금하거나 억압하는 이가 없다. 요컨대 자유와 해방의 공간이다. 살아가는 환경은 불편할지라도 그 생명들이 펼치는 생의 잔치는 그 어떤 세계보다 더 빛난다. 그래서 무덤의 공간이 아니라 생명의 공간이 된다. 그뿐만 아니라 강남에서는 사람이 주인공이고 나무가 엑스트라지만 당진에서는 나무가 주인공이고 사람이 엑스트라다. 당진에서는 나무가 "사람들의 / 머리"를 쓰다듬어주거나, 비바람과 벼락까지 다 막아주고 보호해주는 주인공 역할을 하기 때문이다. 강남과 달리, 나무는 주인공이지만 사람을 억압·감금하지 않는다. 사랑하는 맘으로 감싸주는 어머니 같은 역할을 한다. 그래서 강남과 달리 당진은 인간보다는 자연, 남성보다는 여성, 소유보다는 존재, 물질보다는 생명, 감금보다는 자유를 담보하는 의미를 지닌다.

따라서 강남에 온 당진의 나무, 곧 정원수는 강남의 의미와 당진의 의미를 동시에 지닌 모순의 몸이 되고 만다. 인간이면서 자연이고, 자연이면서 인간인 나무, 남성이면서 여성이고, 여성이면서 남성인 나무, 물질이면서 생명이고, 생명이면서 물질인 나무, 감금이면서도 자유인 나무, 자유이면서 감금인 나무로서 말이다. 그래서 정원수는 자기의 삶을 어찌하지 못한 채 눈과 귀를 닫고 "우두커니" 침묵하며 서 있을 뿐이다. 〈구석기의 사내〉와 정확하게 닮아 있는 모습이다. 도시인과 원시인의 모순된 의미를 지닌 채 "우두커니" 넋 놓고 서 있는 시인처럼 말이다.

이처럼 시인은 나무의 이미지를 구사하여 인간과 자연, 곧 세속과 탈속의 대립적 의미를 산출해내고 있다. 물론 더 나아가 시인은 그 경계에 서서 이것뿐만 아니라 추락과 비상, 현실과 이상 등의 대립적 의미를 읽어내기도 한다. 가령, "눈을 떠도 눈앞이 캄캄한" 세상에서, "너와 나를 가르는 저 벽"의 세상에서 "끈질긴 희망"을 안고 "새가 되어 날아"가고자 하는 "담쟁이의 꿈"(〈담쟁이의 꿈〉)이 그러하고, "칼바람을 남루로 얻어 쓰고" 있으면서도 삶의 "길 끝까지 걸어가보"겠다는 "외톨이 나무의 꿈"(〈태장리 느티나무의 겨울〉)이 그러하다. 전자는 '캄캄하다/날아가다'의 대립에 의해 추락과 비상의 대립적 의미를, 후자는 '남루/꿈'의 대립에 의해 현실과 이상의 대립적 의미를 산출해내고 있다. 물론 이것은 나무 이미지에만 한정되는 것은 아니다. 종교 이미지에서도 동일하게 나타난다.

내일이 하안거 해제일인데
그들은 아직도 묵언수행 중이다
햇볕은 다람쥐 등 무늬에 얹혀 팔랑거리고

쪽물 든 바람이 몸을 비틀자
산길의 꼬리가 살랑거리는데
문 열릴 기색은 보이지 않는다
머리 위로 뭉게구름 피어오르는 것을 보니
태워 버려야 할 말들이 아직도 남아 있는 모양
다시 겨울이 돌아오면 해진 옷은 더욱 얇아질 터
더러는 그 자리에 주저앉아 부도가 되고
더러는 그 자리에 서서 탑이 되었는데
내 눈엔 그저 울울한 나무로만 보인다

아름다운 집은 크지 않다
넓지도 않다
착하고 순한 영혼이 깃들어야
아름다운 집

눈물

—〈아름다운 집 1〉 전문

주지하다시피 불교에서는 하안거와 동안거의 수행을 통하여 해탈을 이루고자 한다. 곧 세속과 탈속, 삶과 죽음, 현실과 이상의 대립을 초월하고자 한다. 그러나 시인이 보기에는 그러한 수행이 하나의 형식에 불과할 뿐 진정한 해탈을 이루지 못하는 것으로 생각된다. 현재 시인인 화자는 세속과 탈속의 경계에 서서 하안거를 몽상하고 있다. 문의 안쪽은 수행·정진하는 탈속의 인간적인 세계고, 문의 바깥쪽은 세속의 자연적인 세계다. 그런데 지금 바깥은 여름이 와서 햇볕, 다람쥐, 바람, 뭉게구름 등 모든 자연적 사물이 생명의 왕성함을 크게 누리고 있다. 이에 비해 아직 굳게 잠겨 있는 문의 안쪽은 상대적으로 생명이 크게 억압받는 것으로 나타난다. 수행 중인 불도들을 생명성이 없는 "부도"와 "탑"의 이미지로 형상화한 것도 이에 기인한다. 이것은 진정한 해탈이 아니다. 시인이 그것을 보고 "그저 울울한 나무"처럼 보인다고 한 이유도 거기에 있다. 그냥 생명체로 보일 뿐이다. 그래서 금욕은 하고 있지만 "아름다운 집"은 되지 못한다. 그렇다면 어떻게 하면 아름다운 집이 될 수 있을까. 바로 인간의 생명·욕망과 자연의 생명·욕망을 하나로 융합할 수 있는 영혼이 될 때 "아름다운 집"이 될 수 있는 것이다.

그러므로 일상적인 삶 속에서 대립을 융합할 수 있는 영혼을 만들어나가야 한다. 형식적인 틀을 보여주는 종교는 진정한 영혼을 만들지 못한다. 그래서 시인은 "도선사는 도선사 안에 없고/부처는 부처 안에 없"으니, 고생스럽게 무릎 꿇고 백팔 배 하지 말고 "저 아수라"의 생활 속에서 "극락"을 찾으라고 권유한다. "극락은 저 아래 낮은 곳에 있다"(〈도선사에서 보리수까지〉)는 것이다. 이처럼 시인은 그 경계 지점에 서서 형식적인 종교적 행위를 비판하고 있다. 시인이 "어제는 교회에 갔고 오늘은 법당에 들었습니다"(〈틀니〉)라고 하며, 종교적 공간을 자유롭게 넘나들고 있는 것도 이에 기인한다. 모든 것이 형식적으로 규격화될 때, 교회와 법당의 경계는 무너지고 만다. 이에 따라 시인에게는 복음과 관음도 "수신 불량"(〈Sky life〉) 상태가 되고 만다. 이처럼 시인은 세속과 탈속, 현실과 종교 사이의 경계 지점에 서서 그것을 융합할 수 있는 맑은 시적 영혼을 찾아 나서고 있다.

대립적 경계를 쓸어버리는 시의 빗자루

지금까지 시인은 대립적 의미가 만나는 그 경계 지점에서 시적인 삶을 모색해왔다. 때로는 고통스러웠고, 때로는 분통과 치욕도 느꼈으며, 때로는 절망하기도 했다. 하지만 그것이 전혀 무용한 산물은 아니었다. 그 과정에서 매우 놀라운 시적인 삶을 발견할 수 있었기 때문이다. 부연하면, 시인은 그 경계 지점에서 기존의 사상과 의식으로 이루어진 모든 언어, 곧 모든 시적 언어를 버려버리고 새로운 시적 언어를 발견하게 되었다는 점이다. 기존의 언어로는 대립적인 세계를 융합할 수 있는 힘이 거의 없다. 이미 기존의 언어는 물질문명의 노예, 도시문명의 수하로 전락해 있는 상태이기에 그러하다. 따라서 때 묻지 않은 새로운 언어가 필요하다. 새로운 술은 새로운 부대에 담듯이, 새로운 언어로서 새로운 문명을 창조해야 하는 것이다. 물질문명의 세계에서 보면 자연, 곧 원시문명의 언어는 지상에 무용한 '쓰레기의 말씀'에 지나지 않는다. 그러나 거꾸로 원시문명에서 보면, 물질문명의 언어는 지상에 무용한 '쓰레기의 말씀'에 해당한다. 이에 나호열 시인은 "기꺼이 빗자루"(《성자와 청소부》)를 들고서 그 경계 지점에 있는 모든 기존의 언어를 쓸어버리고 난 다음, 그 자리에 신생의 언어, 시원의 언어, 생명의 언어, 순수의 언어를 새롭게 모으게 된다. 새로운 시적 삶을 건축하기 위해서다.

바람 속에 숨어 있는 둥지 안에는
아직 내가 배우지 못한 단어가
부화되기를 기다리고 있다
나는 낡아가고
그 알은 익어가고
단어장에 마지막으로 배운 그 말
푸른 잉크에 묻혀 나올 때
푸드득 무한을 향해 날아가는 새
먹물 같은 그림자를 남긴다

사랑이라는 말

—〈낡아가고…… 익어가고〉 부분

이제 시인은 어린아이와 같다. 태어나서 이 세상의 말을 처음으로 신비하게 배우는 어린아이와 같다. 그는 아직 "배우지 못한 단어", 곧 신생의 단어를 배우기 위해 즐거운 몽상에 젖어 있다. 그 단어가 "부화되기를 기다리"며 말이다. 물론 조건이 있다. 먼저 때 묻은 자아가 "낡아"져서 소멸해야 한다. 그래야 그 자리에 새로운 단어로 상징되는 "알"이 들어와 "익어"갈 수 있다. 자연의 원리를 따르는 기발한 상상력이다. 예의 그 알이 부화하면 한 마리 "날아가는 새"가 되어 대립적인 지상의 삶을 융합하여 저 푸른 영원한 하늘로 비상하게 된다. 그 새는 다름 아닌 '사랑'의 새다. "알"에서 부화한 사랑의 새다.

신생의 언어로 탄생한 사랑. 그 사랑은 물질문명 시대의 사랑처럼 이기적인 사랑, 인간 중심적인 사랑, 소유를 위한 사랑이 아니다. 상생의 사랑, 환대로서의 사랑이다. 레비나스에 따르면, 환대로서의 사랑은 주체 상호 간의 차이를 인정한 가운데 그 모든 것을 융합시키는 사랑이다. 그러므로 시인이 발견한 신생의 사랑은 자연과 인간, 문명과 미개, 삶과 죽음, 도시와 시골, 정신과 육체를 융합시키는 사랑인 것이다. 요컨대 상호 모순된 것을 모두 포용하는 사랑인 셈이다. 따라서 이제 나호열은 사랑의 시인으로 갓 태어나게 된다. 처음으로 그러한 사랑을 발견했으니 말이다. 그러므로 그가 배우는 모든 말들은 "다시 돋아 오르는 새싹"(〈성자와 청소부〉)과 같은 말들이 된다. 생명력이 가득 찬 말들이다. 세상을 바꾸는 신선한 말들이다. 중요한 것은 이 말들이 거저 주어지는 쉬운 말들이 아니라는 점이다. 무한히 연습해야만 얻을 수 있는 말이다. 그래서 시인은 "입안에 붉은 앵두 몇 알 터질 듯/오물거리는 그 말//사분음표로 우산 위로 떨어지는/빗소리 같은/그 말//마악 알에서 깨어난 휘파람새가/처음 배운 그 말//하늘을 푸른 출렁거림으로 물들이는 그 말"(〈칠월－고운사 풍경 소리〉)들을 꾸준히 연습하며 배워나가고 있다.

예의 그가 배우고 익힌 말들은 문명의 찌꺼기를 모두 쓸어버릴 정도로 강력한 힘을 지니게 된다. 예컨대 하찮은 사물에 불과한 처마 끝의 풍경(風磬)을 보고 "하늘을 푸른 출렁거림으로 물들이는" 소리로 새롭게 창조하자, 그 풍경 소리는 음향의 물질적인 차원을 넘어 우주 공간 전체를 살아 움직이게 하는 주체로 작용한다. 우주 공간을 푸르게 출렁거리게 하는 말, 이 말보다 더 큰 힘을 가진 것은 이 세상에 없다. 바로 이 말을 우리는 우주적 언어라고 부를 수밖에 없다. 이제 그는 이 우주적 언어를 찾아 나서고 있다. 적극적·능동적으로 말이다. "오래전 잃어버렸던 그 말을 번역하려고" 허공에 귀를 대며 "그물을 던"(〈강화도, 1월〉)지는 그의 행위가 이를 예증한다. 시인은 이제 신생의 언어로서 물질문명의 밭을 새롭게 갈아엎고 있다. 이런 점에서 보면 그의 말, 곧 그의 언어는 바로 원시문명, 미개문명의 언어를 상징하는 "나무의 말씀"(〈수청리 그 나무〉)을 닮아 있다. 여기서 "나무의 말씀"은 우주적 순환 원리를 상징한다. 그러한 상징성은 "달은 떠오르고/끊임없이 이울고 벅차오른다"(〈있으나마나〉)라는 언술에서도 나타난다. 이렇듯 나호열 시인은 시집《촉도》를 통하여 사랑의 열매를 키우는 나무의 언어를 개성적으로 창조해내고 있다. 이 나무의 말은 구석기 시대 사내와 현대 시대의 사내가 상호 의사소통할 수 있는 생명의 언어로 기능할 것이다.

불모의 세계를 가로지르는 몰락의 상상력*

—박진희(문학평론가, 대전대 교수)

나호열 시인이 2015년 시집《촉도》를 낸 데 이어 그의 열여섯 번째 시집《이 세상에서 가장 슬픈 노래를 알고 있다》를 상재한다. 1986년《월간문학》으로 등단한 이래 30여 년간 평균 2년에 한 권 정도로 시집을 낸 셈이니 실로 왕성하고도 꾸준한 창작열을 보여주고 있다 하겠다. 이러한 시력이 시인 스스로에게는 부담으로 작용하는지도 모르겠다. 시적 발전이 보이지 않으면 시를 그만 써야 할지도 모르겠다는 말을 시인으로부터 벌써 수차례 들어온 터이기 때문이다.

만약 시인이 시를 놓아야 하는 순간이 있다면 그것은 어떤 때일까. 그것은 아마도 진실을 드러낼 완벽한 말을, 표현을 찾았을 때이거나 진실에 대한 욕망 자체가 사라졌을 때가 아닌가 한다. 진실을 포착해 적확하게 전달할 수 있는, 그것이 아니면 그 어떤 것으로도 대체 불가능한 '말'을 찾을 수 있다고 할 때 시인은 흔히 하는 말로 '하산'해도 될 것이다. 그러나 굳이 소쉬르니 데리다를 언급하지 않더라도 말이 진실을 지시하지 못한다는 것은 자명한 사실이다. 진실에 근접해갈수록 말은 미끄러지고 의미는 산종되고 만다. 시적 긴장과 시인들의 치열함은 바로 이 말들의 실패에서 기인하는 것이 아닐까.

나호열의《촉도》이후의 신작 시들에 대해 필자는 '모호하고 불확정적인 의미'를 그 특징으로 규정하고, "모호하고 애매한 의미는 그것의 본질 속으로

---

* 《이 세상에서 가장 슬픈 노래를 알고 있다》(2017) 해설.

더 깊이 탐구해 들어가는 통로가 되고 있으며, 상충되는 이미지는 서로의 그 심상과 정서에 깊이를 더해주는 기능을 하고 있는 것"[1]으로 평한 바 있다. '모호하고 불확정적인 의미'를 말의 미끄러짐 내지는 말의 실패로 이해해도 무방하다. 중요한 것은 이것이 난해함을 위한 장치가 아니라 본질을 탐구하는 과정이라는 것에 있다. 이는 시인이 진실을 드러내기 위한 '말'과 '이미지'를 찾기 위해 치열한 고민과 실패를 거듭해왔음을 방증하는 것이라 할 수 있다.

한편 진실에 대한 욕망은 우리가 살고 있는 이 세계에 대한 사유와 사랑에서 비롯된다. 시가 세계와의 불화에서 연원한다는 의미 또한 동일한 맥락에서이다. 관심과 사랑이 없으면 관찰도 사유도 없으며 결핍감을 내재할 까닭도 없는 것이다. 결핍을 느끼지 못하니 욕망이 따르지 않는 것은 자명한 이치이다. 나호열의 시에서 세계는 '촉도'로 인식된다. '촉도'란 말 그대로 '촉으로 가던 매우 험난한 길'을 일컫는 것으로 그의 시에서 그것은 불화의 세계, 불모의 세계를 표상한다.

이처럼 나호열 시인은 여전히 '지금 여기'를 불화·불모의 세계로 인식하고 그 속에서 진실을 드러내기 위해 '말'과의 치열한 고투를 하고 있으니 시를 놓을 일은 없을 것으로 보인다.

1

나호열 시인의 '촉도'로 표상되는 세계에 대한 인식은《이 세상에서 가장 슬픈 노래를 알고 있다》에서도 그대로 이어지고 있다. 그의 시에서 세계는 "탈출이 곧 유배가 되는" 폐쇄된 공간이자 "더 이상 열매 맺지 못하는" 불모의 땅으로 암유되고 있기 때문이다.

---

1 〈정신의 벼림과 불확정성의 시학〉,《시인정신》(통권 75호, 2017년 봄).

어떤 사람은 나를 쇼핑카트라고 불렀고
어떤 사람은 짐수레라고 나를 불렀다
무엇이라 불리든
그들의 손길이 닿을 때마다 나는 기꺼이 몸을 열었다
내 몸에 부려지는 저 욕망들은
또 어디서 해체되는 것일까
지금 나는 더 이상 열매 맺지 못하는
살구나무 아래 버려져 있다
탈출이 곧 유배가 되는
한 장의 꿈을 완성하기 위하여
나는 너무 멀리 왔다
누가 나를 호명할까 봐 멀리 왔다
뼛속에서
한낮에는 매미가 울었고
밤에는 귀뚜라미가 우는
풀섶 어디쯤

—〈후일담〉 전문

위 시의 시적 자아는 누군가에게는 '쇼핑카트'로 불리고 또 누군가에게는 '짐수레'로 불린다. 이렇든 저렇든 이 세계에서 자아가 고유한 존재가 아니라 도구라는 사실, 타자의 '욕망이 부려지는' 대상이라는 사실은 달라지지 않는다. 그런데 "그들의 손길이 닿을 때마다 나는 기꺼이 몸을 열었다"는 시구에 주목할 필요가 있다. 타자의 욕망을 내면화하는 것이 강제적이라기보다는 시적 자아 스스로가 능동적으로 대응하고 있는 것임을 함의하고 있기 때문이다. "인간은 타자의 욕망을 욕망한다"는 라캉의 언표를 떠오르게 하는 대목이기도 하다.

자본주의 현대 사회의 구성원으로 살아간다는 것은 치열한 경쟁의 대열에서 있다는 의미와 다른 것이 아니다. 이러한 패러다임에서 앞서 있는 계층의 다양한 표상들을 욕망하게 되는 것은 필연적이라 할 수 있을 것이다. 그러나 이와 같은 사회가 궁극적으로 이르게 되는 지점은 "더 이상 열매 맺지 못하는" 불모의 세계, "탈출이 곧 유배가 되는" 폐쇄적 세계일 터이다. 존재의 진정한 가치가 맹목적인 경쟁을 통해 구현될 리 없으며 그렇다고 이 대열에서 '탈출'하게 된다면 그것이 사회에서는 낙오로 받아들여지기 때문이다. 무리와 다른 길을 간다는 것, 현대 사회에서 그것은 '유배'의 의미에 다름이 아니다. 그럼에도 이 시의 시적 자아는 '버려짐', '유배'를 택한다. 누군가의 '호명'을 피해 '멀리' 와 있다.

니체의《차라투스트라는 이렇게 말했다》에는 '줄 타는 광대'의 이야기가 나온다. 광대는 군중의 머리 위를 지나가는 줄 위를 걸어가고 있다. 그 뒤를 이어 알록달록한 옷을 입은 익살꾼이 광대를 조롱하며 따라가고 있다. 광대가 아슬아슬하게 줄의 반쯤 갔을 때 빨리 가라고 재촉하던 익살꾼은 광대를 뛰어넘어버린다. 간신히 중심을 잡으며 줄을 타던 광대는 중심을 잃고 허둥대다 밑으로 떨어져 죽고 만다. 이를 두고 차라투스트라는 이렇게 말한다.

"나는 사람들에게 그들의 존재가 지니고 있는 의미를 터득시키고자 한다. 그것은 위버멘쉬요, 사람이라는 먹구름을 뚫고 내리치는 번갯불이다. …… 밤은 어둡고 차라투스트라가 갈 길 또한 어둡다. 자, 떠나자, 너 차디차게 굳어버린 길동무여! 나 손수 너를 묻어주겠거니와, 그곳으로 너를 등에 지고 가겠다."[2]

위버멘쉬, 그것은 인간 존재가 지니고 있는 고유의 의미를 터득한 자다. 어떠한 계기로 누군가 혹은 특정한 계층에 의해 인간에게 주어진 획일적이고 확정된 의미를 초월하는 자다. 군중이라는 '먹구름'에 끌려가는 것이 아니라 그것을 "뚫고 내리치는 번갯불"과 같은 존재다. 이러한 존재가 무리에서 환영받을 리는 만무하다. 무리에서 일탈하는 행위란 줄 위에 서 있는 것과 같은 위험천만한 일이며 그럼에도 줄 위에 설 경우 감당해야 할 위험이 어떠한 것

2 니체,《차라투스트라는 이렇게 말했다》(정동호 옮김), 책세상, 2010, 27쪽.

인지 보여주는 역할을 하는 이가 바로 익살꾼이다. 광대의 죽음을 목격했다면 어느 누가 다시 그 줄 위에 서겠는가.

차라투스트라가 광대를 '길동무'라 칭하며 손수 묻어주겠노라 위무하는 까닭은 광대가 바로 위버멘쉬로 나아가는 과정에 있는 자이기 때문이다. 니체는 정작 위버멘쉬, 즉 초월한 자보다는 그 과정에 있는 인간, 구체적으로는 초월하기 위해 몰락하는 인간에 초점을 맞추고 있는 듯하다. 차라투스트라가 "몰락하는 자로서가 아니라면 달리 살 줄을 모르는 사람들", "깨치기 위해 살아가는 자"들을 사랑하노라 고백하는 까닭도 이러한 맥락에서 이해할 수 있는 것이다. 광대는 비록 저편으로 건너가지 못한 채 죽음으로써 그야말로 '몰락'했지만 니체에게 그것은 결코 실패의 의미가 아닌 것이다. 이러한 몰락의 움직임들이 위버멘쉬의 세계를 구현할 근본 동인이 될 것이기 때문이다.

"괴물이 되지 않으려고 세월을 붙잡고 보니/어느덧 고물이 되었다"(〈맹물〉)는 시구에서도 확인할 수 있듯 나호열의 "탈출이 곧 유배가 되는/한 장의 꿈" 또한 동일한 맥락에서 설명될 수 있지 않을까. 존재가 지니고 있는 고유의 의미를 구현하기 위한 '몰락', 군중의 '호명'을 거역하기 위한 능동적인 '유배' 말이다.

2

시적 자아가 '기꺼이 몸을 열어' 받아들인 욕망, 자신의 것인 줄 오인하며 좇았던 '타자의 욕망'은 '이카루스'의 날개와 같은 것인지도 모른다. 잘 알려져 있듯 이카루스는 그리스 신화에 등장하는 인물로 그의 아버지 다이달로스가 만들어준 밀랍 날개를 달고 날다가 너무 높이 나는 바람에 태양의 열기에 밀랍이 녹으면서 추락하고 만다. 진정한 자아는 외면한 채 타자의 욕망을 좇아 맹목적으로 달려가는 현대인의 삶을 이카루스의 날갯짓에 비유할 수 있을 것이다. 자신의 것이 아닌, 가짜 날개를 달고 하늘을 나는 이카루스의 비상은 불안하기만 하다.

당신은 나의 바닥이었습니다
내가 이카루스의 꿈을 꾸고 있던
평생 동안
당신은 내가 쓰러지지 않도록
온몸을 굳게 누이고 있었습니다
이제야 고개를 숙이니
당신이 보입니다
바닥이 보입니다
보잘것없는 내 눈물이 바닥에 떨어질 때에도
당신은 안개꽃처럼 웃음 지었던 것을
없던 날개를 버리고 나니
당신이 보입니다
바닥의 힘으로 당신은
나를 살게 하였던 것을
쓰러지고 나서야
알게 되었습니다

―〈땅에게 바침〉 전문

위 시의 시적 자아는 평생 '이카루스의 꿈'을 꾸고 있었다고 고백한다. '이카루스의 꿈'과 대비를 이루고 있는 것이 '바닥'이다. "없던 날개를 버리고 나"서야 보이는 것이 '바닥'이라는 대목에서 그것은 타자의 허울을 벗어버리고 난 뒤의 자아, 그 단독적인 자아의 고유한 가치를 의미하는 것으로 해석할 수 있다. 자본주의 현대 사회에서 우리가 내면화한 '타자의 욕망'이란 결코 채워질 수 없으며 끊임없이 재생산될 뿐이다. 우리가 성취한 듯한 가치도 기실은 우리가 입고 있는 옷 내지는 본래 "없던 날개", 있다고 착각하고 있는 '이카루스의 날개'에 불과한 것이다. 존재의 의미가 결코 이러한 가변적인 것에 의해 규정될 수 없음은 자명한 이치이다.

쓰러지면 지는 것이라고
사나운 발길에 밟히고 밟혀
흙탕물이 되는 눈처럼 스러진다고
쓰러지지 않으려고
상대방의 샅바를 질끈 쥐었으나
장난치듯 슬쩍 힘을 줄 때마다
나는 벼랑에서 떨어지지 않으려는
나뭇잎처럼 가볍게 흔들거렸다
눈물이 아니라 땀이라고 우겨보아도
몸이 우는 것을 막지는 못하는 법
나를 들어 올리는 상대가 누구인지
지금껏 알지 못하였던 어리석음을 탓하지는 못하리라
으라찻차 힘을 모아 상대를 쓰러뜨리려는 찰나
나는 보았다
내가 쥐고 있던 샅바의 몸이
내가 늘어뜨린 그림자였던 것을
내가 쓰러져야 그도 쓰러뜨릴 수 있다는 것을
허공은 억세게 잡을수록
더 억세진다는 것을
씨름판에 억새가 하늘거린다

—〈씨름 한 판〉 전문

현대인이 자아의 진정한 가치를 잃어버린 채 타자의 욕망을 좇아 고투하고 있는 원인에 외부의 요인이 전혀 없다고는 할 수 없겠지만 근본적으로는 자아 내면의 문제임을 위 시에서는 드러내 보여주고 있다. 경쟁에서 지면 "사나운 발길에 밟히고 밟혀/흙탕물이 되는 눈처럼 스러진다고" 믿고 있기에 시적 자아는 "벼랑에서 떨어지지 않으려는/나뭇잎처럼" 안간힘을 다해 위태로운 삶을 영위해가게 되는 것이다.

그런데 이러한 삶은 허망으로 귀결되기 마련이다. 시적 자아는 경쟁을 타자와의 필연적인 그것으로 알고 "으라찻차 힘을 모아 상대를 쓰러뜨리려" 온 힘을 모으지만 그 대상은 결국 자기 자신의 '그림자'임이 드러난다. 자기 '그림자'와의 싸움은 끝내 이길 수 없는 싸움일 뿐만 아니라 그것이 자신의 그림자임을 인식하기 전까지 결코 끝나지 않는 싸움이기도 하다. 이 싸움은 자신이 쓰러지는 것 외에는 상대를 쓰러뜨릴 방법이 없기 때문이다. '허공'을 붙잡겠다는 의지와 같은 것이다.

이 싸움이 끝나기 위해서는 싸우는 대상이 자신의 그림자임을 깨닫고 스스로 멈추거나 힘이 다할 때까지 싸우다가 쓰러지는 길밖에 없다. "허공은 억세게 잡을수록/더 억세"지기 때문에 집착할수록 에너지 소모는 그와 비례해 커지지만 그럼에도 손에 잡히는 것이 없기는 마찬가지인 것이다. 이 시의 "내가 늘어뜨린 그림자"나 '허공'을 현대인이 내면화하고 있는 타자의 욕망으로 의미화할 수 있을 것이다. 타자의 욕망을 좇는 삶이란 이처럼 자아 성찰에 따른 인식의 변화나 에너지의 탕진으로 인한 무너짐이 있기 전까진 결코 멈출 수 없는 폭주 기관차와 같은 것인지도 모른다.

"네 자신을 알라"라는 말이 있다. 흔히 소크라테스가 남긴 경구로 알려져 있고 우리는 속된 말로 '네 주제를 알라'라는 의미로 써온 것이 사실이다. 그러나 이는 델포이 신전에 적혀 있는 신탁 중 하나로 그 진의는 우리가 알고 있는 것과 정반대라 할 수 있다. 그것은 '네 자신이 고귀한 존재임을 알라'라는 의미이며 더 구체적으로는 '그러므로 고귀한 존재에 걸맞은 덕을 행하라'는 뜻이기 때문이다. 이 신탁이 지시하는 인간의 고귀한 존재로서의 가치가 결코 타자의 욕망으로 표상되는 가변적이고 휘발적인 것에서 찾을 수 있는 것이 아님은 분명하다.

인간을 고귀한 존재로 남게 하는 것, 그것은 결국 존재의 고유한 가치에 대해 주체가 인지하느냐에 달려 있는 것이다. 이카루스의 비상이 추락을 예정하고 있는 것과 같이, 자기 그림자와의 싸움이 패배로 귀결되듯이 맹목적으로 욕망을 좇는 현대인의 삶 또한 종국에는 "괴물"(〈맹물〉)이 되거나 허망함만이 남게 될 것임을 나호열의 시에서는 적실히 드러내 보여주고 있다.

3

나호열 시인의 《이 세상에서 가장 슬픈 노래를 알고 있다》에서 가장 먼저 느껴지는 정서는 쓸쓸함이다. 많은 시편들에서 '텅 비거나 사그라들고'(〈가을과 술〉), '스러지고'(〈저 너머〉), '저물고'(〈낙엽〉), '무너져 내리는'(〈서 있는 사내 2〉) 등 소멸 내지는 '몰락'의 이미지를 발현하고 있기 때문이다. 그렇다고 이 '몰락'의 이미지가 '몰락'의 의미 그 자체에 머물러 있는 것이 아님은 물론이다. 나호열의 시에서 '몰락'의 이미지는 존재의 고유한 가치에 대한 탐구의 기제로 작용하고 있다. 그 대표적 예가 〈낙엽〉이다.

> 공손히 허공에 내민 손은
> 한 번도 움켜쥔 적이 없는 손은
> 깃발처럼 휘날리던 손은
> 벌레 먹어 구멍 송송 뚫린 손은
> 그윽하게 저물어가는 어느 가슴을 닮은 손수건 같은 손은
>
> 이제
> 새 이름으로
> 새 출발을 한다
>
> 낙엽

—〈**낙엽**〉 전문

'낙엽'은 흔히 소진, 쇠락, 소멸, 죽음 등과 관련하여 의미화된다는 점에서 몰락의 표상으로 볼 수 있다. 이는 시간의 흐름에 따라 성장하고 채우는 것이 아닌 절정을 지나 기울고 저무는 과정에 위치해 있기 때문이다. 위 시에서 '낙엽'이 "벌레 먹어 구멍 송송 뚫린 손"이라든가 "그윽하게 저물어가는 어느 가슴을 닮은 손수건"으로 비유되고 있는 것도 동일한 맥락에서다. 그러나 '낙

엽'의 의미가 단순히 상실이나 소멸에 그치고 있는 것은 아니다. '공손히 내민 손'에서는 겸허의 태도를, "한 번도 움켜쥔 적이 없는 손"에서는 비움의 의지를 발현하고 있다. 또한 "깃발처럼 휘날리던 손"은 참여, 결의, 변화 등과 같은 의미를 떠올리게 한다. 이처럼 이 시에서 '낙엽'은 단순히 쇠락이나 소멸의 과정으로 의미화되는 것이 아니라 삶에 대한 성숙한 태도를 함의하고 있는 것으로 드러나고 있다. 더 나아가 '낙엽'은 "새 이름으로/새 출발"을 하는 대상으로 규정되기에 이른다.

'낙엽'이 '새 이름'으로 '새 출발'을 할 수 있는 까닭은 무엇인가. 그것은 존재 가치에 대한 인식의 전환에서 찾을 수 있다. 나무를 세계 내지 인생의 표상이라 할 때 새싹은 중심의 가능성을 내재한 존재이며 절정의 푸른 잎은 에너지를 창출해내는 중심이라 할 수 있다. 동일한 맥락에서 낙엽은 나무에 붙어 있을 힘조차 없는 쓸모없는 존재에 해당한다. 그러나 이러한 목적론적 인식, 중심주의적 관점에서 벗어나게 되면 모든 존재는 그것 나름대로의 고유한 가치를 지닌 것이 된다. 가령 아이는 어른이 되기 위한 혹은 되기 전의 미숙한 존재가 아니며 노인은 여생을 살고 있는, 중심에서 벗어난 존재가 아니다. 아이는 아이만의, 노인은 노인만의 고유한 가치를 지니고 있는 존재인 것이다. 낙엽이 "새 이름으로/새 출발을 한다"는 표현에는 바로 시인의 이러한 존재론적 인식이 함의되어 있는 것이다.

한편 나호열 시의 또 다른 특징 중 하나는 중심에서 벗어난 대상, 주변화된 대상을 소재로 하고 있는 작품이 많다는 것이다. 이는 존재의 고유한 가치에 대한 인식의 측면에서 그려지기도 하고 주변화된 대상의 상처, 이에 대한 시적 주체의 연민의 시선으로 그려지기도 한다. 전자는 이미 살펴본 〈낙엽〉이라는 시편에서 확인할 수 있고 소외된 대상의 상처와 이에 대한 연민의 정서는 〈생각하는 사람 2〉 외의 여러 시편들에서 드러나고 있다.

바람이 소리치는 줄 알았다
바퀴가 투덜대는 줄 알았다
접시가 깨지며 비명을 지르는 줄 알았다

바람을 맞으며 아파하는 것들이 있다
접시에 닿아 먼저 깨지는 것들이 있다
바퀴에 눌리는 바닥이 있다

수동태 문장은 주어가 슬픈가
저 소리들의 주어를 슬그머니 되찾아주고 싶은 밤

바람도, 접시도, 바퀴도 아니었던 소리의 주인은
성대가 없다

—〈생각하는 사람 2〉 전문

사실 주변화된 대상, 소외된 대상을 시적 소재로 삼는 것은 그리 드문 경우가 아니다. 그런데 나호열 시의 경우 그 대상을 설정함에 있어서 매우 섬세하다는 특징이 있다. 또한 중심과 주변, 지배와 피지배라는 보편적 구도의 틀에 얽매이지 않는다. 가령 위 시에서 '바람'이나 '접시', '바퀴'의 경우 명확하게 중심의 편에 서는 대상은 아니다. 이들 자신도 깨지고 부딪히는 존재이기 때문이다. 그럼에도 서로 맞부딪히면서도 '소리'조차 내지 못하는 대상이 있게 마련이다. 시적 주체는 이 '소리'조차 내지 못하는 대상에 초점을 맞추고 있는 것이다. 나쁜 의도에 의해서가 아니라도 이 세계에서 누군가는 '수동태 주어'의 자리에 놓이게 되는 것이 현실이다. 이들은 때로 "주인공이 분노에 가득 차서 제멋대로 휘젓고 내버린 풍경의, 저 소품"(〈소품들〉)과 같이 취급될 때도 있다. 이들 존재가 느꼈을 슬픔과 설움 생각에 시적 주체는 "눈시울이 뜨거워"(〈소품들〉)진다. 하여 '소리' 낼 줄 모르는 그들에게도 '소리의 주인'의 자리를 찾아주고자 하는 것이다.

초식의 질긴 기억이 스멀스멀 몸으로 스며들 때가 있다
날카로운 발톱도 치명의 송곳니도 갖지 못한

쫓기는 자의 슬픔
그 슬픔을 용서하지 못할 때
불끈 뿔은 솟구쳐 오른다
그 누구도 거들떠보지 않는 한숨과
눈물로 범벅이 된 분노는
높은 굴뚝을 타고 오르는 연기가 되거나
못으로 온몸에 박히는 뿔이 된다

나도 뿔났다

—〈뿔〉 전문

위 시에서도 중심과 주변의 경계는 명확하지 않다. "초식의 질긴 기억"을 가진 시적 대상이 소외된 존재임에는 분명하다. "날카로운 발톱도 치명의 송곳니도 갖지 못한 / 쫓기는 자"이면서 "그 누구도 거들떠보지 않는 한숨"과 "눈물로 범벅이 된 분노"를 지니고 있는 존재이기 때문이다. 그러나 이에 상응하는 중심 내지 핍박의 주체는 이 시에서 찾아볼 수 없다. 또한 이러한 '슬픔'과 '한숨'은 그저 "높은 굴뚝을 타고 오르는 연기"가 될 뿐이다. "눈물로 범벅이 된 분노"는 그나마 '뿔'이 되지만 이 '뿔'은 오히려 "못으로 온몸에 박히는 뿔"일 뿐 상대를 찌르는 '뿔'이 아니다.

시적 자아가 '뿔'이 난 이유가 여기에 있는 것이다. 상처받고 소외되는 존재가 분명 있지만 수없이 얽혀 있는 관계 속에서 중심과 주변, 지배와 피지배의 이분법적 구도가 뚜렷하게 드러나지 않는 경우가 더 많을지도 모르기 때문이다. 상처받은 존재에게서는 오히려 자신의 "온몸에 박히는 뿔"이 돋아날 뿐이다. 이 세계에 "그 누구도" 책임지지 않는, "그 누구도 거들떠보지 않는" 슬픔이 부유하게 되는 까닭이기도 하다.

4

그렇다면 나호열 시인은 왜 이토록 주변화된 대상을, 그들의 상처와 슬픔을 그리면서 이와 관련한 뚜렷한 비판의 대상을 상정하지 않는 것일까. 그것은 먼저 '슬픔의 지속'의 측면에서 설명이 가능하다. 위의 시뿐만 아니라 〈비가(悲歌)〉, 〈봄눈의 내력〉, 〈수오재(守吾齋)를 찾아가다〉 등등 많은 시편들에서 시인은 슬픔을 끝내 해소되지 않을 무엇으로 남겨두고 있다. 슬픔의 해소가 끝끝내 유보되는 양상, 이는 시인 자신에게나 독자에게 이 세계의 상처와 결핍, 슬픔 등을 쉽게 흘려보내지 않고 포회하게 하는 장치로 기능한다. 그렇다고 시인의 의도가 비극적 정서를 발현하는 데에 있는 것은 아니다. 오히려 그의 시에 드러나고 있는 슬픔의 정서나 몰락의 이미지에서는 쓸쓸하면서도 무언지 모를 따듯함이 느껴진다. 이러한 감수성을 잘 드러내고 있는 시가 〈저 너머〉이다.

> '저 너머'라는 말이 가슴속에 있다. 눈길이 간신히 닿았다가 스러지는 곳에서 태어나는 그 말은 목젖에 젖다가 다시 스러지는 그 말은 어디에든 착하다. 주어가 되지 못한 야윈 어깨에 슬며시 얹혀지는 온기만 남기고 사라지는 손의 용도와 같이 드러나지 않아 오직 넉넉한 거리에 날 세워두는 '저 너머' 그 말이 아직 환하다.
>
> —〈저 너머〉 전문

이 시의 시적 자아가 "'저 너머'라는 말"을 "가슴속"에 품고 있는 이유는 바로 "눈길이 간신히 닿았다가 스러지는 곳에서 태어나"기 때문이며 "목젖에 젖다가 다시 스러지"는 말이기 때문이다. 다시 말해 '저 너머'라는 말은 중심에서 벗어나 있는 존재와 등가를 이루며 '스러짐'과 같은 몰락의 이미지를 함의하고 있기 때문이라는 의미이다. 그런데 주목을 끄는 것은 '저 너머'라는 말이 "어디에든 착하다"는 대목이다. 소외와 몰락의 이미지를 선(善)에 연결하고 있는 것이다.

그의 시에 드러나고 있는 슬픔의 정서나 몰락의 이미지에서 따듯함이 느껴지는 이유가 바로 여기에 있다. 시인이 굳이 이들 존재와 이항 대립의 관계에 있는 중심적 존재를 상정하고 비판하는 구도를 만들지 않는 까닭도 동일한 맥락에서이다. "모든 죽어가는 것을 사랑해야지"라고 노래했던 윤동주와 같이, 나호열의 시는 불모의 세계에 대한 날선 비판보다는 그 세계에서 소외된 존재, 몰락·소멸하는 모든 존재에 대한 연민, 나아가 사랑의 정서에 초점이 맞추어져 있는 것이다.

어쩌면 이러한 시인의 행위는 "주어가 되지 못한 야윈 어깨에 슬며시 얹혀지는 온기만 남기고 사라지는 손"과 같은 것인지도 모른다. 그러나 시인에게 '저 너머'로 표상되는 대상은 미미한 존재일지언정 중심이 아니기에, "드러나지 않"는 주변적 존재이기에 오히려 "넉넉한 거리"일 수 있는 것이다. 그 "넉넉한 거리"에는 또 다른 많은 주변적 존재들이 공감이나 이해, 연대라는 이름으로 자리하고 있다. '저 너머'라는 말이 "아직 환하다"는 이유가 여기에 있는 것이다.

이러한 맥락에서 비판의 대상을 뚜렷하게 상정하지 않는 또 다른 이유로 사랑에 대한 시인의 의지를 들 수 있을 것이다. 즉 세계와의 불화를 극복하는 근본적인 방안은 날선 비판이 아니라 사랑이라는 것이 시인의 판단이라는 의미이다. 나호열 시의 주제는 사랑이다. 그것이 전면화되었든 아니든 그의 시 정신에 포진해 있는 정서의 바탕은 단언컨대 사랑이다.

이는 시집 《이 세상에서 가장 슬픈 노래를 알고 있다》의 머리말 격인 〈시인의 말〉에도 잘 드러나 있다.

천만 번 겨루어
천 번 만 번 진다 해도
부끄럽지 않은 일
사랑을 주는 일

천 번 만 번 내주어도

천 번 만 번 부족하지 않은
가난해지지 않는 일
사랑을 주는 일

이 세상 끝나는 날까지
끝끝내 남아 있을
우리들의 양식
이제야 그 씨앗을 얻어
동토에 심으려 한다

눈물 한 방울
백 년 뒤에라도 좋다
피어주기만 한다면

—〈시인의 말〉 전문

시인은 "천만 번 겨루어/천 번 만 번 진다 해도/부끄럽지 않은 일"이 "사랑을 주는 일"이고 "이 세상 끝나는 날까지/끝끝내 남아 있을/우리들의 양식"이 '사랑'이라 표현하고 있다. '저 너머'라는 말에 함의되어 있는 감수성을 이 글에서도 엿볼 수 있다. "눈물 한 방울/백 년 뒤에라도 좋다/피어주기만 한다면"이라는 대목이 그것이다. 시인이 '저 너머'라는 말을 '소외'와 '몰락'의 이미지로 의미화하고 있으면서도 또 한편으로 "아직 환하다"고 단언하는 이유는 바로 그의 내면에 '피어주기만 한다면 백 년 뒤에라도 좋다'는 '사랑'에 대한 절실함과 그것에 대한 믿음이 자리하고 있기 때문이다.

살펴본 바와 같이 나호열 시인의 몰락의 상상력은 그의 시에서 불모의 세계에 대한 응전의 방식으로 드러나기도 하고 주변화되고 몰락한 존재의 군상들을 드러내는 방식으로 표현되기도 한다. '몰락'이 새로운 세계로 나아가는 매개, 스스로의 고유한 가치를 인식하는 존재로 거듭나기 위한 과정으로 의미화되는 경우가 전자에 해당한다. 이를 창조를 위한 파괴, 긍정을 위한 부정의 맥락으로 이해해도 무방하다. 타자의 욕망을 내면화한 채 맹목적으로 질주하는 현대인의 삶의 궤도로부터 스스로를 추방하고 유배시키는 것, 이것이 나호열 시의 '몰락'에 함의되어 있는 의미 중 하나다.

또 다른 한편으로 '몰락'은 세계에서 타자화된 존재를 표상한다. 이들 존재는 깨지고 부서지는 슬픈 존재들이지만 분노를 표출하거나 타자에 날을 세우지 않는다. 이러한 유의 시편들에서 타자화하는 주체에 대한 비판 또한 찾아볼 수 없다. 이와 같은 양상의 까닭은 시인이 '몰락'의 정서에 대한 공감, 그러한 존재에 대한 애틋한 사랑의 표출에 초점을 맞추고 있지 중심과 주변이라는 세계의 폭력적 구도에 대한 비판에 목적을 두고 있지는 않기 때문이다.

스스로를 세계의 질서로부터 주변화하는 존재, 동일한 맥락에서 '몰락'에 새로운 가치를 부여하는 존재가 나호열 시의 서정적 자아이다. 그는 스스로 '몰락'하는 자이자 모든 '몰락'하는 것들에 대한 애틋한 사랑을 품고 있는 존재다. 밟지 않으면 밟히는 냉혹한 세계에서 '밟히는' 존재이며, 모두의 욕망이 향하고 있는 위치에서 거리화되어 있는 존재가 '몰락'이 표상하는 바이기 때문이다. 이번 시집《이 세상에서 가장 슬픈 노래를 알고 있다》를 관류하고 있는 것은 바로 이 불모의 세계를 가로지르는 지극히 불온하면서도 애틋한 '몰락'의 감수성이 아닌가 한다.

시간에 대한 사유와 사이의 미학*

—황정산(대전대 교수)

들어가며

시인이 시집의 해설을 부탁하면서 내게 마지막 시집이라는 점을 유독 강조했다. 시들을 읽으면서 '마지막'이라는 이 슬프고도 단호한 말이 귓전을 떠나지 않았다. 그래서인지 이 시집의 모든 시들에는 시간에 대한 안타까움이 묻어 있는 듯했다.

꼭 마지막이라는 말을 생각하지 않는다고 해도 우리는 모두 이 마지막 시간을 피할 수 없다. 우리 모두는 시간의 지배를 받으며 살고 있다. 시간은 피할 수 없고 또 거역할 수 없다. 그것은 바로 이 마지막이 언젠가는 오기 때문이다. 이렇듯 모든 생명 있는 것들은 사라질 운명을 가지고 태어났다. 그러므로 살아 있다는 것은 사라진다는 것을 전제로 한다. 그럼에도 우리는 자신이 사라질 운명이라는 것을 생각하지 못한다. 그래서 사람들은 영원히 살 것처럼 자신의 욕망을 키운다. 키운 욕망을 채우고 또 채울수록 자신의 삶이 확대되고 연장되리라 믿기 때문이다. 그런데 완전히 채울 수 있는 욕망은 없고 영원히 살 수 있는 삶도 존재하지 않는다.

나호열 시인의 이번 시집의 시들은 시간과 이 시간 속에서 더욱 간절해지는 인간의 욕망의 관계를 생각하게 해준다. 그의 시들을 읽으며 그의 언어가

---

* 《안녕, 베이비 박스》(2019) 해설.

다시 불러내는 시간 속의 여행을 해보도록 하자.

시간에 대하여

우리의 경험으로 비추어봤을 때 젊은 시절의 시간과 늙어서의 시간은 그 속도가 다르다. 젊은 시절에는 시간을 의식하지 않고 살 수 있다. 앞으로 밀려드는 시간이 그에게는 더 힘들고 버겁기 때문이다. 그래서 시간은 밀도가 높고 그 시간을 헤쳐가는 데에는 많은 힘과 노력이 필요하다. 그렇기 때문에 그 시간은 훨씬 길게 느껴진다. 하지만 나이 들어 느끼는 시간은 성긴 밀도를 가지고 있다. 일과 일 사이에는 공극처럼 빈 시간이 흐르고 앞에서 마지막 시간이 지친 삶을 끌어당긴다. 훨씬 빠른 속도로 시간이 느껴지는 이유는 바로 이 때문이다. 시인은 어느 날 문득 느껴지는 이 빠른 시간을 다음과 같이 노래하고 있다.

아침에 아내는 국수를 삶았다
이가 아픈 남편은 아무 말 안 했다
후루륵 국수 가락이 목으로 넘어가는데
손가락에 관절염이 온 아내는
연신 헛가락질을 하고 있을 때
남편은 속으로 많이 늙었네
목구멍이 간질거릴 때
늙은 아내가 활짝 꽃 피었다
함박꽃이 웃었다

많이 늙었네

—〈함박꽃〉 전문

늙음을 참 아름답게 그린 작품이다. 나이를 먹는다는 것은 국수를 먹는 일만큼 쉬운 일이다. 흔히 국수를 장수를 기원하는 상징으로 쓰기도 한다. 하지만 이 시는 그 긴 국수가 쉽게 넘어간다는 사실을 지적하면서 얼마나 늙음이 빨리 와 있는가를 아주 담담하게 그리고 있다. 아니 그 담담함이 오히려 더 슬프기도 하다. 그 슬픔은 쉬운 국수 먹기마저 쉽게 할 수 없는 아내의 관절염 걸린 손가락으로 표현된다. 하지만 그 슬픔은 다시 함박꽃으로 활짝 피어난다. 함박꽃은 작약의 다른 이름이다. 그것은 마지막 찬란함을 보여주는 것처럼 화려하면서도 처연하다. 시인은 이 환한 아름다움 속에서 늙음의 슬픔을 보고 반대로 늙음 안에서 화사한 아름다움을 발견한다. 하지만 그것은 곧 져야 할 운명을 피할 수 없는 꽃처럼 사라질 슬픔을 내재한 아름다움이다. 어쩌면 우리의 모든 시간은 이 마지막 늙음을 통해 이루어지는 것인지도 모른다는 생각을 하게 한다. 이렇듯 이 시는 늙음을 통해 우리로 하여금 시간의 의미를 생각하게 만든다.

그런데 자본주의 사회에서 시간은 완벽히 수치화되어 존재한다. 꼭 마르크스의 이론을 들이대지 않더라도 모든 것에는 이 수치화된 시간이 관여하고 있다. 우리가 받는 월급에도 우리가 사는 물건에도 이 수치화된 시간이 가격이라는 이름을 달고 우리의 삶을 지배한다. 시간을 생각하지 않는 삶이란 불가능하다. 나의 삶은 모두 이 수치화된 시간의 규칙에 의해 규정되고 조절되고 또 예정된다.

열두 살 손녀가
삼십 년 뒤엔
뭘 하고 있을까
헤아려보고 있는 동안
벚꽃 잎이 와르르
웃음인지
울음인지
흩날리고 있었다

—〈벚꽃 엔딩〉 전문

시인은 손녀를 데리고 봄날 벚꽃 구경으로 행복한 시간을 보내고 있다. 하지만 그 행복을 만끽하지 못하고, 아니 어쩌면 더 만끽하기 위해 미래를 생각한다. 그런데 그 미래의 시간에는 만개하다 흩날리며 지는 꽃잎처럼 기쁨과 슬픔이 한꺼번에 존재한다. 요즘 말로 하면 '웃픈' 상태인 것이다. 30년 후 한참 장년기의 손녀의 삶이 행복했으면 하는 기대와 그것마저 시간의 지배를 받을 수밖에 없다는 안타까움이 함께하기 때문이다.

그런데 이 시에서 우리가 눈여겨봐야 할 것은 바로 숫자이다. 시인은 '열두 살'이라는 손녀의 나이도 구체적으로 밝히고 있고 또한 미래의 어느 날도 '삼십 년 뒤'라는 숫자로 제시하고 있다. 그것은 바로 지금 여기에서 시인이 느끼는 주관적 시간인 카이로스의 시간마저 절대적이고 수치화된 크로노스의 시간의 언어로밖에 표현할 수 없음을 방증해주는 것이기도 하다. 어린 손녀의 나이를 열둘이라는 숫자로 환기해야 하고 미래의 어느 날도 삼십 년이라는 숫자가 주어져야 상상된다는 것은 우리가 철저하게 수치화된 시간에 적응하고 있음을 말해준다. 그리고 바로 그것이 우리의 삶을 웃기만 할 수 없는 것으로 만드는 요인이 된다는 것도 우리로 하여금 생각하게 해준다. 이 절대적인 수치화된 시간이 지금 내 앞에 가로놓여 있고 아직 미래가 창창한 젊은 손녀의 삶에도 그대로 적용된다는 것을 생각하면 이 벚꽃의 화려함은 그 자체가 이미 슬픔을 내재하고 있는 것이 된다. 벚꽃이 '엔딩'과 함께 올 수밖에 없는 것은 바로 이 때문이리라. 다음 시에서는 이 슬픔의 근원이 좀 더 분명하게 드러난다.

번번이 내가 쏘아 올린 화살은
과녁에 닿지 못하고
파랑새가 되어 날아갔는데
이제는 활도 화살도 없이
저 홀로 타면서

뜨거워지지 않는 저녁노을 가까이
몸을 기대어
이곳저곳에서
속삭이는 파랑새 날갯짓을 품는다
놀라워라
햇살이 비껴간 그늘 한구석에
떼구르르 구르면
지옥에라도 닿을 듯한 비탈길에
놀라워라
내가 쏜 화살들이
저마다 무리 지어 피어 있다니
살은 사라지고
화만 활짝이다니

—〈만항재에서 파랑새를 만나다〉 전문

시간의 흐름을 이렇게 아름답고도 울림이 있는 언어로 쓴 작품을 본 적이 별로 없다. 시인은 저물어가는 저녁노을을 배경으로 자신의 삶을 돌아보고 화살처럼 빠른 시간을 생각하고 있다. 특히 시인은 화살이라는 이미지를 통해 자신이 살아온 길면서도 또한 짧은 시간들을 생각하고 그 시간이 만든 지금의 자신을 되돌아본다. 그러면서 화살의 '화'와 '살'을 동음이의어의 묘미를 살려 삶의 의미를 생각하게 한다. 이 시에서 화살의 '화'는 꽃이고 불이며 또 심화, 즉 가슴속의 한이기도 하다.

젊은 시절의 시간들은 과녁에 닿지 못하는 불완전한 것이긴 하지만 그것은 파랑새처럼 희망의 기대를 가지고 있었다. 하지만 노년이 된 지금의 시간은 "활도 화살도 없이/저 홀로 타"는 저녁노을과 같이 저무는 것을 받아들여야 하는 시간이다. 그런데 시인은 이 애달픈 시간을 아쉬워하거나 허망하다고만 생각하지 않는다. 헛것인지만 알았던 과거 시간의 흔적들이 고스란히 꽃이 되어 피어 있기 때문이다. 시인은 그것을 "살은 사라지고/화만 활짝이"라고 표현하고 있다. 살은 죽이는 목표에 박히고 상대를 죽이는 것이다. 젊은 날의 열정은 그것을 원한다. 하지만 시인은 그러한 목표를 달성하는 대신, 아니 그것을 포기하고 "화"를 피우고 있었던 것이다. 앞서도 지적했지만 이 '화'는 꽃이기도 하고 불이기도 하고 한이기도 하다. 그리고 그것이 언어로 피어나 그가 일생을 통해 남긴 꽃 같은 시편이 되었다. 이렇게 해서 시인은 젊은 시절 잃어버린 파랑새를 다시 만난다.

이렇게 시인은 시간이 다 되고 나서 희망을 다시 본다. 시간을 잃어버리고 나서 잊어버린 것을 다시 되찾은 것이다. 인생에 대해서도 마찬가지이다. 남는 시간이 많지 않은 노년이 되어서야 비로소 꽉 찬 시간을 경험하는 아이러니를 시인은 발견하게 된 것이다.

비울수록 꽉 찬다는 이 비움의 미학을 다음 시는 좀 더 분명히 보여준다.

너무 많은 것을 보지 마세요
안과 의사가 말했다
너무 많은 것을 들으려 하지 마세요
이비인후과 의사가 말했다

병든 몸을 씻으려 강가에 와서
눈물을 쏟았다
먼지가 돼버린 신기루가
꽃씨처럼 휘날렸다
귀에서
몇 필이나 되는지 목 쉰 바람만
흘러나왔다

사막은
너무 많은 나
휘발된 눈물과

호명되지 않은 이름의 발효

지금의 나는
오래전에 떠나왔던
초원을 기억하는
단봉낙타

—〈너무 많은〉 전문

세상은 우리로 하여금 더 많은 것을 원하게 하고 얻도록 만들지만, 너무 많이 봐서 눈이 나빠져 결국 많은 것을 보지 못하게 되는 것처럼, 가질 수 있는 너무 많은 것이 우리를 더 가난하게 만든다. 시인은 이 많은 욕망과 그 욕망의 대상들이 "목 쉰 바람"만 들리는, 결국 사막의 허망함으로 귀결되리라는 것을 알고 있다. 그래서 시인은 "단봉탁타"가 되어 기억 속에서만으로 남아 있는 초원을 그리며 이 사막을 견디고 있다.

차이와 사이의 미학

시간은 사이를 메꾸는 질료이다. 존재와 존재 사이에는 공간만이 아니라 시간 또한 관여한다. 사이를 좁히고 관계를 긴밀히 한다는 것은 같은 시간을 공유하는 것이기도 하다. 이 시간을 공유하지 못할 때 같은 한 존재라 하더라도 분리되어 또 다른 존재로 변할 수밖에 없다. 그런데 공간의 거리는 인간의 능력의 발전과 노력으로 좁힐 수 있지만 시간의 거리는 현실적으로 좁히기 불가능하다. 그런 점에서 존재와 존재 사이에 가로놓인 시간이야말로 어떤 존재의 의미와 다른 존재와의 차별성을 규정하는 가장 중요한 요소이기도 하다. 나호열 시인은 바로 이 다른 시간들의 차이와 그 시간의 간격을 사유하는 것을 통해 그의 시에 고유한 미학을 만들어내고 있다. 다음 시를 살펴보자.

이주 먼 곳
이 세상의 끝까지 가봤지
나는 빛의 속도로 달렸어
주먹 한 줌만큼 햇살이 앉은
의자

앞에 놓인 그림자를 짚는
목발 몇 개
날개 흉내를 내고 있다

—〈목발 2〉 전문

이제는 오래 걸을 수 없다고 했다
직립의 슬픔으로 남은 두 손은
앞발이 되기보다
날개가 되기를 원했다

오래된 꿈이
가끔 땅에 내려앉을 때
언뜻 사람이 되기도 한다

—〈목발 12—내가 새가 된 이유〉 전문

목발과 날개는 엄청난 차이를 가진 존재들이다. 그 차이는 어디에서 오는 것일까? 물론 생김새나 용도와 기능의 차이가 있다. 하지만 그 둘 사이의 건널 수 없는 차이는 속도와 시간의 차이이다. "빛의 속도"를 꿈꾸는 것은 사실 목발의 일이 아니라 날개의 일이다. 하지만 시인은 의자 옆에 놓여 쉬고 있는 목발을 보고 광속으로 달려오고 난 후의 휴식의 모습을 가장하고 있다고 생각한다. 목발이 보여주는 그 느림과 불편함 속에는 이미 속도와 그 속도로 시간을 확장하려는 욕망이 들어 있음을 시인은 간파하고 있다. 시인은 바로 거기에서 우리의 삶의 한 측면을 보고 있는 것이다. 날개와 목발만큼이나 우리의 욕망과 현실은 차이가 있고 바로 그 사이에 시간은 허망하게 가로놓여 있고 우리의 삶은 그 시간에 얽매여 있다. 빠름과 느림 사이, 욕망과 현실 사이의 이 간극을 메우다가 우리의 삶은 늙고 낡아가는 것임을 이 시는 놓여 있는 목발을 통해 우리에게 선명한 이미지로 알려주고 있다. 간결하여 더욱 가슴 아픈 시이다.

위의 작품들이 차이에서 오는 사이에 주목을 했다면 다음 시는 유사한 것들 간의 사이를 생각하게 해준다.

마땅히 있어야 하는 그곳에서 사라진 시계와 지갑 같은 것 청춘도 그리하여서 빈자리에 남은 흠집과 얼룩에 서투른 덧칠은 잊어야 한다는 것 잃어버린 것이 아니라 손에서 놓아버린 아쉬움이라고 하여도 새순으로 돋아 오르는 잊어야지 그 말

문득 열일곱에서 스물두 살 그 사이의 내가 잃어버린 것인지 놓아버린 것인지 아슬했던 그 이름을 며칠째 떠올려보아도 가물거리는 것인데 왜 나는 쓸데없이 손때 묻은 눈물에 미안해하는가

낮달처럼 하염없이

—〈잊다와 잃다 사이〉 전문

'잊다'와 '잃다'는 완전히 다른 의미의 말이다. 하지만 글자 모양도 발음도 비슷하여 종종 혼동하여 사용되기도 하는 말이다. 이 잘못된 사용이 이 두 단어 사이의 의미를 닮게 만들기도 한다. 시인은 바로 그 점을 예리하게 포착해서 그것을 시의 소재로 삼았다. 잃어버린 것이 놓아버린 것이기도 하고 또한 일부러 잊어버린 것일지도 모른다는 생각을 하며 지난 세월의 모든 이별들에 미안해하고 있다. 그런데 그러면서 스스로 낮달과 같은 존재가 된다. 낮달은 눈에 띄지 않아 잊혀지거나 잃어버린 존재이다. 나이가 들어서 잊어지고 잃은 것이 많아지면서 자신의 삶이, 아니 바로 자기 자신이 통째로 잃거나 잊은

것이 되어가고 있음을 시인은 깨닫게 된 것이다.

시인은 사이의 사유를 통해 나를 돌아보기도 한다.

오늘도 그가 왔다
굳은 표정과 열쇠가 없는 침묵으로
말을 거는 그에게
오히려 나는 할 말이 없다
낯이 익은 탓인지
온갖 비밀로 가득 찼던 몸을
기꺼이 내게 열어주지만
그는 언제나 나에게는 삼인칭의 이름
찬란했던 봄이 가고
딱딱한 눈물이 남는 나무처럼
부드러운 나의 손길에도
깊은 나이테를 보여주지 않는다
잘 가라
다시 만날 일은 없을 터이니
나는 다시 또 다른 그를 기다릴 뿐
슬퍼할 겨를이 없다
우수수 떨어지는 낙엽들
장의(葬儀)의 나날들

—〈I—It〉 전문

I와 It은 비록 한 글자 차이지만 일인칭과 삼인칭이라는 커다란 거리를 가지고 있다. 하지만 시인은 이 거리를 의심해본다. 나와 그가 과연 다른 것일까? 아니면 반대로 내가 나 아닌 그로 존재할 수 있을까? 이 시의 이러한 의문들이 우리를 깊은 사유로 이끈다. 내가 나를 돌아보았을 때 나는 항상 삼인칭 그로 존재한다. 나인 그가 나에게 자신의 내면을 보여주지 않기 때문이다.

우리는 항상 나와 타인과의 관계를 통해 형성된 사회적 자아로 의식된다. 누구의 누구이거나 누구를 위한 누구 또는 누구에 의한 누구로만 존재한다. 그러면서 진정한 내면의 자아는 내게서 잊혀져간다. 나에 의한 나를 위한 나의 존재는 항상 미래의 것으로만 존재한다. 우리의 모든 시간은 결국 이 진정한 나와 마주하는 일인지도 모른다는 생각을 시인은 하고 있다. 그러므로 진정한 나와 나 같은 그 사이에는 아무것도 없는 것 같기도 하지만 사실은 우리의 전 생애와 살아 있는 모든 시간이 가로놓여 있다.

다음 시는 바로 이 전 생애의 시간을 얘기해주고 있다.

안녕
이제 떠나려 해
혹한과 눈폭풍 속에서도
서로의 황제가 되었던
짧은 며칠
우리에게 남겨진 것은
부화를 꿈꾸는 돌을 닮은 생명
난 뒤돌아보지 않아
이제 저 푸르고 깊은 바다로 갈 거야
나의 몸부림이
멋진 자맥질이라고 오해하지는 마
봄이 오면 다시 돌아올 수 있을까
다시 우리는 만날 수 있을까
뒤돌아보지 않으려 해
너의 얼굴을 기억하지 않으려 해
부디 짧은 추억으로부터 벗어나기 위해
지금 너무 느리게 걸어가고 있을 뿐

나의 베이비 박스

안녕

—〈안녕, 베이비 박스〉 전문

세상이 단지 자신이 버려진 곳인 '베이비 박스'였다고 시인은 생각하고 있다. 사실 따지고 보면 우리는 모두 세상에 버려진 존재이다. 그리고 그 세상에서 부화를 꿈꾸며 몸부림치다 "짧은 추억"을 남기다가 가는 것이다. 다만 그것이 길게 느껴지는 것은 우리가 "너무 느리게 걸어가"고 있기 때문이다. 이렇게 이 시에 깔린 정조는 허무주의이다. 그런데 이 허무는 우리의 삶이 가치 없다는 것을 말하는 것이 아니라 우리가 얼마나 가치 없는 것들에 허망하게 매달려 살고 있는 것인가를 성찰하게 해준다. 패배주의적 또는 퇴폐주의적인 허무주의가 아니라 성찰적 허무주의라 이름 붙일 수 있다. 다시 말해 깊은 허무가 삶에 대한 깊이 있는 성찰로 이끌어준다.

맺으며

이상의 해설을 통해 나호열 시인의 시적 세계를 잠시 들여다보았다. 시인의 전 생애를 통해 일군 시적 세계를 몇 마디의 말로 설명하는 것이 쉽지는 않다. 더욱이 항상 울림 있는 시어를 통해 삶의 깊이에 도달하는 시들을 써온 오랜 시력의 시인의 작품을 둔필로 해설한다는 것은 두려운 일이기까지 하다. 하지만 용감하게 이번 시집의 시들을 정리하자면, 나호열 시인의 시들은 시간과 시간들의 사이를 통해 우리 삶의 허무를 돌아보고 그것으로 우리의 허망한 욕망을 성찰하는 지향을 보여준다고 할 수 있다. 그렇게 볼 때 시인에게 시를 쓴다는 것은 이 허망한 시간의 흐름에 헛된 또 하나의 허망한 세계를 만드는 것에 불과하다. 시인은 그것을 다음과 같은 풍자의 언어로 우리에게 들려주고 있다.

멍

멍멍
멍멍멍

한 단어로
희로애락 드러내는
이 기막힌 은유를
그냥 개소리로 듣는다면
얼마나
슬픈 일이냐
아무리 울어대도 울림을 주지 못하는
개소리

멍

—〈개소리〉 전문

시인이 애써 시를 쓰더라도 그것은 결국 개짓는 소리에 불과하다. 모든 감정과 깊은 의미를 담고 있지만 누구에게도 전달되지 못한 불구의 언어이기 때문이다. 그래서 아무리 울어도 울림을 주지 못하고 아무리 말해도 전달되지 못한다. 단지 멍한 의문만 남을 뿐이다. 하지만 이 의문이 진정한 깨달음이다. 더 허망한 세상의 소리들을 "멍"한 상태로 지우기 때문이다. 시가 아직은 필요한 이유이다. 이 멍한 상태에서 벗어나지 못한 나호열 시인은 아직은 더 시를 써야 한다. 마지막이라는 말이 진심이 아니기를 진심으로 빈다.

가벼워지기 위한 두 가지 방법*

—황정산(시인, 문학평론가)

들어가며

우리는 모두 무게에 짓눌리며 살고 있다. 고통도 슬픔도 해야 할 일도 모두 무거운 중량으로 우리를 압박한다. 그럼에도 불구하고 우리는 모두 이 무거움을 늘리며 살고 있다. 더 많은 재산을 쌓으며 더 무거운 차를 구입하고 더 많은 관계를 만들어 관계 속의 고통을 가중시킨다. 더 많이 가지고 더 많이 쌓아두고 더 높은 지위의 무게를 가져야 더 큰 행복과 그 행복을 위한 능력을 얻게 된다고 믿기 때문이다. 하지만 모든 불행은 이 무게로부터 온다. 이 무게를 얻기 위한 인간의 욕망이 세상을 무겁게 만들고 우리를 분노와 고통의 무게로부터 벗어날 수 없게 만든다.

나호열의 시는 가볍다. 말에 말을 덧붙이는 중층의 언어의 두께도, 심오한 의미의 무게도 담지 않으려고 한다. 아니 가볍다는 말은 어폐가 있다. 그의 시들은 가벼워져가는 언어의 무게를 느끼게 하는 아이러니한 힘을 가지고 있다. 다시 말해 그의 시어들은 없어진 무게를 가지고 있다.

---

* 《안부》(2021) 해설.

날개를 달아 가벼워지기

나호열 시인의 시에서 인간은 무게에 짓눌려 살고 있다. 다음 시가 그것을 잘 보여준다.

> 저 멀리
> 한 마리 학이 앉아 있는 듯
> 가까이 다가가면
> 서로 포근히 기대어
> 사이시옷
> 사람〔人〕들이네
>
> 흙이 물과 불이 만나 이룩한
> 우주를 향해 펼친 날개
> 사이시옷의 물결을 보네

—〈사이시옷〉 전문

"기와를 노래함"이라는 부제가 달린 작품이다. 이 부제에서 알 수 있듯 시인은 포개어진 기와를 보고 사람들이 사는 세상의 모습 떠올린다. 그것은 기와의 무게처럼 서로의 무게에 짓눌려 있는 모습이다. 하지만 시인은 그 무게에 짓눌린 모습에서 "한 마리 학이 앉아" 있는 형상을 보고 "우주를 향해 펼친 날개"를 상상한다. 그런데 사람들은 자신이 날 수 있는 날개를 가지고 있다는 것을 알지 못하고 켜켜이 쌓여 서로의 무게를 감내하며 오래된 기와처럼 낡아가고 있다. 이 시에서는 'ㅅ'이 시의 정서를 표현하는 음성 상징으로도 작용한다. 시옷은 가벼운 느낌을 준다. '사르륵', '사뿐' 등 가벼움을 표현하는 것에 시옷이 많이 들어간다. 그렇지만 그 가벼운 느낌의 시옷이 기와처럼 쌓여 무거워지는 아이러니를 이 시는 잘 표현하고 있다. 이를 통해 무거운 인간사이지만 그 안에는 가벼움이 숨어 있다는 이치를 시인은 우리에게 알려준다.

가벼워진다는 것은 세상의 짐으로부터 벗어난다는 것을 의미한다. 그런데 위 시에서처럼 이 모든 삶의 무게를 유지하면서도 자유를 얻는 방법 중 하나는 벗어날 수 있는 날개를 얻는 것이다.

길가에 뒹구는 돌멩이를
누구는 발로 차고
손에 쥐고 죄 없는 허공에
화풀이를 하네

볼품이 없어
이리저리 굴러다니지만
엄연히 불의 자손
하늘을 가르며 용트림하던
그 청춘의 불덩이를 잊지 않기 위해
안으로 얼굴을 감춘 갑각류의 더듬이처럼
엉금엉금 기어서
오늘도 날개를 꿈틀거리는
돌멩이 하나

—〈돌멩이 하나〉 전문

이 시에서 돌멩이는 세파에 찌들리며, 이러저리 채이며 사는 이 땅 민초들의 정서적 등가물이다. 오늘 이곳을 살고 있는 대부분의 사람들은 돌멩이처럼 아무도 귀하게 여겨주지 않고 화풀이를 위한 갑질의 희생양이 되기도 한다. 하지만 돌멩이들이 뜨거운 용암에서 나왔듯이 그 안에는 원래 가지고 있던 "청춘의 불덩이"를 품고 있고 비록 바닥에 구르더라도 "날개를 꿈틀거리는" 꿈은 포기하지 않고 있다고 시인은 보고 있다. 그게 사실이 아니더라도 그 날개의 꿈을 포기하지 않기를 그리고 그 가능성이 소멸하지 않기를 강렬하게 소망하고 있다고 할 수 있다.

다음 시에서는 이를 좀 더 분명하게 표현하고 있다.

다시 나를 저 야생의 숲으로 보내다오
삶에게 쫓기며 도망치다 보면
날개에 힘이 붙고
휘리릭 창공을 박차 올라
매의 발톱에 잡히지 않으려는 수만 년이 지나면
쓸데없는 군살과 벼슬을 버린
새가 되리라
진화론의 서문이 너무 길어
달걀을 깨버리는
이 무심한 밤

—〈진화론을 읽는 밤〉 부분

시인은 달걀을 보고 닭의 운명과 진화에 대해 생각하고 있다. 이미 날지 못한 새이지만 진화론을 거슬러 다시 날개를 사용하여 날 수 있는 새가 되기를 시인은 간절히 소망한다. 날지 못하는 닭에게서 자신의 모습을 떠올리기 때문이다. 그것을 벗어나기 위해 시인은 "달걀을 깨버리는" 행위로 저항한다.

그런데 날개를 달고 가벼워진다는 것의 진정한 의미는 무엇일까? 그냥 세상을 가볍게 여기고 낭비하는 것일까? 아니면 초월적인 것을 지향하며 현실도피의 삶을 바라는 것일까? 다음 시에서 시인이 진정으로 원하는 날개의 의미를 생각해볼 수 있다.

옷의 역사를 생각해본다
동물에서 사람이 되었던 날은
부끄러움을 알게 된 그날
감추어야 할 곳을 알게 된 그날

옷은 그로부터 넌지시 위계를 가리키는
헛된 위장의 무늬로
입고 벗는 털갈이의 또 다른 이름으로
진화하였다

우화(羽化)의 아픈 껍질을 깨고
비로소 하늘을 갖는 나비를 꿈꾸며

(중략)

나는 벌거숭이가 되어
옷의 역사를 새롭게 쓰고 싶다
부끄러움을 감추지 않고
가장과 위선의 허물이 아니라
마음에 새겨지는 문신으로
나를 향해 먼 길을 오는 이의 기쁨으로
이름 짓고 싶다

—〈허물〉 부분

흔히 옷이 날개라고 말을 한다. "우화의 아픈 껍질을 깨고/비로소 하늘을 갖는 나비를 꿈꾸"듯이 옷은 우리에게 위계를 만들고 자신의 가치를 드높이는 날개로서 기능을 한다. 하지만 그것은 "헛된 위장"일 뿐이라고 시인은 생각한다. 그럴 경우 옷은 벗어야 할 허물이 되고 만다. 진정한 우화는 날개라고 생각하는 이 옷을 벗어버린 데서 이루어진다. 시인은 이 허물로서 옷이 아니라 "마음에 새겨지는 문신"으로서의 옷을 생각하고 그럴 때 옷은 사람과 사람을 이어주는 날개가 되는 것이다. 결국 가벼워지는 것은 진정한 사랑을 얻는 일이다.

다음 시가 그것을 좀 더 잘 말해준다.

저렇게 살아서는 안 된다고 다짐했다 얼굴도 없이 뼈도 없이 맹물에도 풀리면서 더러운 것이나 훔치는 생을 살지는 않겠다고 생각했다

하늘만 바라보면서 고고했던 의지를 꺾은 것은 내 잘못이 아니다 무엇이든 맞서 싸우되 한 뼘 땅에 만족했던 우직함이 나를 쓰러뜨렸다

나무는 벌거벗어도 실체가 없음의 다른 말이다 벌거벗어도 보일 것이 없으니 부끄럽지 않다 당신이 나를 가슴에 품지 않고 쓰레기통에 넣는다 해도 잠시라도 나를 필요로 할 때 기꺼이 나는 휴지가 되기로 한다 나는 당당한 나무의 후생이다

—〈후생〉 전문

나무가 날개가 되는 것은 휴지가 되는 것이다. 나무가 자신의 몸을 벗어나 아무것도 아닌 가벼움을 가지려면 베어져 휴지로 만들어져야 한다. 하찮고 보잘것없지만 남을 위해 쓰일 수 있는 이 가벼운 존재가 되는 길은 몸소 사랑을 실천하는 길이고 나무의 무게를 벗어나는 길이다. 시인은 그래서 그것을 "당당한 나무의 후생"이라고 멋진 이름을 붙여준다.

꽃이 되어 가벼워지기

나호열 시인의 시들에는 특히 '꽃'이라는 단어와 꽃의 이미지가 많이 등장한다. 그의 시에서 꽃은 다양한 의미를 만들어내고 있지만 모두 가벼워지는 것과 관련을 맺고 있다. 꽃의 이미지가 보여주는 가벼움과 꽃이 함축하고 있는 상승이라는 내포적 의미 때문일 것이다.

절벽 앞에 서 있었다
우울의 깊이를 가늠하려고
눈빛을 떨어뜨렸을 때
절벽 어느 틈새에

꽃은 보이지 않고
향기가 기어오르고 있었다
나는 그 꽃이 궁금하여
하늘을 우러러 보이는 곳으로 내려왔다
꽃도 향기도 보이지 않는 절벽이
내게 말했다
모두 안녕?

—〈모두 안녕〉 전문

우리의 삶은 절벽 앞에 서 있는 것과 다름이 없다. 앞도 보이지 않지만 자칫 잘못하면 나락으로 추락하는 파멸이 기다리고 있기도 하다. 지금도 수많은 사람들이 이 절벽 앞에서 절망하거나 비통해하고 있을지 모른다. 또한 더러는 사업 실패라거나 불의의 사고를 통해 절벽에서 추락하는 절망을 경험하기도 할 것이다. 시인은 그 절벽 앞에서 꽃을 보고자 한다. 이때 꽃은 희망이기도 하고 절망을 견디게 하는 위안이기도 하고 삶에서 힘들게 찾은 아름다움이거나 행복이기도 할 것이다. 그런데 향기는 있지만 그것의 실체는 보이지 않는다. 존재하지만 만나기는 쉽지 않다는 것이다. 그래도 우리는 아직 모두 "안녕"하다. "하늘을 우러러 보이는 곳", 즉 낮은 곳으로 내려올 수 있는 마음이 있다면 아직은 우울을 견디며 꽃을 그리워할 수 있다.

그래서 시인은 사막 같은 현실의 삶에서 꽃에 대한 그리움을 포기하지 않고 살 수 있었다.

어느 사람은 낙타를 타고 지나갔고
순례자는 기도를 남기고 사라져 갔다
그때마다
화염을 숨기고 뜨거워졌다가
밤이면 무수히 쏟아져 내리는 별빛으로
얼음 속에 가슴을 숨겼다

나에게 머무르지 않는 사람들의 발자국을
침묵과 고요 속에서 태어난 바람으로 지우며
육신의 덧없음을 일깨우곤 했다
오늘도 낙타의 행렬과 순례자들이
덧없이 지나갔지만
나는 꿈을 꾼다
그 사람이 오고
백 년 만에 비가 내리고
백 년 만에 내 몸에서 피어나는 꽃을
어쩌지 못한다

안녕이라는 꽃말을 가진 사람

—〈사막의 꿈〉 전문

자신의 내부에서 꺼지지 않는 화염은 차가운 가슴속에 숨길 수 있고 낙타의 행렬과 순례자들을 보면서 덧없는 꿈을 꿀 수 있는 사람은 백 년 만이라도 자신에게 꽃을 피울 수 있다고 시인은 믿고 있다. 그 꽃은 바로 "안녕이라는 꽃말"을 가진 사람, 즉 시인 자신이다. 모든 것에 안녕이라고 말할 수 있는 사람은 모든 것을 떠나보내고 모든 것으로부터 자유로워진 사람이다. 꽃이 되어 가벼워진 사람이다. 어쩌면 그런 사람이 되는 과정이 바로 시를 쓰는 과정일지 모른다.

길 없음의 표지판을 믿지 않고 끝까지 걸어가야 비로소 태어나는 말이 있다 눈먼 더듬이가 짚어내는 모르는 단어는 가슴 어딘가에서 피어나는 꽃의 눈빛을 닮았으나 그저 입안에서 맴도는 길들여지지 않은 바람의 영혼이다

길의 끝에서 우리는 강을 만나고 절벽을 만나고 사막을 만나기도 하지만 오늘 밤 태어나는 단어는 무엇이 될지 모르는 한 톨의 씨앗

하늘에 던지면 샛별이 되고 강에 던지면 먼바다를 돌아 회귀하는 물고기가

되고 사막에 감추면 슬픈 낙타가 될지도 몰라 아직 여백이 남은 가슴의 편지지에 서툴게 감춰두고 마는 길 없음의 끝

―〈손금〉 전문

시인은 손금을 통해 시인으로서의 자신의 운명을 예감한다. 그는 자신이 꽃과 바람 사이에서 방황하는 운명을 가지고 있다고 생각한다. "꽃의 눈빛을 닮았"다는 것은 아름다운 마음과 그것에 대한 소망을 지향하고 있다는 말이다. 하지만 완성된 아름다움으로서의 꽃은 자신의 삶에서 쉽게 만나지도 이루지도 못한다. 그래서 그것을 찾아 떠나는 "바람의 영혼"으로 살아왔다. 어쩌면 그것은 시인의 길이기도 할 것이다. 강과 절벽과 사막을 헤매다가 겨우 "한 톨의 씨앗" 같은 단어 하나를 만들어서 그것이 샛별도 되고 물고기도 되고 낙타도 됐다가 결국은 아름다운 꽃으로 피어나기를 바란다. 시인이 단단한 씨앗 같은 단어들을 모아서 시를 짓는 것은 바로 이 때문일 것이다.

그러나 이 길은 너무 멀고 어려운 길이다. 다음 시가 이것을 간략하게 잘 말해준다.

불쑥
당신 앞에
나무로 서는 데 반생
문득
당신 마음에
꽃으로 피는 데 반생

불쑥에서
문득까지 천 리 길
길 없는 길

―〈토마스가 토마스에게 9〉 전문

"토마스"는 시인 자신의 세례명일 것이다. 결국 이 시는 자신이 자신에게 하는 독백이다. 진정한 자신으로 돌아오는 길이 얼마나 힘든 일이고 오래 걸리는 일인지를 얘기하고 있다. 반생을 나무로 섰다는 것은 자신의 삶을 성숙한 인간의 삶으로 만들어가는 과정을 말하고 있다고 해석된다. 어느 날 불쑥 자신의 삶이 익어갔다고 시인은 생각한다. 하지만 문득 꽃으로 완성된 깨달음을 얻기까지는 또 다른 반생을 살아야 한다. 그것은 "길 없는 길"인 지난한 형극의 길임을 시인은 잘 알고 있다. 그런데 이 시에서 시인은 "불쑥"과 "문득"이라는 부사를 적절히 사용하여 이 시의 의미와 분위기를 잘 살리고 있다. '불쑥'이나 '문득'이나 다 갑작스러운 한순간의 어떤 것의 나타남을 표현하는 말이지만 '불쑥'은 나 아닌 다른 것이 나타났을 때 주로 사용하고 '문득'은 내 안의 어떤 것이 일어났을 때 주로 사용한다. 반생은 타인의 욕망에 지배받으며 그것에 맞추려고 살았다면 이제 반생은 꽃으로 피어나는 "문득"의 깨달음을 얻고 싶은 것이다.

그런데 그렇게 문득 깨달아 얻은 꽃은 무엇일까? 다음 시가 그것을 잘 말해준다.

> 이 세상에서 가장 아름다운 꽃은
> 피어나기는 하나 지지 않는 꽃이다
> 하늘에 피는 꽃은 구름
> 그저 푸른 하늘만 있으면
> 사계절 가리지 않고 핀다
> 향기도 없고
> 벌 나비도 찾아오지 않지만
> 이 세상에서 가장 아름다운 꽃은
> 나그네 긴 발걸음 끌고 가는
> 구름이다

—〈구름〉 전문

시인은 가장 아름다운 꽃을 구름이라고 말하고 있다. 구름은 있지만 실체가 없고, 정해진 형태가 없고 향기도 없고 "벌 나비도 찾"지 않는 어쩌면 쓸모없는 존재이다. 비어 있는 실체이고 내용 없는 아름다움이다. 그러므로 그것은 진실로 가벼운 존재이다. 그렇기에 구름이 가장 아름다운 꽃이라고 시인은 말할 수 있게 된 것이다. 그것은 시인이 시를 통해 도달하고자 한 무용성의 아름다움인 진정한 예술의 경지이다. 무용하기에 그것은 무게가 없고 무게가 없어 억압이 없다. 이 구름 꽃의 경지에 이르러 비로소 세상의 무게로부터 벗어나게 되므로 "지지 않는" 영원성을 가진 완성된 자유가 된다.

맺으며

벗어나기 위해서는 가벼워져야 한다. 하지만 우리는 스스로 삶의 무게를 늘리며 살고 있다. 그래야 성공적인 삶이라고 평가되기 때문이다. 모든 것이 수치로 계량화되어 있어 더 높은 수치에 도달해야 남들보다 더 높은 지위와 명예를 얻는다. 하지만 그 무게 때문에 우리는 인간에게 가장 중요한 자유를 저당잡힌 채 살고 있다. 나호열 시인은 이 삶의 무게를 덜어가는 과정으로 자신의 시 쓰기를 완성해가고자 하는 것 같다. 아니 어쩌면 이미 그곳에 도달해 있는지도 모르겠다.

그 과정의 마지막에는 바로 사랑이 있다.

사랑해

이 짧은 시를 쓰기 위해서
너무 많은 말을 배웠다

—〈토마스가 토마스에게 1〉 전문

가시밭길 걸어도

멈출 수 없는 것은
뒤돌아보면 살아온 날들이
꽃밭이 되어
따라오기 때문이다

—〈토마스가 토마스에게 2—사랑의 힘〉 전문

이 시집은 바로 이런 사랑의 마음으로 아직 삶의 무게에서 벗어나지 못하고 있는 우리 모두에게 안부를 묻고 있다.

스토리문학
시인들의 마니또이자 견인차
나호열 시인
108
2022 · 상반기호
꿈이 있는 사람들의 이야기
스토리문학
STORY LITERATURE
메인스토리
시인들의 마니또이자
견인차
- 나호열 시인
108
2022 · 상반기호

시인들의 마니또이자 견인차

2022년 임인년(壬寅年)이 시작되고 다음 날인 1월 2일 나호열 시인께 전화를 드렸다. 금년에 칠순을 맞이하는 나호열 시인의 문학을 평소에 동경해왔고, 그의 맑고 정의로운 문학 세계를 독자들에게 알리고 싶다는 생각을 늘 해왔었는데, 요즘은 우연하게도 페이스북을 통하여 나호열 시인과 자주 소통하고 있던 터였다. 이에 그를《스토리문학》2022년 상반기호 메인스토리에 모시기로 했다. 전화를 받은 나호열 시인은 고맙다는 말과 함께 기꺼이 응해주었다.

그리하여 나호열 시인은 새해가 되자마자 처음 만나는 사람으로 우리《스토리문학》편집진을 선택해주었고, 1월 4일 첫 출근 날 일찍 스토리문학사 사무실을 찾아왔다. 우리 일행은 사무실에서 오랫동안 취재를 하였다. 그리고 점심을 서오릉 근처 한 한정식집에서 먹고 오랜만에 서오릉을 걸으며 녹음 취재를 진행했다.

나호열 시인은 충청남도 서천군 마서면 남전리 282번지가 본적이지만 아버지 나상순(羅相舜, 작고) 선생과 어머니 김옥희(김해 김씨, 작고) 여사 사이에서 2남 1녀의 장남으로 피난지 부산에서 태어났다. 두 분 다 은행에 근무하셨는데 은행원으로서 자부심이 대단했던 것으로 나호열 시인은 기억하고 있다.

서천군 마서면 남전리는 나주 나씨(羅州 羅氏)의 집성촌이기도 하다. 나

《스토리문학》(2022년 상반기호)에 실린 기사를 스토리문학사의 양해를 받아 에코리브르의 편집 기준에 맞춰 일부 손보았음을 밝혀둔다.

주 나씨 시조는 중국 송나라 예장(豫章) 사람 나부(羅富)이며, 송나라가 위급해지자 봉명사신(奉命使臣)으로 고려에 왔다가 송이 멸망하자 본국으로 돌아가지 못하고 고려에 귀화하였다. 중시조는 고려 말 무장 나세 장군으로 2만 5000의 왜구가 금강 하구로 침입하자 부원수 최무선 장군과 함께 왜구를 격멸한 진포대첩의 공을 세워 연안군(延安君)에 봉해졌으며 충남 서천을 세거지(世居地)로 삼았다. 그곳에는 나호열 시인이 나고 자란 본가도, 선산도 그대로 있다고 한다. 마을에서 남쪽을 바라보면 옛 장항제련소 굴뚝이 아스라이 보이는 곳이다. 서해 너른 바다도 지척이고, 수량은 많지 않지만 동백정의 동백도 아련한 곳이다.

나호열 시인의 부인이신 정은희 시인은 지금은 문단에서 조금 벗어나 살고 있지만 그보다 먼저 등단한 시인으로 널리 알려져 있다. 둘 사이에서 아들 둘을 두었는데 모두 출가시켰고 중학생, 초등학생, 유치원생 이렇게 손녀도 셋이나 된다.

김순진 발행인(이하 김순진) 오늘 바쁘신데도 저희 《스토리문학》 메인스토리 취재에 응해주셔서 고맙습니다. 요즘 코로나19가 극성을 부려서 걱정입니다. 언제 코로나19가 끝나서 자유로운 생활로 돌아갈지 근심이 큽니다. 건강은 어떠신지요? 뵙기로는 청년 같으신데요.

나호열 시인(이하 나호열) 네, 반갑습니다. (얇은 바지를 보여주며) 보시다시피 저는 아직 내복도 안 입고 삽니다. 군대 있을 때 하도 이가 많이 생겨서 그때부터 내복을 안 입었는데, 지금까지 습관이 된 것 같아요. 코로나19는 3차 부스터 샷까지 예방 접종을 마쳤고, 밖에 잘 나가지 않으니 크게 걱정하지 않고 있어요.

전하라 시인(이하 전하라) 선생님, 잘 지내셨어요? 뵙고 싶었어요. 전에 한 번 도봉문화원에서 뵙고 한참 세월이 흘렀네요. 너무 잘생기시고 키도 크신데다 시가 좋아서 여류 시인들한테 인기가 매우 높으신 것 같아요. 시간도 지나가고 하니 메인스토리 취재에 관한 질문을 여쭙겠어요. 선생님, 부모

님이나 할아버지 이야기 좀 해주세요.

나호열 아버지가 일찍 작고하여 기억은 초등학교 6학년에 멈춥니다마는, 아버지는 강직하고 효심이 지극한 분이셨습니다. 6.25 때 부산에서 근무하던 중 고향이 북한군에 점령당하자 어머니를 보살피겠다고 고향에 왔다가 붙잡혔는데, 구사일생으로 탈출하다가 심하게 부상을 당했다고 합니다. 결국 그 여파로 생을 마감하셨습니다. 저의 조부이신 철(喆) 자 하(河) 자 할아버지께서는 영명하셔서 관직을 두루 역임하시고 집안을 일으키시고 아들 셋을 두셨습니다. 구십 넘게 장수하셨는데 엄격한 유교 전통을 따르신 분으로 성품이 꼿꼿하고 매사에 흐트러짐이 없으신 분이었습니다. 충효(忠孝)의 가풍이 공고했다고나 할까요. 저의 선친은 그 할아버지의 차남으로, 형제애가 남다르고 자애로운 분이셨습니다. 저의 어머니는 불혹의 나이에 가장이 되어 저희 삼 남매를 세상의 일꾼이 될 수 있도록 거두어주신 분입니다. 남에게 지기 싫어하는 성격으로 저와는 인생관의 갈등이 있기도 했습니다.

김순진 부산에서 태어나셨다고 했는데요, 그럼 어디서 성장하셨나요?

나호열 아버지의 근무지를 따라 이곳저곳을 다녔습니다만, 여섯 살 때 중구 필동에서 정릉으로 이주하여 숭덕초등학교를 졸업했습니다. 이후 경동중고등학교를 1972년에 나와 이듬해인 1973년 건국대 철학과에 진학했고요. 경희대학교 대학원 철학과(석·박사)를 졸업했습니다. 1950년대 말에서 1970년대 중반까지의 정릉은 도시 문화와 농촌 문화가 공존했던 곳입니다. 집 주변에 논밭과 과수원이 펼쳐져 있어서 상여(喪輿) 나가는 것, 메뚜기 잡고 미꾸라지 잡던 기억이 생생합니다. 그러나 무엇보다도 북한산이 지척이라 어려서부터 보현봉이나 비봉까지 오르내리면서 산의 위대함(?)을 일찍부터 체득할 수 있었습니다. 그러고 보니 거의 평생을 북한산을 바라보며 살았네요. 지금 제 방 창문을 열면 백운대 인수봉이 한눈에 잡히고요, 멀리 도봉산도 반겨줍니다. 인자요산(仁者樂山)이라고나 할까요. 저는 지금도 산을 아주 좋아합니다.

전하라 가훈이라고나 할까요, 좌우명으로 삼는 특별한 글귀가 있나요?

나호열 어려서 아버지를 여읜 까닭에 가훈을 이어받은 기억은 없고, 스스로 여러 난경을 거치며 깨달은 바는 만초손겸수익(滿招損謙受益), 그리고 인생도처유상수(人生到處有上手)입니다. 《서경》 대우모 편에 나오는 '만초손겸수익', 즉 '부질없는 욕심을 줄이는 것'과 중국 북송 시대 시인 소동파의 시구(詩句)인 '인생도처유청산(人生到處有靑山: 세상 곳곳이 청산이다)'에서 원용한 인생도처유상수는 자만(自慢)을 경계하는 심훈(心訓)으로 자리하고 있습니다.

김순진 문학에 입문하게 된 동기는 무엇인가요?

나호열 나름 서울의 명문 중·고등학교를 나왔으나 가세가 기울어 학업에 매진할 수 없는 불우한 청소년기를 보냈던 것 같습니다. 일찍이 편모슬하에서 가족들이 뿔뿔이 흩어져 사는 바람에 공부에 소홀하게 되었고, 어려서는 음악에 재능이 있는 듯하여 중학교, 고등학교 음악 선생님들께서는 음대 진학을 권유하셨습니다. 그러나 집안 형편상 엄두를 내지 못하고 방황 아닌 방황을 하던 차에 건국대학교 철학과에 입학하게 되었습니다. 막연하고 치졸한 생각이었지만 사르트르나 까뮈 같은 실존주의 철학자들의 글을 읽으면서 철학이 나의 삶의 궁금함을 풀어주는 열쇠가 되지 않을까 하는 생각에 철학과를 선택하게 되었습니다. 평생 "철학이 무엇이냐?"라는 화두 아닌 화두를 붙잡고 있긴 하지만 후회하지는 않습니다, 하하하. 이야기가 옆으로 새버렸네요. 대학에 들어오고 나니 더 막막해지더군요. 연극판에도 기웃거려보고, 음악 쪽에도 관심을 가져보았는데, 모두 재능이 부족한 것 같더라고요. 어느 날 대학신문에 짧은 콩트를 응모했는데, 덜컥 신문에 내 글이 실린 겁니다. 활자화된 내 글을 보니 신기하더군요. 무엇보다도 원고료가 많았어요. 당시에 라면 한 그릇이 60원, 청자 담배 한 갑이 100원 할 때인데 2000원 정도 원고료를 받았던 것으로 기억합니다. 참 시시한 글이었는데요, 그 콩트 제목이 〈시시한 이야기〉였습니다. 그 이후 김홍신 소설가, 김건일 시인(2020년 작고) 등이 결성한 건국문단에 들어가 본격적으로 문청 흉내를 내기 시작했습니다. 어머니는 장남이 상대를 나오고 은행원이 되기를 바라셨는데…… 참 실망이 크셨겠지요. 어느 날인가 시인 구상 선생께서 "시 쓰는 일은 배고픈 일이다"라고 하시길래 당돌하게 말씀드렸죠.

"그럼 선생님은 왜 시를 쓰십니까?"라고요.

전하라 첫사랑 이야기나 사모님과의 결혼 전 이야기 등을 해주시면 재미있을 것 같아요. 어떻게 만나셨는지요.

나호열 제 아내는 1978년 가을에 만났습니다. 제대하고 막 복학할 때였는데, 제 부산 친구의 주소를 물으러 찾아왔던 거지요. 그 당시 제 아내는 수도사대 국문과 4학년이었어요. 대학원 진학을 준비하고 있었고, 《시문학》사가 주관하는 전국대학생문학상에서 당당히 대상을 받았던 사람입니다. 금남의 구역인 여학교에 초청받아 시 낭독을 하러 갔던 기억도 납니다. 그곳에서 고려대 교수였던 오탁번 시인과 연세대 교수였던 정현기 평론가도 뵙게 되었고요. 저희 학교에는 정창범 교수가 계셨는데, 직접 강의를 듣지는 못했습니다. 문학회 지도교수를 맡고 계셔서 사당동 댁에는 몇 번 갔었습니다. 바로 옆집이 미당 선생 댁이어서 그곳에도 갔었던 기억이 납니다. 정창범 선생님은 "너는 스타일리스트야! 소설을 써!" 이렇게 말씀하셨는데 그 당시에는 스타일리스트가 뭔지도 몰랐어요. 그저 그 말씀이 왠지 싫어서 반드시 시인으로 등단하겠다는 오기를 가졌던 것 같습니다. 문학회 서클 룸을 여러 서클이 함께 썼는데 소설가 김한길, 해냄출판사 발행인 송영석이 함께 생활했었습니다.

김순진 영향을 받은 작가나 도움을 준 스승은 있으신가요?

나호열 저는 사실 문학에는 문외한입니다. 문학개론 한 과목도 수강한 적이 없습니다. 그러나 제 아내가 국문학 전공자여서 문학 관련 전공 서적은 어렵지 않게 구해 읽을 수 있었어요. 모르는 부분은 직접 물어볼 수도 있었고요. 사사(師事)한 스승은 없으나, 아내가 1982년 《월간문학》에 먼저 등단해 지금까지 시업을 이어올 수 있는 힘을 주었지요. 제가 감히 선생님으로 생각하는 분은 작고한 황금찬 선생님과 이웃에 살고 계신 이생진 선생님을 사표로 삼고 있습니다. 예전에는 지금과 달리 국문학 전공자가 아니면 지도를 받을 수 없고, 창작을 가르치는 여러 기관도 없었던 때였습니다. 군 입대 전, 그러니까 1974년 어느 날인 것 같아요. 진천문인협회 회장을 역임한 오만환 시인과 물어물어 종로2가 한국기원(?)에 황금찬 시인이 계시다 하여 찾아갔습니다. 1층 다방에 있었는데, 황금찬 선생님이 내려오셔서 작품이랄 것도 없는 제 하찮은 글을 훑어보더니 이렇게 말씀하셨습니다. "그래요, 시가 좋아요. 반드시 훌륭한 시인이 될 거에요. 커피 드시고 가세요." 그때는 제 글이 정말 좋은 줄 알았고, 금방 시인이 될 것이라고 생각했습니다. 오랜 시간이 지난 후에 황금찬 선생님의 별명이 '황과찬 선생'이라는 것을 알았습니다. 아마도 그때의 격려가 없었으면 오늘의 나는 없을 것이라는 생각도 드는군요. 아, 10년쯤 전인가요. 한국문인협회가 대학로에 있을 때, 제가 한국예총의 정책연구위원장과 월간《예술세계》편집주간을 맡고 있을 때입니다. 제 사무실은 2층이었고, 3층에 한국문인협회가 있었는데요, 김년균 이사장께 '황금찬 시 읽기 행사'에 참가해달라는 요청을 받았습니다. 그때가 3월이었는데, 1월 초에 황금찬 선생님의 장자인 황도제 시인이 급서했습니다. 행사 전 점심 식사를 하시면서 "딸이 세상을 떠났을 때도, 아내가 떠났을 때도 이렇게 슬프지 않았어요"라고 하시면서 끝내 식사를 마치지 못했습니다. 마로니에공원에서 열린 시 낭독회가 끝나고 문협 사무실에서 다담을 나누는데, 저를 보며 이렇게 말씀하셨습니다. "우리 나 시인이 우리나라 최고의 미남 시인이야"라고요. 사실이 아닌 사실입니다! 하하하.

전하라 황금찬 시인을 좋아하셨네요. 백수를 누리시면서도 소년처럼 살다 가신 분이시지요. 존경하는 다른 시인은 있나요.

나호열 제가 맘속으로 모시는 또 한 분은 '섬의 시인'으로 일컬어지는 이생진 선생님이십니다. 모든 예술 분야가 그러하지만 문학은 인격 수양의 중요한 수단으로 여겨져왔습니다. 근래에 이르러 작품의 수월성과 작가의 인품을 구분해야 한다는 논조가 우세하지만 그럼에도 시인, 작가들에게 엄격한 도덕성을 요구하는 추세 또한 가볍게 보아서는 안 될 것입니다. 독자들에게 위로와 희망을 주는 명시(名詩)들이 그 시를 생산한 시인들을 흠모하는 과정으로 이어지는 일처럼 즐거운 일은 없을 것이지만, 종종 시의 향기와 시인의 품격이 어우러지지 않는 불쾌함을 목도하는 것은 참으로 안타까운 일이 아닐 수 없습니다. 그런 점에서 이생진 시인과 황금찬 시인은 그

분들이 생산한 시의 길과 그들의 인생이 한 치도 어긋남이 없는 까닭에 도봉을 빛내는 시인으로 선양(宣揚)해야 마땅하다고 생각합니다. 한마디로 두 시인에게서 발견되는 언행일치는 평생 동안 일관되게 표명해온 인간 일반에 대한 따뜻한 사랑과 그 사랑을 구현하고자 하는 열정에 있습니다. 우리 사회에 만연한 이념적 편향성을 거부하고, 한결같이 일상의 아름다움과 희망을 노래한 두 시인이 쌍문동(황금찬), 방학동(이생진)의 가까운 이웃이었음을 자랑스럽게 생각합니다. 올해로 93세를 맞이하신 이생진 선생님은 위의 글처럼 시인으로 갖추어야 할 겸양과 절도 있는 생활을 게을리 하지 않으신 분입니다. 제가 고희를 맞이하여 낸 시집《안부》를 받으시고 친히 식사를 모시는 자리에서 시 세 편을 읽어주시고 좋은 시를 만나서 기쁘다고 하시며 막걸리 두 잔을 가뿐히 드시는 모습을 본 것이 보름 전입니다. 작년에 마흔 번째 시집《나도 피카소처럼》을 내시는 등 창작의 열정을 간직하고 계신 모습에서 겸양의 미덕을 다시금 배우게 됩니다.

김순진 이제 꼭 선생님께 듣고 싶었던 문학 이론이 있습니다. 우선 여쭙겠습니다. 시란 무엇이라고 생각하시나요?

나호열 창작은 끊임없이 예술 그 자체를 묻고 대답해나가는 과정이라고 생각해왔기에 구축된 어떤 이론을 가지고 창작에 임해본 적이 없었던 것 같습니다. 이 질문을 받고 보니 그동안 나름 축적된 경향(傾向)은 있기도 한 듯해서 허술하게나마 피력해보기로 하겠습니다. 모든 예술이 그러하듯이 시의 정의는 부단히 갱신되어가는 것입니다. 그 갱신에는 작가의 세계관이 스며들어 있고, 창작을 통해 궁극적 목표가 설정되어 있어야 한다고 봅니다. 다양한 파격적 실험 의식과 도전이 필요하겠지만, 그럼에도 불구하고 시를 구성하는 기본적인 요소는 존재한다고 봅니다. 저는 이미지즘의 창도자라 불리는 에즈라 파운드가 제시한 좋은 시의 네 가지 요건을 눈여겨봅니다. 표현은 상식적 진술이나 설명이 아니라 감각(sense), 의성어·의태어 같은 운율(sound), 이미지〔image, 즉 시중유화(詩中有畵)〕, 어조(tone), 이 네 가지 요소가 시에 필요한 구성 요소임을 잊어서는 안 된다고 생각합니다. 물론 이 요소들이 빠짐없이 들어간 시는 존재할 수 없을 것입니다. 이 중에서 단 한 가지라도 제대로 구현할 수 있다면 좋은 시로 남을 가능성은 충분하지 않을까요.

전하라 좋은 시란 어떤 시일까요?

나호열 '좋은 시'란 유령과 같습니다. 시인들은 시를 잘 쓰고 싶어 하고, 독자들은 좋은 시를 읽고 싶어 합니다. 그러나 잘 쓴 시는 무엇이고, 좋은 시가 무엇인지 제대로 헤아리기는 쉽지 않습니다. 홍수처럼 쏟아지는 시는 많은데, 시집이 베스트셀러가 되었다는 소리를 들어본 지는 오래되었습니다. 시가 왜 이렇게 어렵냐는 푸념이 안팎에서 들리고, 그럼에도 '어려움'의 실체가 무엇인지에 대해서는 입을 닫지요. 문학상도 그렇습니다. 이 모든 소문의 중심에는 '좋은 시'라는 해괴한 관념만이 존재하고 있음을 인정할 수밖에 없습니다. 좋은 시이기 때문에 상을 받고, 평론의 집중 조명을 받습니다. 거기다가 해마다 '올해의 좋은 시'라는 표제를 달고 출간되는 시들을 읽으면서 도대체 어떤 기준으로 좋은 시가 되었는지 궁금해하는 이가 적지 않을 것입니다. 어차피 제한된 여건이라면 작품 선정의 기준을 명확히 알려주는 것도 독자들의 입장에서는 환영할 만한 일입니다. 과학적으로 계량화할 수 없는 것이 문학 작품이기에 선정한 이의 주관적 입장이 반영될 것은 틀림없는 일이므로 차라리 이런저런 기준으로, "그러나 선자(選者)들은 일관성만은 버리지 않고 작품을 선정했다"고 이야기해주는 것이 독자들의 혼란과 의구심을 덜어주는 일일 것입니다. 제가 생각하는 좋은 시란 다소의 특색과 공감대 그리고 시대정신이 투영돼 있는 것들이라고 생각합니다.

김순진 그렇다면 좋은 시를 가름하는 다른 기준은 없을까요?

나호열 창작의 태도로 좋은 시를 가름하는 경향이 있음을 우리는 놓쳐선 안 됩니다. 흔히 형식주의적 관점과 역사주의적 관점의 대립이라고도 볼 수 있습니다. 형식주의적 관점이란 작품을 생산하는 주체가 오직 그 주체에게서 파생된 문제를 형상화하는 관점을 말합니다. 이에 반해서 역사주의적 관점이란 창작자는 창작자가 살아가고 있는 시대와 환경 조건으로부터 자유스러울 수 없고, 따라서 창작자는 당대의 시대적 문제를 다룰 수밖에 없다는 태도를 견지하는 것입니다. 자연스럽게 창작자의 정서에서 우러나오는 서정시보다 당대의 문제, 이를테면 환경 파괴, 민족 통일, 전쟁과 평화 등등의 거대 담론을 취급하는 것이 암묵적으로 좋은 시의 조건을 갖추는 일이 될 수도 있습니다.

전하라 우리는 시를 창작할 때 어떤 태도로 임해야 할까요?

나호열 감정에 호소하는 것만으로 창작의 임무를 다했다고 보는 것은 문제가 있습니다. 창작은 현상을 드러내는 것이 아니라 현상의 밑에 가라앉아 있는 것, 가라앉아 있는 것들의 근원을 캐묻는 것, 근원을 캐묻되 형상화하는 방법이 남다른 것, 구조 및 문체의 독창성과 더불어 지금까지 그 누구에게서도 볼 수 없었던 세계관이 드러날 수 있도록 하는 것입니다. 이 대중적 문학 경향은 얼핏 형식주의적 문학관과 유사해 보이지만 실상은 전혀 그렇지 않습니다. 이른바 우리가 논의하고자 하는 서정성은 형식주의적 문학관의 중요한 덕목이지만, 그 서정성은 주어진 보편적 현실에 대응하는 진보적 태도이지 결코 퇴행적이고 과거로 회귀하는 비생산적인 양태가 아님을 분명히 해둘 필요가 있습니다. 역사주의적 경향의 시들은 탐미적 요소가 강하고, 역사주의적 관점의 시들은 운동성과 계몽성이 두드러지면서 형상화의 밀도가 옅어지는 단점을 가지고 있는 것 아닐까요?

김순진 그렇다면 좋은 시를 쓰려면 어떤 마음가짐을 가져야 하나요?

나호열 많은 시인이 시대적 조류를 간과할 수 없고, 그 조류에 싫든 좋든 간에 영향을 받기 마련입니다. 그러나 훌륭한 시인은 자신의 정체성을 찾기 위한 방법으로서 시를 씁니다. "나는 누구인가? 나는 어떤 행동을 하는 존재인가?"를 따져 물을 때 시인은 곤경에 처하게 됩니다. "자신의 비루함, 천박함, 오만과 편견을 낱낱이 발견하는 순간의 절망감을 어떻게 극복하고 헤쳐 나갈 것인가?"와 같은 감정의 토로는 시의 중요한 기능으로 자리 잡았습니다. 그러나 감정으로 말미암아 빚어지는 의미가 회화적 이미지로 떠올라야만 비로소 시의 구조를 갖게 된다고 볼 수 있습니다. 한 편의 시를 빚을 때에는 먼저 무엇을 쓰고 싶어 하는지를 알아야 하고, 그 목적을 이루기 위해서 어떤 도구, 즉 시 속의 이야기나 구조를 차용해야 할지 결정해야 합니다. 그러기 위해서는 장을 담그듯, 포도주를 맛나게 하듯 자신의 생각이 충분히 농익을 수 있도록 기다리는 배려가 있어야 한다는 말씀을 드리고 싶습니다.

전하라 좋은 시를 가름하는 기준에는 어떤 것이 있을까요?

나호열 좋은 작품이 되기 위한 조건은 많습니다. 그 모든 조건을 완벽하게 갖춘 작품은 이 세상에 존재하지 않습니다. 어느 시인은 평생 동안 한 작품을 놓고 첨삭을 거듭했다고 하기도 합니다. 먼저, 글을 쓰는 사람으로서 세상을 바라보는 눈이 맑아야 합니다. 맑다는 것은 모든 풍경을 투명하게 본다는 뜻입니다. 시인은 산정(山頂)에 오르기를 희망하는 사람입니다. 산정에서는 사방을 멀리 조망할 수 있습니다. 우리의 삶을 깊고 넓게 조망하기 위해서는 남다른 사색의 내공이 필요하고, 그 사색의 결과를 담아내는 그릇인 스타일(문체)의 조련이 필수적이라 할 수 있습니다. 그러나 어쩌겠습니까? 우리에게는 늘 2퍼센트 부족한 것이 있으니, 그건 바로 우리의 노력입니다.

김순진 시와 시인의 관계, 그리고 시에 있어 독자란 어떤 의미를 가질까요?

나호열 외국의 예는 어떠한지 모르겠습니다만, 우리나라에서는 유독 작품과 작가의 연대(連帶)에 민감해하는 것 같습니다. 특히 다른 장르보다 유난히 시에서는 엄격한 인격성을 요구하는 것 같습니다. 음악이나 미술 같은 장르가 작품의 수월성에 관점을 두는 반면, 문학은 시인의 인격에 굉장한 예민함을 보이고 있음을 알 수 있습니다. 사실 새로운 예술은 천재에 의해 탄생합니다. 새로운 사조(思潮)를 이끌다 간 아방가르드들의 광기(狂氣)는 더 이상 우리에게 유효해 보이지 않습니다. 아무튼 우리는 각자 자신이 택한 하나의 길을 갈 뿐이겠지요. 저는 시를 쓰고자 하는 여러분께 이렇게 묻고 싶습니다. "시를 쓰는 궁극적 목표가 무엇인가요?" 물론 이 질문에는 정답이 없습니다. 대중에게 사랑받는 유명인이 되고자 하든, 베스트셀러 작가가 되어 경제적 풍요를 얻고자 하든 비난받을 이유는 없다고 봅니다. 저와 같이 천학비재한 사람에게 시는 이 인터뷰의 첫 부분에서 말씀드린, 삶의 겸손함을 추구하는 한 방편이라고 생각합니다. 명예와 부(富)를 마다할 이유는 없지만, 그 욕망에 대한 절제와 인간 사회에서의 상생(相生)의 아름다움을 실천하고자 하는 배움의 교과서가 시인이 스스로 쓰고 있는 시라고 생각하는 것입니다. 이 땅에는 유명하지 않으나 자신의 영육을 불사르며 시를 만들어가는 좋은 시인이 많습니다. 그들은 대부분 니힐리스트이며 아나키스트라고 저는 생각합니다. 독자를 염두에 두는 시들의 부질없음을 깨닫는 것이 저에게 남은 나머지 숙제입니다.

김순진 시가 자꾸 산문화되어가는 경향에 대해서는 어떻게 생각하시나요?

나호열 꼭 들어맞을 수는 없지만 '좋은 시'로 종종 거론되는 시들이 산문시라는 점도 짚고 넘어가야 할 문제입니다. 조명되는 시들이 이야기 구조를 가진 산문이라는 현상에 고개를 갸우뚱거리는 사람이 많은 것도 사실입니다. 시가 산문화되는 경향은 속도를 중시하는 시대적 흐름 때문이라고 할 수 있겠습니다. 과거의 삶은 정지(停止)의 일상에 가까웠지요. 농경의 일상은 가속보다는 기다림에 가까웠습니다. 때에 맞춰 씨를 뿌리고, 김을 매고, 수확을 하는 농경은 자연 현상에 촉각을 세우고, 관조의 미덕과 여백의 의미를 곱씹는 일상에 매달리게 했습니다. 농경 시대의 시간은 역설적이게도 현대보다는 매우 느리게 흘러갔을 것으로 생각됩니다. 정지에 가까운 일상은 어떤 일의 의미를 오래 음미하는 데 적합했을 테고요. 그러나 오늘의 삶은 속도를 중시합니다. 음미나 관조는 가속화된 시대에 찰나적 잔상(殘像)과 감각적 반응으로 대치되는 말입니다. 참을성 없는 현대인들은 정지에서 비롯되는 침묵에 손사래를 칩니다. 시가 노래와 등가를 이루던 시대에, 많은 사람이 글을 읽을 수 없었던 시대에, 시는 낭송하기에 적합하게 리듬을 얹음으로써 기능적 효과를 거둘 수 있었던 반면, 오늘의 시는 들어서 의미를 깨우치기보다는 읽음으로써 의미를 이미지화하는 방향으로 선회하고 있는 것입니다.

전하라 저는 시는 결국 말놀이라고 생각하는데, 선생님은 어떻게 생각하시나요?

나호열 물론 저도 '시는 말놀이'란 말에 공감합니다. 왜냐하면 시는 결국 말을 어느 곳에 놓아야 상품이 되는 것인지를 깨닫는 작업이니까요. 언어는 자의적(恣意的)입니다. 또한 사회적 약속의 때가 묻어 있는 괴물입니다. 우리가 비유라고 일컫는 트릭은 사실은 창작자의 심장에 꽂히는 못과도 같습니다. 감각 기관을 통해서 들어오는 관념의 그림자를 어떻게 한 장의 사진으로 남길 것인가에 대해 생각하다 보면, 시는 과녁에 적중하지 못하는 빗나간 화살일지도 모르겠습니다. 그럼에도 저는 될 수 있으면 짧은 시를 쓰고자 노력합니다. 가외자언야(可畏者言也)라는 글귀를 상기합니다. "두려워할 만한 것은 말이다!"라는 뜻이지요.

김순진 우리나라 문학 풍토의 문제점에 대해서는 어떻게 진단하고 계시나요?

나호열 수백 개의 문학상과 문예지를 가진 나라, 세계 유일의 신춘문예라는 등단 제도가 한 세기 가까이 유지되고 있는 나라, 수만 명에 이르는 시인들이 살아가는 나라, '풍요 속의 빈곤'이라는 경제학 이론이 오늘의 우리 문단에 절절하게 와닿는다는 것이 기우(杞憂)이기를 바라면서 말씀을 드리고자 합니다. 동서고금을 막론하고 소수만이 즐기는 고급 예술이 문학이라고 자위를 하면서도 보다 많은 대중이 시를 읽고, 시에서 고단한 삶을 위로받을 수 있다면 얼마나 좋겠습니까마는, 매스컴의 강력한 선택을 받은 몇몇 시인을 제외하고는 대다수 훌륭한 시인들이 녹록지 않은 현실에 직면하고 있는 것이 안타깝습니다.

전하라 그렇다면 무엇이 우리의 문학 생태계를 황폐하게 만들고 있다고 생각하시나요?

나호열 첫 번째로, 우리나라 교육에서 국어를 비롯한 문학 교육의 부재를 들 수 있습니다. 사고(思考) 영역의 '읽기'와 '쓰기' 능력 배양은 논리적이고 비판적인 사유를 공고하게 만드는 실마리이면서 결말임이 분명한데도, 우리의 학교 교육은 문학 교육의 중요성을 여전히 간과하고 있습니다. 자라나는 세대, 훈련된 독자가 양성되지 않은 상태에서 문학의 진흥(振興)은 결코 이루어질 수 없습니다. 두 번째로, 충분한 문학 수련과 교양이 축적되지 않은 대중에게 탈(脫)이성 사회, IT 기반 디지털 문화의 영향을 받은 새로운 세대의 문학(시)은 환영받을 수 없는 몽상의 세계일 뿐이어서 일군의 현대시는 교화(敎化)의 사회적 기능을 다할 수 없습니다. 그러나 스스로 문학 작품을 이해할 수 있는 능력을 충분히 가지고 있다고 생각하는 대중이 사실은 그런 문학을 수용할 수 없는 상태에 있음을 논증할 수는 없겠으나, 21세기 현대 사회에서 시인의 역할이 자연과 인간, 감성과 이성 같은 이분법적 사유 방식으로 이 세계를 계몽하는 것이 아니라는 점을 무시할 수는 없습니다.

김순진 좋아하는 작가가 있다면 말씀해주세요.

나호열 시를 쓰겠다는 분들에게 저는 소설을 많이 읽으라고 권유합니다. 특히 단편소설을요. 20대에 저는 한국 문학 전집을 세 번 정도 완독했습니다. 그 당시에는 김승옥의 〈무진기행〉에 감명을 받았고요. 주제의 명료성, 문체 습득을 위해서는 참 좋은 자료가 될 것 같습니다. 먼 기억이지만 이외수의 〈꿈꾸는 식물〉, 이제하의 초기 작품(《초식》), 이문열의 소설을 즐겨 읽었고요. 최근에는 책을 멀리하고 있지만 김훈의 소설들이 주는 문제의식과 문장력에 주목하고 싶습니다.

전하라 요즘 글 잘 쓴다고 생각되는 작가나 추천하고 싶은 젊은 시인, 작가, 평론가가 있으면 말씀해주세요.

나호열 박지웅 · 이제니같이 자신의 문체를 구축한 시인들, 정효구 · 김수이 같은 평론가들의 정밀한 휴머니즘에 입각한 비평을 추천하고 싶습니다. 가까운 이웃인 황정산 시인 겸 평론가의 현장 비평에 호감을 가지고 있고요. 대전에서 활동하고 있는 박진희 평론가도 떠오릅니다.

김순진 대표작이나 대표 저서는 무엇이라고 생각하시나요?

나호열 가장 난감한 질문입니다. 스무 권의 시집을 내면서 늘 아쉬움이 남습니다. 어느 작품이 뛰어나다고 스스로 말하는 것이 부끄럽지요. 모든 작품이 대표작이라거나, 아니면 모든 작품을 쓰레기통에 넣어야 한다고 말씀드리면 안 될까요? 어찌 보면 시 쓰는 즐거움은 의도의 오류에서 빚어지는 독자와의 교감에 있다고 생각합니다. 힘들여 쓴 작품은 관심을 받지 못합니다. 아무래도 대중에게 사랑받는 작품은 운율이 살아 있고 쉽게 의미가 전달되는 시들 같습니다. 지하철 스크린 도어에 실려 있는 〈북〉, 〈매화〉, 〈당신에게 말 걸기〉 등과 같은 시가 그러하다고 봅니다. 굳이 시집을 꼽아

본다면 최근에 낸《안부》그리고 세종우수도서로 선정된《촉도》,《이 세상에서 가장 슬픈 노래를 알고 있다》등에 눈길이 좀 더 닿는 것 같습니다.

전하라 앞으로 계획이 있으시다면 말씀해주세요.

나호열 이제 일흔이 되었으니 마음을 따라가는 종심(從心)이 필요할 때입니다. 그동안 여기저기 청탁을 받아 쓴 산문들과 문화예술 정책 분야에서 활동하며 공부한 문화예술 평론들, 그리고 주마간산으로 다니며 썼던 국내외 기행문들을 정리할 필요가 있다고 생각하고요, 스무 권의 시집을 한데 묶는 시선집 발간도 기회가 된다면 추진하고 싶습니다. 무엇보다도 반세기 이상 거주했던 도봉 지역의 풍광과 사람들 이야기를 담은 시집《도봉(道峰)》을 올해 안에 마무리하려고 합니다.

김순진 신인 작가들에게 당부하고 싶은 것이 있으시다면 말씀해주세요.

나호열 시대의 흐름에 따라 글쓰기의 양태도 달라질 수밖에 없겠지만, 너무 시류에 영합하고 자신의 작품을 상품화하는 데 치중하지 않았으면 합니다. 작가가 된다는 것은 평생을 걸어가는 먼 길이고, 결국 그 끝에서 만나는 사람 또한 자신이기 때문이죠. 무엇보다도 자신의 삶과 유리되지 않는 문여기인(文如其人)의 자세가 필요하다고 느낍니다.

전하라 저희 계간《스토리문학》에 거는 기대나 해주고 싶은 조언이 있으시다면 말씀해주세요.

나호열 《스토리문학》은 저에게 특별한 의미가 있는 문학잡지입니다. 창간 초기부터 제게 작품 게재를 허락해준 잡지이기도 하고요. 저 스스로 '은둔(隱遁)의 길'을 자청하여 걸어왔기에 문단과 교류가 거의 없음에도 불구하고 특별히 기억해주심에 감사하기도 하고요. 작품 발표에 그다지 관심을 두지 않는 편이지만 숨어 있는 작품과 시인, 작가들을 발굴하고 조명하는 데 힘을 기울여주시니 이 또한 기쁜 일이지요. 날이 갈수록 문학잡지의 발간이 어려워지고 있는데, 예술의 가치를 증명하는 선도자로서의 동력을 끝까지 지켜주시길 희망합니다.

문학과 문화 활동

1986.08~2022.01	(사)한국문인협회 회원(표절문제연구위원회 위원장 역임)
1994~2018	경희대학교 사회교육원 전문교육과정 주임교수
1999.12~2009.12	인터넷문학신문(imoonhak.com) 발행인
2000.03~2007.12	독도사랑협의회 한국본부 회장
2004~2023 현재	도봉문화원 시창작교실 강사
2004.03~2012.02	(사)한국예총 정책연구위원장 겸 월간《예술세계》편집주간
2005.03~2008.02	한국문화예술위원회 지역문화위원(초대~3기)
2005.03~2019.12	계간《시와 산문》편집위원
2014.12~2020.09	한국탁본자료박물관 관장
2015.03~2017.01	인터넷신문《서울뉴스투데이》발행인
2017.01~2023 현재	노원문화원 시창작교실 강사
2017.01~2023 현재	협동조합 '미디어 서울' 이사장
2017.03	무크《르네포엠》창간
2018.06~2023 현재	도봉문화원 이사 겸 도봉학연구소 소장

수상 이력

1986.08 《월간문학》신인상, 한국문인협회 이사장

1991.12 《시와 시학》중견시인상, 시와시학사

2004.11 제6회 녹색시인상, 녹색시인협회
2007.10 세계한민족문학상 대상, 글로벌 문학
2008.12 한국예총 특별공로상, (사)한국예총회장
2011.12 한국문인협회 서울시 문학상, 한국문인협회 이사장
2015.12 충남시인협회 문학상 대상, 충남시인협회
2017.12 문학의식 문학상 대상, 문학의식

주요 논문

〈정보화(情報化)와 욕망(慾望)〉
〈무위자연(無爲自然)과 테크놀로지〉
〈고전문학 속에 나타난 도봉〉(문학 속에 나타난 도봉, 2021)

저서

《인성과 현대문화》(도서출판 비움과 채움, 2013)
《도봉의 인물》(도봉문화원, 2017)

공저

《남양주 석실서원》(경인문화사, 2014)
《운악산 봉선사》(경인문화사, 2008)
《도봉산》(도봉문화원, 2019)
《도봉 지역 사람들은 어떻게 살았을까?》(도봉문화원, 2019)
《도봉사람들은 어디를 다녔을까?》(도봉문화원, 2022)

시집

1974.09 삼인 시집《活》(나호열. 양경덕, 이철민), 멸실
1980.03 울림시《우리 함께 사는 사람들 1》, 영학출판사
1984.09 울림시《우리 함께 사는 사람들 2 》, 정신세계사
1989.06 시집《담쟁이덩굴은 무엇을 향하는가》, 도서출판 청맥

1989.08 삼인 시집《집에 관한 명상 또는 길 찾기》(나호열, 이재호, 최준), 소담출판사

1991.12 사진 시집《아무도 부르지 않는 노래》, 도서출판 예진

1991.12 시집《망각은 하얗다》, 도서출판 예진(한국문화예술진흥원 창작 지원금)

1993.05 시집《칼과 집》, 시와시학사

1999.12 시집《우리는 서로에게 슬픔의 나무이다》, 포엠토피아

2000.02 울림시《우리 함께 사는 사람들 3》, 도서출판 예진

2001.08 시집《그리움의 저수지엔 물길이 없다》 포엠토피아(한국문화예술진흥원이 뽑은 좋은 책)

2003.08 사화집《영혼까지 독도에 산골하고》, 독도사랑협의회

2004.10 시집《낙타에 관한 질문》, 리토피아(녹색시인상 수상 시집, 한국문화예술진흥원 전산화 문인 선정)

2005.10 사화집《Dreaming of Seventy million Dok-Do's》, 다층

2007.10 시집《당신에게 말 걸기》, 예총 출판부(한민족문학상 대상 시집)

2008.10 시집《타인의 슬픔》, 미네르바

2011.01 시집《눈물이 시킨 일》 시와시학사(한국문인협회 서울시 문학상)

2015.05 시집《촉도》, 시와시학사(2015년 세종우수도서, 충남시인협회 문학상 대상)

2017.07 시집《이 세상에서 가장 슬픈 노래를 알고 있다》, 문학의 전당(2017년 세종우수도서, 문학의식 문학상 대상)

2019.05 전자 시집《예뻐서 슬픈》, 디지북스

2019.10 시집《안녕, 베이비 박스》, 시로 여는 세상

2021.12 시집《안부》, 밥북

2022.12 시선집《바람과 놀다》, 시선